文学与心理

——中外文论精选

主　编　冯　涛
副主编　孔苏婧　刘思源
编　者（排名不分先后）
王煜彤　徐苏楠　夏　雪　刘佳怡

江苏凤凰教育出版社
Phoenix Education Publishing, Ltd

图书在版编目(CIP)数据

文学与心理:中外文论精选/冯涛主编;孔苏婧,刘思源副主编.—南京:江苏凤凰教育出版社,2022.12
ISBN 978-7-5743-0120-7

Ⅰ.①文… Ⅱ.①冯…②孔…③刘… Ⅲ.①文学理论—世界—文集 Ⅳ.①I0-53

中国版本图书馆CIP数据核字(2022)第149306号

书　　名	**文学与心理——中外文论精选**
主　　编	冯　涛
副 主 编	孔苏婧　刘思源
责任编辑	严明瑗
出版发行	江苏凤凰教育出版社(南京市湖南路1号A楼　邮编210009)
苏教网址	http://www.1088.com.cn
照　　排	南京前锦排版服务有限公司
印　　刷	江苏凤凰通达印刷有限公司(电话025-57572508)
厂　　址	南京市六合区冶山镇(邮编211523)
开　　本	787 mm×1092 mm　1/32
印　　张	17.75
版　　次	2022年12月第1版 2022年12月第1次印刷
书　　号	ISBN 978-7-5743-0120-7
定　　价	58.00元
网店地址	http://jsfhjycbs.tmall.com
公 众 号	苏教服务(微信号:jsfhjyfw)
邮购电话	025-85406265,025-85400774
盗版举报	025-83658579

本书由2020年国家社科基金后期项目
“跨文化视域下的文学需求理论研究”
（20FWWB019）资助

内容简介

在古今中外美学和文艺理论著作中，有许多对文学创作和欣赏过程中人的心理因素的论述，本书从中精选出具有代表性、原创的成果加以分类整理。全书共分七个部分，分别为中国经典文论创作心理、西方美学文艺审美心理、英国浪漫主义诗学、精神分析文论、文艺美学与心理学、接受美学和读者反应批评、跨文化文学的心理与语言观。上述七个部分各由三篇选文构成，它们所涉及的主题或提出的概念包括神思与妙悟、灵感与理念、心灵与情感、无意识与幻想、心理距离与艺术思维、读者与阅读、感知经验与语言生成。这些作品各有其风格和侧重点，所涉及的理论视角也不尽相同，但都反映了其作者对文学与人内在思想情感之间关系的深刻思考，具有重要的启示意义。本书所引用材料的分类标准是主题或思想渊源的相关性，编排大致以作品、作家或思想流派在历史上出现的时间先后为序。为帮助读者更好地理解各篇选文，本书在每篇原文之前都设置了作者简介和对所选作品的阅读参考。本书为 2020 年国家社科基金后期资助项目“跨文化视域下的文学需求理论研究”(20FWWB019)的阶段性成果。

前言

文学是基于语言的艺术形式，由人创造，被人阅读，表现人的思想感情，满足人的心理需求。因此，文学与人的认知、情感、意志等心理过程密不可分，文学作品既能承载人的审美愉悦，也能表现人的无意识欲望。古今中外已有无数思想家和批评家意识到了文学的产生和欣赏与人的心理活动的紧密联系，并对此进行了深入的理论阐述，而不同时代、不同地域的人们关注的焦点又不尽相同。本书旨在融通中西方思想中的相关论述，通过博采优秀的文艺理论和批评著作，从中精选出具有代表性的原创的成果加以分类整理，期待为有志于探索文学与心理关系的研究者或爱好者提供一条基本线索，以促进该课题的进一步研究。本书所引用材料的分类标准是主题或思想渊源的相关性，编排大致以作品、作家或思想流派在历史上出现的时间先后为序。为了帮助读者更好地理解各篇选文，本书在每篇原文之前都设置了作者简介和对所选作品的阅读参考。

本书第一部分为中国经典文论中的创作心理，选文包括陆机的《文赋》、刘勰的《文心雕龙·神思》和严羽的《沧浪诗话·诗辨》。中国古代经典文论的一个突出亮点是对文学创作心理的阐述，上述几位中国古代文人学者曾对此进行深入探讨，包括作文的心理动机、思维过程，还有外在世界、思想感情与语言表述三者之间的关系等。这三部作品各有其侧重点和特色，比如陆机分析了艺术构思中的灵感，刘勰提出了“神思”的概念，严羽则通过“妙悟”来比较禅道与诗道。他们都重视心理体验如何获得、如何酝酿，以及如何用恰当的语言和篇章形式表现出来。他们的艺术理论建构是中国古代文论的一大特色，深刻影响了后世的文学创作和研究，至今仍有强大的生命力。

第二部分为西方哲学和美学理论中的文艺审美心理，包括黑格尔的《美学》、叔本华的《作为意志和表象的世界》、英加登的《对文学的艺术作品的认识》的节选章节。这三位思想家都重视艺术创作和欣赏的审美过程中主客观世界、心理世界与现实世界之间的相互作用。黑格尔讨论了艺术创作主体内在的创造性想象、天赋、灵感等特质，从艺术家理性的形象化角度阐述了艺术之美产生的原则。叔本华指出，与其他艺术形式相比，文学更适合表现人物的思想感情，而且就人的理念而言，文艺作品中的人物比历史记录中的人物更具真实性。英加登从读者的角度阐述了审美对象产生的条件，以及读者产生原始审美情感后在阅读过程中审美心理的特点。上述著作引导了西方近现代以来文艺审美心理研究，从中可以看出，它们和中国古代经典文论具有一些相似的关注点，而阐释方法和视角不同，这具有进一步研究的价值。

第三部分为19世纪英国浪漫主义诗歌理论中所主张的诗人的心灵与诗歌创作的关系，包括华兹华斯的《〈抒情歌谣集〉序言》、雪莱的《诗之辩护》、艾布拉姆斯的《镜与灯》的节选内容。华兹华斯开创了诗歌创作的新风格，他推崇诗人感情的自然流露，认为好的诗歌应聚焦于乡村和自然，并用朴实的语言表现真实情感。雪莱在为浪漫主义诗歌辩护时，强调诗人不仅要深刻地感应、认识自然，还应通过诗歌语言感染其他人的心灵。艾布拉姆斯则系统分析了西方传统对人心灵的不同认识：被动的接受者或积极主动的表现者，前者常被比喻成镜子或白板，后者常被比喻成蜡烛或灯。浪漫主义诗歌显然属于后者。浪漫主义诗歌及其理论发展是西方文学中具有重要意义的新突破，产生了深远影响，也为中西方具有浪漫主义风格的诗人或诗歌的对比研究提供了丰富的素材。

第四部分为基于精神分析心理学的文论，包括弗洛伊德的名作

《作家与白日梦》、荣格的《心理学与文学》节选、霍兰德的《后现代精神分析》节选——《本体概念能为心理语言学补充什么?》。几位学者从无意识心理出发,分别探讨了作者的创作动机、读者的阅读风格和文学艺术的产生机制。弗洛伊德认为,儿童的游戏和成年人的幻想(白日梦)都是某种愿望虚拟的实现,而产生文学创作需求的内在机制也与之相同。荣格将艺术作品区分为心理的和幻觉的两种模式,并指出幻觉模式的文学源于人心灵深处的集体无意识。霍兰德关注人的本体或同一性,主张人的身份主题是他们各自对文学进行不同解读的深层原因。精神分析心理学将人的无意识欲望作为文学产生和阅读的一个重要因素,使其在文学批评中取得了巨大的成功,成为文学批评的一个重要方法和流派。

第五部分为文艺美学、文学心理学等主要在20世纪发展起来的、涉及文学艺术研究和批评的学科所取得的成果,包括奥夫夏尼科-库利科夫斯基的《文学创作心理学》、朱光潜的《文艺心理学》、胡经之的《文艺美学》中的精彩论述。在这些文选中,奥夫夏尼科-库利科夫斯基比较了日常思维活动和艺术创作思维各自的特点,重点探讨了艺术创作观察法和实验(试验)法的心理本质、起源和意义。朱光潜论证了心理距离与美感经验之间的复杂联系,指出人在审美过程中需要与文学作品保持适当的心理距离,过近或过远都会影响审美体验。胡经之对比分析了中西审美体验中的“兴”与移情这两个概念,指出它们的异同。20世纪以来,随着对文学研究的深入扩展和交叉细化,文艺学、文艺美学、文艺心理学、文学心理学等相关学科也获得了长足发展,它们都涉及了文学审美过程中的心理因素,丰富健全了文学心理的研究体系。

第六部分为接受美学和读者反应批评这两个密切相关的文学批评理论和方法,包括耀斯的《审美经验与文学解释学》、伊瑟尔的《文本与读者的相互作用》、费什的《读者中的文学：感受文体学》等著作或文章的节选。耀斯剖析了读者对作品审美认同的五种不同层次和审美愉悦得以产生的多种决定因素。伊瑟尔探索了读者和文本之间的相互作用，指出二者的交流是一个动态变化的过程。费什定义了理想化的读者，强调文本本身并不具备客观性，而阅读活动才是一种客观存在，因此文学批评应研究读者主动的意识。接受美学和读者反应批评将20世纪文学批评的焦点转移到了读者这一端，扩展了文学研究的领域，属于研究范式的重大创新。

第七部分为跨文化视域下文学的心理与语言观，主要选择了中国当代文论中与本书主题相关的代表性论著，包括钱锺书的《通感》、顾明栋的《诗性无意识：跨文化诗学的理论基石》和聂珍钊的《论脑文本与语言生成》。钱锺书以中外文学作品中大量的实例作为证据，证明了不仅日常生活中的各种感觉可以互通，文学中这样的通感也有众多呈现。顾明栋提出了"诗性无意识"的概念，用以描述和解释人类语言产生之前的前语言阶段的心理特征和表意机制，将其视为一种超文化的普遍诗学，并结合梦境、中国古代文字和中西诗歌表意机制的内在一致性进行论证。聂珍钊在文学伦理学批评的理论建构中提出了脑文本的概念，论证了脑文本是语言生成的源头，是文学生产和传播过程中必不可少的一环。这三篇文章尽管具体论点不同，但都涉及文学文本的语言与人心理或大脑思维之间微妙而错综复杂的联结，因而值得关注和学习。

上述七个部分由本书编者从大量文艺理论著作中梳理、分类和归纳而成，它们各有其风格和侧重点，所涉及的理论视角也不尽相同，但都反映了其作者对文学与人内在思想情感之间关系的深刻思考，具有重要的启示意义。概而言之，这些颇具代表性的著作主要探索了如下几个方面的问题：第一，作者创作动机产生的原因是什么；第二，作者与读者在创作或阅读过程中具有什么样的审美心理；第三，作者、读者在与文学作品（文本）进行互动时，他们的心理认知过程是怎样的；第四，作者的思想意图是怎样通过文学作品的语言准确地表现的；第五，人如何将情感寄托于文学作品、如何通过文学作品表现情感等。它们所涉及的主题或提出的概念包括神思与妙悟、灵感与理念、心灵与情感、无意识与幻想、心理距离与艺术思维、读者与阅读、感知经验与语言生成。古今中外的文学家、思想家和文艺批评学者对上述问题进行了孜孜不倦的思考，他们的成果也为我们挖掘21世纪时代背景下文学与人心理需求的关系奠定了坚实的基础，为该领域课题的进一步发展指明了方向。本书在每篇节选引文后都标注了出处，如读者需要进一步了解相关内容或深入研究相关课题可参考完整的原文。本书写作的目的之一也是向这些为文学与心理关系的研究做出开创性杰出贡献的作者和译者致以崇高的敬意。

本书在编写和出版过程中得到了诸多帮助。美国德州大学人文艺术学院的顾明栋教授肯定了本书的创意，审读了主要内容并提出了重要修改意见。扬州大学哲学专业的王煜彤、徐苏楠、夏雪和文学专业的刘佳怡从一开始就表现出了极大的热情，投入大量时间讨论研究，积极参与材料的搜集整理和校对。在本书出版过程中，江苏教育出版社的吉祖斌老师、周敬芝老师热情帮助并提出了很多宝贵意见，在此表示衷心感谢。囿于编者的水平，可能还有不少疏漏或不妥之处，欢迎各位专家学者批评指正。

目　录

四　无意识与幻想：精神分析文论

五　心理距离与艺术思维：文艺美学与心理学

六　读者与阅读：接受美学和读者反应批评

七　感知经验与语言生成：跨文化文学心理与语言观

神思与妙悟：

中国经典文论创作心理

陆机　文赋

·作者简介·

陆机(261—303),字士衡,吴郡吴县(今江苏苏州)人。西晋著名文学家、书法家。曾任平原内史,世称"陆平原",与其弟陆云并称"二陆"。吴亡入洛,以文才被召。惠帝时宗室相争,因兵败被诛三族。陆机以文才称名于当世,诗、赋、文俱佳,今存《陆士衡文集》十卷,其《文赋》为文学理论的重要论文。

·阅读参考·

《文赋》是中国文学批评史上第一篇系统完整的文学理论作品,以赋体写成,其特色之一是聚焦于人的艺术构思过程,以及创作过程中思想情感与外物的关系,其中对灵感的探讨尤为生动形象。本书选取了《文赋》中与创作心理相关的内容。该文要解决的核心问题是"意不称物,文不逮意",即构思之意不能正确反映事物,而文章的语言又与构思之意存在距离。陆机指出,要解决这样的问题,关键不是理论上的认识,而是实践中的操作("盖非知之难,能之难也")。因此,他试图通过评论前人的优秀作品来阐述创作高质量美文的关键和奥妙之处。

文章首先论述了创作动机的产生，人一方面寄身于大自然，另一方面有感于前人的著述，由此产生著文的心理需求；接着描述了构思时的心理状态：集中注意力，让思想神游四方，接通古今，产生灵感。灵感产生后，思路变得清晰明了，作家即可通过选择文辞、推敲辞义来布局成文，借助文字让情感得到具体呈现，实现意与物的相称。陆机由此着重指出，作文需以意旨为本、文辞为末，将思想感情付诸文字乃是人生乐事，一篇精彩的文章能给人美的享受。但是，陆机也意识到世间万物纷繁复杂，语言难以穷尽，需要借助不同的文体来表现不同的思想感情和写作目的。

·原文·

余每观才士之所作，窃有以得其用心[1]。夫放言遣辞[2]，良多变矣。妍蚩好恶，可得而言[3]。每自属文，尤见其情[4]。恒患意不称物，文不逮意[5]，盖非知之难，能之难也[6]。故作《文赋》，以述先士之盛藻[7]，因论作文之利害所由[8]，他日殆可谓曲尽其妙[9]。至于操斧伐柯[10]，虽取则不远，若夫随手之变，良难以辞逮。盖所能言者，具于此云。

伫中区以玄览，颐情志于典坟[11]。遵四时以叹逝，瞻万物而思纷[12]。悲落叶于劲秋，喜柔条于芳春[13]。心懔懔以怀霜，志眇眇而临云[14]。咏世德之骏烈，诵先人之清芬[15]。游文章之林府，嘉丽藻之彬彬[16]。慨投篇而援笔，聊宣之乎斯文[17]。

其始也，皆收视反听，耽思傍讯[18]，精骛八极，心游万仞[19]。其致也，情曈昽而弥鲜，物昭晰而互进[20]。倾群言之沥液，漱六艺之芳润[21]。浮天渊以安流，濯下泉而潜浸[22]。于是沉辞怫悦[23]，若游鱼衔钩而出重渊之深；浮藻联翩，若翰鸟缨缴而坠曾云之峻[24]。收百世之阙文，采千载之遗韵[25]。谢朝华于已披，启夕秀于未振[26]。观古今于须臾，抚四海于一瞬[27]。

然后选义按部，考辞就班[28]。抱景者咸叩，怀响者毕弹[29]。或因枝以振叶，或沿波而讨源。或本隐以之显，或求易而得难[30]。或虎变而兽扰，或龙见而鸟澜[31]。或妥帖而易施，或岨峿而不安[32]。罄澄心以凝思，眇众虑而为言[33]。笼天地于形内，挫万物于笔端[34]。始踯躅于燥吻，终流离于濡翰[35]。理扶质以立干，文垂条而结繁[36]。信情貌之不差，故每变而在颜；思涉乐其必笑，方言哀而已叹[37]。或操觚以率尔，或含毫而邈然[38]。

伊兹事之可乐，固圣贤之所钦[39]。课虚无以责有，叩寂寞而求音[40]。函绵邈于尺素，吐滂沛乎寸心[41]。言恢之而弥广，思按之而逾深[42]。播芳蕤之馥馥，发青条之森森[43]。粲风发而飙竖，郁云起乎翰林[44]。

体有万殊，物无一量。纷纭挥霍，形难为状[45]。辞程才以效伎，意司契而为匠。在有无而僶俛，当浅深而不让[46]。虽离方而遁员，期穷形而尽相[47]。故夫夸目者尚奢，惬心者贵当，言穷者无隘，论达者唯旷[48]。

诗缘情而绮靡，赋体物而浏亮[49]。碑披文以相质，诔缠绵而悽怆[50]。铭博约而温润，箴顿挫而清壮[51]。颂优游以彬蔚，论精微而朗畅[52]。奏平彻以闲雅，说炜晔而谲诳[53]。虽区分之在兹，亦禁邪而制放[54]。要辞达而理举，故无取乎冗长[55]。

注释

[1] 得其用心：谓对作者用心有所体会。用心：指文士用心于创作。

［2］放言遣辞：指安排语序，选择语辞。

［3］妍蚩好恶二句：文章美恶，可析而言之。

［4］情：指文情，即创作的情况。

［5］意不称物，文不逮意：谓构思之意，不能正确地反映事物；写出之文，与构思之意尚有距离。

［6］盖非知之难二句：指难处并不在理论上的认识，而在实践上的操作。

［7］盛藻：华美之文。

［8］利害：犹得失。所由：利弊的缘由。

［9］可谓曲尽其妙：指可以曲尽作文之奥妙。

［10］操斧伐柯：语出《诗·豳风·伐柯》："伐柯伐柯，其则不远。"比喻取鉴古人，研究作文之法。

［11］伫：久立也。中区：谓宇宙之中。玄览：语出《老子》："涤除玄览。"谓心居玄冥之处，览知万物。颐：养，犹言陶冶。典坟：泛指典籍。

［12］遵四时二句：循四时而叹其往逝之事，观万物盛衰而思虑纷纭。

［13］悲落叶二句：见落叶而生悲，感柔条而欢畅。劲秋：言秋之肃杀。

［14］懔懔：即凛凛，引申为肃然敬畏之意。怀霜、临云：言高洁也。眇眇：高远貌。

［15］咏世德二句：言为文或歌咏世有骏德者之盛业，或称颂先贤之美德。烈：美也。骏烈：盛世之业。

［16］游文章二句：指作者为文之前，应悠游于前人丰富的典籍之中，嘉赞文质相宜的美文。林府：谓多如林木，富如府库。彬彬：文质得宜之貌。

［17］概投篇二句：言慨叹放下前人之文，援笔作文，聊以表达情感。聊：且。宣之：表达情志。

［18］收视反听，耽思傍讯：言思文之始，则视而不见，听而不闻，虚一而静，覃思博采。耽思：深思。傍讯：遍求，博采。

［19］精骛八极，心游万仞：比喻神思运作，无所滞碍。精：神。骛：驰。八极：喻极远之处。万仞：喻极高之处。

［20］情曈昽二句：言内在朦胧的情思逐渐鲜明，外在的物象也随之不断涌现。曈昽：朦胧貌。昭晰：清晰光明貌。

［21］群言：即群书。沥液：涓滴，喻精华。六艺：指六经，《易》《诗》《书》《礼》《乐》《春秋》。芳润：芳香润泽，喻文之精粹。

［22］浮天渊二句：言思虑无所不至。上可至天渊于安流之中，下可至下泉于潜浸之所。天渊：一名天泉，星名。下泉：地泉。潜浸：流貌。

［23］沉辞怫悦：描述寻觅词句的艰难之貌。沉辞：指遣词造句艰涩之状。怫悦：难出之貌。

［24］浮藻联翩二句：状文思泉涌，出语骏利之象。缨：缠绕。缴：箭上的丝线。

［25］阙文：谓古之良史于书，字有疑则阙之，此指古书阙疑之文。遗韵：古人未用之韵。

［26］谢朝华二句：上句言务去陈言，下句言独出心裁。华、秀：喻文也。朝华已披：谓古人已用之意，谢而去之。夕秀未振：谓古人未述之旨，开而用之。

［27］观古今二句：喻灵感来时，具有跨越时间、空间的巨大概括力和想象力。抚：览也。

［28］然后选义按部二句：谓作家通过对辞义的选择和文辞的推敲，使之按部就班，组列成文。

［29］抱景者咸叩，怀响者毕弹：谓影之逐形，响之逐声，为避免泛泛"称物"，须寻求形和声，穷形尽相。景：即影。叩：叩问。

［30］或因枝以振叶四句：言或因枝而扬其叶，或循波而求其源。或本隐晦者使之显明，或求以易者而释难。意谓为文者先树要领，纲举张目。振：扬也。沿：循也。

［31］或虎变二句：谓虎发怒而百兽驯服，龙出现而群鸟惊散，比喻为文得其大者则小者毕举，立其本者则枝叶纷披。变：发怒。扰：驯。鸟澜：鸟之消散也。

［32］或妥帖二句：此言选义考辞时容易和艰难两种情况。妥帖：形容易施。岨峿：与"龃龉"意同，形容不安之貌。

［33］罄澄心二句：言创作构思时，需澄澈其心，疏远俗虑，达到凝神虚静的境界。罄：尽。眇：远。

［34］笼天地二句：言包罗天下之理于文辞表现之中，摄取万物之象于笔端描摹之内。笼：包罗。形：犹表现。挫：取。

［35］踯躅：即踟蹰，形容艰涩。燥吻：喻语言滞涩。流离，水墨染于纸貌，形容顺利。

［36］理扶质二句：以树的主干与枝叶的关系来比喻文章的意与辞的关系，谓文以意旨为本，以文辞为末，本强才能末茂。繁：树上的花和果。

［37］信情貌之不差四句：言情感与表现诚为一致，每有变化则显于容颜，故所思涉快乐必言笑，刚已言哀即又叹息。信：诚也。

［38］觚：木之方者，古人用来书写。操觚：指作文。率尔：不加思索之状。邈然：言文思迟钝。

［39］伊兹事二句：言作文是人生乐事，并为圣贤所敬慕。兹事：谓文章。钦：敬也。

［40］课虚无二句：言文章创作从无形、无象、无声到有形、有象、

有声的过程。课：探究。责：求也。寂寞：无声也。

[41] 函绵邈二句：五臣之刘良注："虽远者，含文于尺素之上；虽大者，吐辞于寸心之间。"绵邈：指远。滂沛：指大。

[42] 言恢之二句：意为以言大之，则弥增其广；以思下之，则愈益其深。恢：大也。按：下也。

[43] 播芳蕤二句：以树木花草之繁茂喻文章之华美。芳蕤：盛开而下垂的花。

[44] 粲风发二句：此言粲然如风飞飙立，郁然如云起翰林，盖喻挥毫落纸如云烟般的酣畅之乐。粲：明丽貌。猋：同"飙"，疾风。郁：浓盛貌。

[45] 体有万殊四句：言文体有种类差异，物象亦无准则，纷纭复杂，变化迅疾，形诸文字，则难以状述。体：文体。量：准则。纷纭：乱貌。挥霍：疾貌。

[46] 辞程才以效伎四句：此言文辞纷至，须凭借才力施展技巧；文意呈现，须掌握规律而独具匠心。辞之有无当勉力为之，意之浅深应力求恰当。程：衡量。伎：通"技"，技巧。司契：掌握规则。僶俛：即黾勉，意强勉求之。

[47] 虽离方二句：谓作家应以极尽描绘事物之能事，不受成法约束。方、员：即方圆，指规矩、法度。遁：离去。相：象也。

[48] 夸目：指尚辞藻者。奢：谓浮艳。惬心：言切理餍心。当：严密、净省。穷：穷形尽象。论达：思路畅达。

[49] 诗缘情二句：诗以言志，故曰缘情。赋以陈事，故曰体物。绮靡：精细华丽也。体：表现，描摹。浏亮：爽朗。

[50] 碑披文二句：碑以叙德，故文质相半。诔以陈哀，故缠绵凄怆。

[51] 铭博约二句：铭以题勒示后，故简约温润。箴以讥刺得失，

故顿挫清壮。博约：谓事博文约也。温润：温婉润泽。顿挫：犹抑折也。

[52] 颂优游二句：颂以褒述功美，以辞为主，故优游彬蔚。论以评议臧否，以当为宗，故精微朗畅。优游：意远且长。彬蔚：华盛貌。精微：寻微之功，既精且深。朗畅：思路明快，表述通畅。

[53] 奏平彻二句：奏以陈情叙事，故平彻闲雅。说以动感为先，故炜晔谲诳。平彻：平易透彻。闲雅：指文气舒缓而典雅。炜晔：明显。谲诳：变化多端。

[54] 兹：指上述各种文体。禁邪：禁止浮艳。制放：放收有度，制抑漫无止归。

[55] 要辞达二句：谓要领是辞达其意，理举其事，故无取冗繁而已。

（选自《中国古代文论读本》，党圣元、夏静主编，北京：北京大学出版社，2017：150—158）

刘勰　文心雕龙·神思

·作者简介·

刘勰(约465—约521),字彦和。东莞莒县(今山东日照)人,世居京口(今江苏镇江)。南朝梁文学理论家。少即笃志好学,居定林寺十余年间博览群书,钻研佛教典籍,为僧祐编定经藏。所著《文心雕龙》五十篇体大思精,是我国古代系统的文论名著。原有集,已佚。现存《梁建安王造剡山石城寺石像碑》和《灭惑论》二文。

·阅读参考·

《神思》是《文心雕龙》的第二十六篇,主要探讨了艺术构思的问题,从物与情、物与言和情与言三者关系的角度概括了刘勰对作文时形象思维的基本主张。文中提出了“神思”的概念,形象描述了思想自由遨游的景象(“文之思也,其神远矣”)。神思的目的,是将其与客观世界相结合,其结合的关键之处就是语言(“物沿耳目,而辞令管其枢机”)。要让语言能够流畅表达、完美再现事物,必须保持头脑的清明和宁静,排除杂念的干扰和浮躁之气,即让思想达到“虚静”的境界。

在此基础上，仔细研读前人的著述并且深刻观察客观世界，最终在脑中产生意象，即物我交互作用而产生的艺术形象。刘勰认为这是谋篇布局的首要方法，但是意象的准确表达并非易事，出奇制胜的想象落到文字上常常不尽如人意，甚至辞不达意，意不合思。因此，无论什么样的思维方式和写作风格，都必须基于丰富的艺术修养和高超的写作技巧。

·原文·

古人云：形在江海之上，心存魏阙之下[1]；神思之谓也。文之思也，其神远矣。故寂然凝虑，思接千载；悄焉动容，视通万里；吟咏之间，吐纳珠玉之声；眉睫之前，卷舒风云之色；其思理之致乎。故思理[2]为妙，神与物游[3]。神居胸臆[4]，而志气统其关键；物沿耳目，而辞令管其枢机[5]。枢机方通，则物无隐貌；关键将塞，则神有遁心。是以陶钧文思[6]，贵在虚静，疏瀹五藏[7]，澡雪精神[8]，积学以储宝，酌理以富才，研阅以穷照，驯致以绎辞[9]；然后使玄解之宰[10]，寻声律而定墨；独照之匠，窥意象而运斤：此盖驭文之首术，谋篇之大端。夫神思方运，万涂竞萌[11]，规矩虚位[12]，刻镂无形，登山则情满于山，观海则意溢于海，我才之多少，将与风云而并驱矣。方其搦翰[13]，气倍辞前，暨乎篇成，半折心始。何则？意翻空而易奇，言征实而难巧也。是以意授于思，言授于意，密则无际，疏则千里；或理在方寸而求之域表[14]，或义在咫尺而思隔山河。是以秉心养术[15]，无务苦虑；含章司契[16]，不必劳情也。

人之禀才，迟速异分，文之制体，大小殊功：相如含笔而腐毫，扬雄辍翰而惊梦[17]，桓谭疾感于苦思，王充气竭于思虑[18]，张衡研京以十年，左思练都以一纪[19]，虽有巨文，亦思之缓也。淮南崇朝而赋骚[20]，枚皋应诏而成赋，子建援牍如口诵，仲宣举笔似宿构[21]，阮瑀据案而制书，祢衡当食而草奏[22]，虽有短篇，亦思之速也。若夫骏发之士，心总要术，敏在虑前，应机立断；覃思[23]之人，情饶歧路，鉴在疑后，研虑方定。机敏故造次[24]而成功，虑疑故愈久而致绩。难易虽殊，并资博练。若学浅而空迟，才疏而徒速，以斯成器，未之前闻。是以临篇缀虑，必有二患：理郁[25]者苦贫，辞溺[26]者伤乱，然则博见为馈贫之粮，贯一为拯乱之药，博而能一，亦有助乎心力矣。

若情数诡杂[27]，体变迁贸[28]。拙辞或孕于巧义，庸事或萌于新意；视布于麻，虽云未费，杼轴献功，焕然乃珍。至于思表纤旨[29]，文外曲致，言所不追，笔固知止。至精而后阐其妙，至变而后通其数，伊挚不能言鼎，轮扁不能语斤，其微矣乎！

赞曰：神用象通，情变所孕。物以貌求，心以理应。刻镂声律，萌芽比兴。结虑思契，垂帷制胜[30]。

注释

[1] 形在江海二句：《庄子·让王》："中山公子牟谓瞻子曰：'身在江海之上，心居乎魏阙之下，奈何？'"魏阙：指朝廷。

[2] 思理：指艺术构思。

[3] 神与物游：精神随外物而运行。《易·说卦》："神也者，妙万物而为言者也。"

[4] 神居胸臆：古人认为心是精神活动的场所，故称居胸臆。

[5] 枢机：关键。

[6] 陶钧文思：酝酿文思。陶钧：制陶的转轮，借指构思。

[7] 疏瀹五藏：疏瀹，疏通。《白虎通·论五性六情》："内有五藏六府，此情性之所由出入也。"

[8] 澡雪精神：澡雪，洗净。《庄子·知北游》："老聃曰：'汝齐

戒，疏瀹而心，澡雪而精神。'"

[9] 驯致：顺着思路，逐渐达到。驯：顺。致：达到。绎辞：理顺文辞。

[10] 玄解之宰：深通奥理者。宰：主宰，指作家的头脑。

[11] 万涂竞萌：各种念头纷至沓来。

[12] 规矩虚位：按写作的规则对未成形的思绪加以处理。

[13] 搦翰：执笔。

[14] 方寸：心。域表：疆界之外。

[15] 秉心：用心。术：为文之道。

[16] 章：文采。契：指物、辞、意三者切合无间。《文赋》："意司契而为匠。"

[17] 扬雄辍翰而惊梦：桓谭《新论·祛蔽》中说，扬雄作《甘泉赋》，思虑精苦，"赋成，遂困倦小卧，梦其五脏出在地，以手收而内之"。

[18] 王充气竭于思虑：王充《论衡·对作》："夫论说者闵世忧俗，与卫骖乘者同一心矣。愁精神而幽魂魄，动胸中之静气，贼年损寿，无益于性，祸重于颜回，违负黄、老之教，非人所贪，不得已，故为《论衡》。"

[19] 左思练都以一纪：都，指《三都赋》。一纪，十二年。《文选·三都赋序》李善注引臧荣绪《晋书》载，左思作《三都赋》，构思了十年。

[20] 淮南：淮南王刘安。崇朝：终朝，一个早晨。荀悦《前汉纪·孝武皇帝纪》："初，安朝，上使作《离骚赋》，旦受诏，食时毕。"

[21] 仲宣举笔似宿构：《三国志·魏书·王粲传》："善属文，举笔便成，无所改定，时人常以为宿构；然正复精意覃思，亦不能加也。"

[22] 祢衡当食而草奏：《后汉书·祢衡传》载，祢衡为刘表起草奏章，"须臾立成，辞义可观"。又说祢衡参加宴会，有人献鹦鹉，祢衡

当场写下《鹦鹉赋》,“文无加点,辞采甚丽”。

［23］ 覃思：深思。

［24］ 造次：仓促。

［25］ 理郁：理不明。

［26］ 辞溺：淹没在辞藻里。

［27］ 情数诡杂：情思不正而且杂乱。

［28］ 体变迁贸：体裁变化。

［29］ 纤旨：精微的道理。

［30］ 垂帷制胜：指凭借卓越的艺术构思,便能创造出优秀的文学作品。垂帷：放下帷幕,借指专心写作。

（选自《中国古代文论读本》,党圣元、夏静主编,北京：北京大学出版社,2017：175—177）

严羽　沧浪诗话·诗辨

·作者简介·

严羽是南宋后期著名的诗论家，生卒年不详。一生未曾应举入仕，长年隐居乡里。严羽的诗歌理论集中在他所撰写的《沧浪诗话》里。《沧浪诗话》共分《诗辨》《诗体》《诗法》《诗评》《考证》五个部分。五个部分互有联系，合成一部体系严整的诗歌理论著作。《诗辨》是《沧浪诗话》的总纲，其对诗歌的本质、形象思维、意境韵味等都有所阐述。

·阅读参考·

在《沧浪诗话·诗辨》中，严羽就诗的创作宗旨提出了鲜明的主张。他认为，学诗首先要以盛唐为法，汉、魏晋、盛唐的诗是诗歌艺术的高峰，必须以它们为标杆，否则诗的层次格局会很低。他结合自己的时代特点，用禅宗修行的不同境界作喻，将不同时期的诗歌创作分成不同层次，强调“诗者以识为主，入门须正，立志须高”。之所以可以用禅修来比喻作诗，是因为“大抵禅道惟在妙悟，诗道亦在妙悟”。二者的共通之处是禅修者或作家的“妙悟”。严羽认为“悟”也有层次之分，作诗的最高境界和禅修的最高境界一样，是获得“透彻之悟”，而非“一知半解之悟”。诗的妙悟不是凭空产生的，需要详细参考研究自汉唐以降的各家诗派，分析其得失。那么，为什么要以汉、魏晋、盛唐的诗为首要学习对象呢？严羽认为，唐代优秀的诗作重在意趣，“言有尽而意无穷”，而后来的诗多追求形式、重在说理，其审美风格和意境韵味都与唐诗相差甚远。

· 原文 ·

禅家者流，乘有小大[1]，宗有南北[2]，道有邪正[3]。学者须从最上乘，具正法眼[4]，悟第一义[5]。若小乘禅，声闻、辟支果[6]，皆非正也。论诗如论禅，汉、魏、晋与盛唐之诗，则第一义也。大历以还之诗[7]，则小乘禅也，已落第二义矣。晚唐之诗，则声闻、辟支果也。学汉、魏、晋与盛唐诗者，临济[8]下也。学大历以还之诗者，曹洞[9]下也。大抵禅道惟在妙悟，诗道亦在妙悟。且孟襄阳学力下韩退之远甚，而其诗独出退之之上者[10]，一味妙悟而已。惟悟乃为当行，乃为本色。然悟有浅深，有分限，有透彻之悟，有但得一知半解之悟。汉、魏尚矣，不假悟也。谢灵运至盛唐诸公，透彻之悟也；他虽有悟者，皆非第一义也。吾评之非僭也，辩之非妄也，天下有可废之人，无可废之言。诗道如是也。若以为不然，则是见诗之不广，参诗之不熟耳。试取汉、魏之诗而熟参之，次取晋、宋之诗而熟参之，次取南北朝之诗而熟参之，次取沈、宋[11]、王、杨、卢、骆、陈拾遗之诗而熟参之，次取开元、天宝诸家之诗而熟参之，次独取李、杜二公之诗而熟参之，又取大历十才子[12]之诗而熟参之，又取元和之诗[13]而熟参之，又尽取晚唐诸家之诗而熟参之，又取本朝苏、黄以下诸家之诗而熟参之，其真是非自有不能隐者。倘犹于此而无见焉，则是野狐外道蒙蔽其真识，不可救药，终不悟也。

夫诗有别材，非关书也；诗有别趣，非关理也。然非多读书，多穷理，则不能极其至，所谓不涉理路、不落言筌者，上也。诗者，吟咏情性也。盛唐诸人惟在兴趣，羚羊挂角，无迹可求[14]。故其妙处，透彻玲珑，不可凑泊。如空中之音，相中之色，水中之月，镜中之象[15]，言有尽而意无穷。近代诸公乃作奇特解会[16]，遂以文字为诗，以才学为诗，以议论为诗；夫岂不工，终非古人之诗也，盖于一唱三叹之音[17]，有所歉焉。且其作多务使事，不问兴致，用字必有来历，押韵必有出处，读之反复终篇，不知着到何处。其末流甚者，叫噪怒张，殊乖忠厚之风，殆以骂詈为诗[18]。诗而至此，可谓一厄也。然则近代之诗无取乎？曰有之，我取其合于古人者而已。国初之诗，尚沿袭唐人，王黄州学白乐天[19]，杨文公、刘中山[20]学李商隐，盛文肃学韦苏州[21]，欧阳公学韩退之[22]古诗，梅圣俞学唐人平澹处[23]。至东坡、山谷始自出己意以为诗，唐人之风变矣。山谷用工尤为深刻[24]，其后法席盛行，海内称为江西宗派[25]。近世赵紫芝、翁灵舒辈[26]，独喜贾岛、姚合之诗，稍稍复就清苦之风。江湖诗人[27]多效其体，一时自谓之唐宗，不知止入声闻、辟支之果，岂盛唐诸公大乘正法眼者哉？嗟乎！正法眼之无传久矣！唐诗之说未唱，唐诗之道或有时而明也。今既唱其体曰唐诗矣，则学者谓唐诗诚止于是耳，得非诗道之重不幸邪！故予不自量度，辄定诗之宗旨，且借禅以为喻，推原汉魏以来，而截然谓当以盛唐为法，（后舍汉魏而独言盛唐者，谓古律之体备也）虽获罪于世之君子，不辞也。

注释

［1］乘有小大：佛经分大小二乘。佛说法因人而异，人有智愚，故所说有深浅；其深妙者为大乘，浅小者为小乘。

［2］宗有南北：南宗、北宗是佛教禅宗的两个派别。南宗为六祖

慧能所创，主张“顿悟说”，行于南方。北宗为神秀所创，主张“渐悟说”，行于北方。

［3］道有邪正：《五灯会元》卷四：“有此眼目，方辨得邪正宗党。”

［4］正法眼：禅家语，指佛所说之正法。

［5］第一义：《楞伽经》卷二：“第一义者，圣智自觉所得，非言说妄想觉境界。”

［6］声闻、辟支果：佛家有三乘，一菩萨乘，二辟支乘，三声闻乘。菩萨乘普济众生，故谓之大乘。辟支、声闻仅求自度，故称之为小乘。

［7］大历以还之诗：指中唐之诗。大历为唐代宗（766—779）年号，代表诗人为大历十才子。

［8］临济：禅宗南宗五个主要流派之一，始于临济义玄大师。义玄弘扬“般若为本、以空摄有、空有相融”的禅宗新法，主张“以心印心，心心不异”。

［9］曹洞：曹洞宗是我国佛教禅宗五家七宗之一，以洞山良价为宗祖。

［10］且孟襄阳两句：可与陈师道《后山诗话》所云“子瞻谓孟浩然之诗，韵高而才短”相参看。

［11］沈、宋：沈佺期、宋之问。

［12］大历十才子：唐代宗大历年间十位诗人。据姚合《极玄集》和《新唐书》载，十才子为李端、卢纶、吉中孚、韩翃、钱起、司空曙、苗发、崔峒、耿湋、夏侯审。

［13］元和之诗：指中唐以元稹、白居易为代表的元和诗风，号为“元和体”。元和为唐宪宗（806—820）年号。

［14］羚羊挂角二句：《埤雅·释兽》：“羚羊夜眠以角悬树，足不着地，不留痕迹，以防敌患。”《传灯录》卷十六：“我若东道西道，汝则寻言逐句；我若羚羊挂角，你向什么处扪摸？”

[15] 空中之音四句：《宾退录》卷二：“王介甫如空中之音，相中之色，欲有寻绎，不可得矣。”《五灯会元》卷八：“应物现形如水中月，如何是月？”

[16] 奇特解会：《五灯会元》所谓“奇特商量”“寻言逐句，求觅解会”云云。

[17] 一唱三叹之音：《礼记·乐记》：“清庙之瑟，朱弦而疏越。一唱而三叹，有遗音者矣。”

[18] 其末流甚者四句：黄庭坚《答洪驹父书》：“东坡文章妙天下，其短处在好骂。”

[19] 王黄州学白乐天：王禹偁尝至黄州，故称王黄州。“白体”诗人是宋初效法白居易作诗的一批诗人，代表作家有李昉、徐铉等。王禹偁也被看作白体诗人，但他的诗风与李昉、徐铉等有很大不同。

[20] 杨文公、刘中山：杨亿谥曰文，故称杨文公。刘筠，中山人。时称杨刘。杨刘等诗学李商隐，号“西昆体”。

[21] 盛文肃学韦苏州：盛度（970—1040），字公量，铜陵县石洞耆（今董店镇）人，北宋祥符七年（1014）进士，其诗学韦应物。

[22] 欧阳公学韩退之：欧阳修诗力矫昆体绮靡诗风，以气格为主，与韩愈古诗相近。

[23] 梅圣俞学唐人平澹处：梅尧臣（1002—1060），字圣俞，宣州宣城（今属安徽）人，其诗尚平淡自然。

[24] 山谷用工尤为深刻：朱熹《朱子语类》卷一百四十：“黄费安排。”

[25] 江西宗派：参见黄庭坚《答洪驹父书》所释。

[26] 近世赵紫芝翁灵舒辈：赵师秀（1170—1220），字紫芝，永嘉人。翁卷，字续古，乐清人，生卒年未详。二者为永嘉四灵的代表人物。

[27] 江湖诗人:“江湖诗派”是南宋后期继“永嘉四灵”后兴起的一个诗派,因书商陈起刊刻《江湖集》而得名。集中所录诗人大多为布衣小吏,其中戴复古和刘克庄的创作和理论最有成就和影响。

(选自《中国古代文论读本》,党圣元、夏静主编,北京:北京大学出版社,2017:295—298)

二 灵感与理念：西方美学文艺审美心理

黑格尔　美学

·作者简介·

黑格尔(1770—1831),德国哲学家,德国19世纪唯心论哲学的代表人物之一。黑格尔出生于德国斯图加特。1788年10月,黑格尔到图宾根大学神学院学习哲学和神学。1801年,他来到当时德国哲学和文学的中心耶拿,开始了他一生中具有决定意义的一个阶段。1805年,获副教授职。1816年,到海德堡任哲学教授,开始享有盛誉。1818年,普鲁士国王任命黑格尔为柏林大学教授。1822年,黑格尔被任命为大学评议会委员。1829年10月,被选为柏林大学校长并兼任政府代表。1831年,被授予三级红鹰勋章。其主要著作包括《精神现象学》《逻辑学》《哲学全书》《法哲学原理》《美学讲演录》《哲学史讲演录》《历史哲学讲演录》等。

·阅读参考·

黑格尔的美学思想主要反映在《美学》一书中,这是他客观唯心主义哲学体系的一个组成部分,也是他的哲学体系在美学和艺术领域的具体表现。本书选择了黑格尔对艺术创作主体内在特征和心理活动的论述,包括对想象、天才和灵感等概念的探讨。黑格尔区分了想象与幻想,他认为,前者是具有创造性的。创造性的想象首先要深入感受并记住现实世界中的形象。此外,黑格尔认为,艺术作品还需达到现实事物自在自为的真实性和理性,这就要求艺术家深刻体会所感对象的本质,同时也要灌注生气于作品,这样才能通过作品体现自我主体的内在特性。在比较天才和才能时,黑格尔指出,它们对于艺术创作来说都不可少,前者是进行心灵创造的一般本领,是天生的,而后者是实现创造的特殊方式,具备才能既有先天因素,也需要充分练习。天才和才能缺一不可。关于灵感的产生,黑格尔认为,单靠感官的刺激或者创作的意愿无法产生灵感,灵感的产生须具有天才的艺术家从外在材料中获得真正的艺术意义,并且在自己心中赋予其生命。在上述概念探讨的基础上,黑格尔进一步说明了艺术表现的客观性。艺术既可以表现纯外在事物,也可表现深刻的内心活动。黑格尔强调,艺术的目的是通过心灵的活动将自在自为的理性从内在世界表现出来,使其得到真实的外在形象,基于这种原则创作的作品才能产生真正的艺术美。

· 原文 ·

C. 艺术家

在第一卷里我们首先讨论了美的普遍理念是什么,其次讨论了在自然美里美的普遍理念只得到有缺陷的客观存在,第三从这两点出发,才深入研究了理想,即美的充分的体现。关于理想,我们首先是按照它的普遍概念来讨论的,其次才讨论到理想如何出现于有定性的表现方式。艺术作品既然是由心灵产生出来的，它就需要一种主体的创造活动，它就是这种创造活动的产品；作为这种产品，它是为旁人的，为听众的观照和感受的。这种创造活动就是艺术家的想象。所以我们最后还要谈一谈理想的第三方面，研究艺术作品如何属于主体的内在生活，作为这种内在生活的产品，它还没有脱胎出来，投到现实界，而只是还停留在创造的主体性里，在艺术家的才能和天才里。但是我们应该指出，这一方面并不属于哲学研究的范围，我们对它至多只能提出一些概括性的原则——尽管现在人们常问，艺术家从哪里得到他在创造作品时所表现的那种构思和表达的才能，以及他是怎样创造艺术作品的。提出这样的问题就无异于想得到一种方单，一套规则，使人们如法炮制，就会把自己摆在适当的环境和情况里，去产生像艺术家所能产生的那样的效果。阿里奥斯陀写成了《疯狂的罗兰》[1]，艾斯特主教就问他："路易先生，你那些鬼东西是从哪里得来的？"拉斐尔在一封有名的信里回答向他提出同样问题的人说，他在追求体现某一种思想。

我们可以从三个方面来进一步讨论艺术活动：

第一，确定艺术家的天才和灵感的概念；

第二，讨论这种创造活动的客观性；

第三，设法明确真正独创性的性质。

1. 想象、天才和灵感

要讨论天才，就要给天才下一个较精确的定义，因为天才这个名词的意义很广泛，不仅可以用到艺术家身上，也可以用到伟大的将领和国王们乃至于科学界的英雄们身上。在这里我们也可以更明确地分三方面来说。

a）想象[2]

第一，关于艺术创造的一般的本领。如果谈到本领，最杰出的艺术本领就是想象。但是我们同时要注意，不要把想象和纯然被动的幻想混为一谈。想象是具有创造性的。

a）要进行这种创造活动首先要具有掌握现实及其形象的资禀和敏感，这种资禀和敏感通过听觉和视觉，把现实世界的丰富多彩的图形印入人的心灵。此外，这种创造活动还要靠牢固的记忆力，牢固的记忆力能把这种多样图形的花花世界记住。从这方面看，艺术家不能借助于自己制造的幻想，而是要从肤浅的“理想”转入现实。在艺术和诗里，从“理想”开始总是很靠不住的，因为艺术家创作所依靠的是生活的富裕，而不是抽象的普泛观念的富裕。在艺术里不像在哲学里，其创造的材料不是思想而是现实的外在形象。所以艺术家必须置身于这种材料里，跟它建立亲切的关系；他应该看得多、听得多，而且记得多。一般来说，卓越的人物总是有超乎寻常的广博的记忆。因为能引起人兴趣的东西，人才把它记住，而一个深广的心灵总是把兴趣的领域推广到无数事物上去。例如歌德就是这样开始的，在他的一生中，他的观照范围天天在逐渐推广。这种明确掌握现实世界中现实形象的资禀和兴趣，再加上牢牢记住所观察的事物，就是创造活动的首要条件。有了这种对外在世界形状的精确的知识，还要加上熟悉人的内心生活，各种心理状况中的情欲以及人心中的各种意图；在这双重的知识之外还要加上一种知识，那就是熟悉心灵内在生活通过什么方式才可以表现于实在界，才可以通过实在界的外在形状而显现出来。

b）其次，想象不能停留在对外在现实与内在现实的单纯的吸收上，因为理想的艺术作品不仅要求内在心灵显现于外在形象的现实界，而且还要求达到外在显现的是现实事物的自在自为的真实性和理性。艺术家所选择的某对象的这种理性必须不仅是艺术家自己所意识到的和受到感动的，他对其中本质的真实的东西还必须按照其全部广度与深度加以彻底体会。因为没有深思熟虑，人就不能把在他身心以内的东西搬到意识领域来，所以每一部伟大的艺术作品都使人感到其中材料是经过作者从各方面长久深刻衡量过的、熟思过的。轻浮的想象绝不能产生有价值的作品。但是我们不能因此就说，艺术家应该以哲学思考的形式去掌握形成宗教、哲学和艺术基础的那一切事物中的真实的东西。哲学对于艺术家来说是不必要的，如果艺术家按照哲学方式去思考，就知识的形式来说，他就是干预了一种与艺术相对立的事情。因为想象的任务只在于把上述内在的理性化为具体形象和个别现实事物去认识，而不是把它放在普泛命题和观念的形式里去认识。所以艺术家须用从外在界吸收来的各种现象的图形，去把在他心里活动着和酝酿着的东西表现出来，他须知道怎样驾驭这些现象的图形，使它们服务于他的目的，它们也因而能把本身真实的东西吸收进去，并且完满地表现出来。在这种使理性内容和现实形象互相渗透融会的过程中，艺术家一方面要求助于理解力，另一方面也要求助于深厚的心胸和灌注生气的情感。所以只有缺乏鉴赏力的人才会认为像荷马所写的那样的诗是诗人在睡梦中可以得到的。没有思考和分辨，艺术家就无法驾驭他所要表现的内容（意蕴）。认为真正的艺术家不知道自己在做什么，这是一个错误的想法。此外，凝神专注对于艺术家也是必要的。

c）通过渗透到作品全体而且灌注生气于作品全体的情感，艺术家才能使他的材料及其形状的构成体现他的自我，体现他作为主体的内在的特性。因为有了可以观照的图形，每个内容（意蕴）就能得到外化或外射，成为外在事物；只有情感才能使这种图形与内在自我达到主体的统一。就这方面来说，艺术家不仅要在世界里看得很多，熟悉外在的和内在的现象，而且还要把众多的重大的东西摆在胸中玩味，深刻地被它们掌握和感动；他必须发出过很多的行动，得到过很多的经历，有丰富的生活，然后才有能力用具体的形象把生活中真正深刻的东西表现出来。因此，天才尽管在青年时代就已崭露头角，但是只有到了中年和老年，才能达到艺术作品的真正的成熟，例如歌德和席勒就是如此。

b）才能和天才

通过想象的创造活动，艺术家在内心中把绝对理性转化为现实形象，成为最足以表现他自己的作品，这种活动就叫做“才能”“天才”等。

a）天才有哪些方面，我们在上文已经讨论到了。天才是真正能创造艺术作品的那种一般的本领以及在培养和运用这种本领中所表现的活力。但是这种本领和活力都只是属于主体的，因为只有一个自觉的主体，一个把这种创造作为目标的主体，才能进行富有心灵性的创造。不过人们还要在天才和才能之中定出一种更明确的分别。天才和才能在事实上固然不完全是一回事，但是二者的统一对于完美的艺术创作却是必要的。就艺术一般须经过个性化，使它的产品外射为现实现象来说，它需要一种不同的特殊的本领去达到这种实现[3]的特殊的方式。这种特殊的本领可以叫“才能”，例如某人有演奏小提琴的才能，另一个人有歌唱的才能，等等。但是单纯的才能只是在艺术的某一个别方面达到熟练，为着达到本身的完备，还需要只有天才才可以供给的那种一般性的艺术本领和灌注生气的作用。所以没有天才的才能不免只停留在表面的熟练上。

b）人们通常认为才能和天才都是天生的。这种看法从一方面看是正确的，从另一方面看却是错误的。因为人作为人，天生就有对于宗教、思考和科学等方面的资禀，就是说，人作为人，就有能力去接受对于神的认识，从而具备由思考得来的知识。要做到这一层，需要与生俱来的资禀，再加上教育、文化修养和勤勉。而艺术则不然，它需要一种特殊的资质，其中天生的因素当然也起重要作用。美本身既然是在感性的现实事物中实现了的理念，艺术作品既然把心灵性的东西表现于目可见耳可闻的直接的事物,艺术家就不能用纯粹是思考的心灵活动形式,而是要守在感觉和情感的范围里,或是说得更精确一点,要用感性材料去表现心灵性的东西。因此,艺术创作,正如一般艺术一样,包括直接的和天生自然的因素在内,这种因素不是艺术家凭自力所能产生的,而是本来在他身上就已存在的。只有在这个意义上我们才能说,天才和才能必然是天生的。

同理,各门艺术都或多或少是民族性的,与某一民族的天生自然的资禀密切相关。例如意大利人天生就在歌曲方面擅长,北欧人民则不然,尽管我们在音乐和歌剧方面的训练也得到很大的成功,这两种艺术在我们中间毕竟像橘树一样,不能成为完全土生土长的东西。希腊人特别擅长于史诗和雕刻,而罗马人则没有一门专长的艺术,只是把希腊的艺术移植到本土来。范围最广的艺术是诗,因为诗比起其他艺术,对感性材料及其形式的构成所要求的最少。而在诗之中,民间诗歌又是最属于全民族范围的,与天生自然方面结合最密切的,所以民间诗歌总是产生在精神文化比较不发达的时代,在大多数情况下保持天真纯朴的风味。歌德写过各种各样的诗,但是他的最足见内心深处的最像自然流露的作品是他早年写的歌。文化的痕迹在这些歌里露得最少。近代希腊人仍然是一个擅长于作诗唱歌的民族。昨天或今天发生的某一个英勇事件,一个人的死亡及其致死的情境,一次丧葬,每一个冒险的事迹,从土耳其方面来的某一次压迫行动——总之,无论什么事情一发生,他们就马上把它编成歌;有很多的例子说明一场战斗发生了,当天歌颂新胜利的诗歌就出来了。浮芮尔[4]编了一部希腊新诗集,入选的诗歌往往是从老太婆们、保姆们和小姑娘们口里录下来的,她们倒感到稀奇,浮芮尔为什么对她们的歌那样惊赞。从此可知,艺术和它的一定的创造方式是与某一民族的民族性密切相关的。例如临时编唱是意大利人的家常便饭,他们在这方面显出惊人的才能。至今一个意大利人还能临时编唱出一部五幕剧，其中没有一句是由记诵得来的，一切都从人类情欲及其情境的知识以及当前的鼓舞力量涌出来的。有一次有一位穷编唱家编唱了很长一段时间之后，伸出一顶破帽子向四周听众收钱，同时还兴高采烈，不停地编唱，不知手之舞之，把收来的钱都抛撒了。

c）第三，天才还有一种本领也是属于天生自然方面的，那就是在某些门类艺术里，无论是在构成腹稿还是在传达技巧方面，都现出一种轻巧灵活。在这方面人们常谈到诗人受到音韵格律的束缚，画家碰到素描、着色、安排光影等在构思和下笔时所造成的许多困难。关于这一点，我们应该说，各门艺术当然都需要广泛的学习，坚持不懈的努力以及多方面的从训练得来的熟练；但是天才和才能愈卓越、愈丰富，他学习掌握创作所必需的技巧也就愈不费力。因为真正的艺术家都有一种天生自然的推动力，一种直接的需要，非把自己的情感思想马上表现为艺术形象不可。这种形象表现的方式正是他的感受和知觉的方式，他毫不费力地在自己身上找到这种方式，好像它就是特别适合他的一种器官一样。例如一位音乐家只能用乐曲来表现在他胸中鼓动的最深刻的东西，凡是他所感到的，他马上就把它变成一个曲调，正如画家把他的情感马上就变成形状和颜色，诗人把他的情感马上就变成诗的表象，用和谐的字句把他所创作的意思表达出来。艺术家的这种构造形象的能力不仅是一种认识性的想象力、幻想力和感觉力，而且还是一种实践性的感觉力，即实际完成作品的能力。这两方面在真正的艺术家身上是结合在一起的。凡是在他的想象中活着的东西好像马上就转到手指头上，就像凡是我们所想到的东西马上就转到口上说出来，或是我们一遇到最深处的思想、观念和情感，马上就由姿势态度上现出一样。从古以来真正的天才都感到完成作品所需要的技巧是轻而易举的事，而且有本领迫使最枯燥和表面上最不易驯服的材料听命就范，使它不得不接受想象中的内在形象而把它们表现出来。艺术家的这种天生本领当然还要经过充分的练习，才能达到高度的熟练；但是很轻巧地完成作品的潜能，在他身上却仍然是一种天生的资禀；否则只靠学来的熟练绝不能产生一种有生命的艺术作品。按照艺术的概念，这两方面——心里的构思与作品的完成（或传达）是携手并进的。

c）灵感

第三，想象的活动和完成作品中技巧的运用，作为艺术家的一种能力单独来看，就是人们通常所说的灵感。

a）关于灵感，第一个问题就是关于它的起源，对这个问题有极多的不同的看法。

a1）因为天才与心灵现象和自然现象通常都处在一种最紧密的关系中，人们就以为通过感官的刺激就可以激发灵感。但是单靠心血来潮并不济事，香槟酒产生不出诗来；例如马蒙特尔[5]说过，他坐在地窖里面对着六千瓶香槟酒，可是没有丝毫的诗意冲上他脑里来。同理，最大的天才尽管朝朝暮暮躺在青草地上，让微风吹来，眼望着天空，温柔的灵感也始终不光顾他。

a2）而单靠存心要创作的意愿也召唤不出灵感来。谁要是胸中本来没有什么内容在活跃鼓动，还要东张西望地搜求材料，只是下定决心要得到灵感，好写一首诗，画一幅画或是发明一个乐曲，那么，不管他有多大才能，他也绝不能单凭这种意愿就可以抓住一个美好的意思或是产生一部有价值的作品。无论是感官的刺激，还是单纯的意志和决心，都不能引起真正的灵感。要采用这些办法来引起灵感，这就足以说明心灵和想象还没有抓住真正有艺术意义的东西。如果艺术的动力是正当的，这种真正有艺术意义的东西就会抓住一个明确的对象和内容（意蕴）而得到坚实的表现。

a3）因此，要煽起真正的灵感，面前就应该先有一种明确的内容，即想象所抓住的并且要用艺术方式去表现的内容。灵感就是这种活跃地进行构造形象的情况本身（这一方面是就主体的内在的创作活动来说，另一方面也是就客观的完成作品的活动来说，因为这两种活动都必须有灵感）。这里又有一个问题：这种引起灵感的材料怎样来到艺术家脑里呢？关于这个问题人们也有各种不同的看法。我们常听到人们提出这样的要求：艺术家应该单从他本身吸取材料来创作。如果诗人"像鸟儿栖在树枝上歌唱"那样，这种要求当然是可以实现的。在这种情形之下，他自己的快乐就是创作的动力，这种从内心迸发出来的东西本身就可以成为作品的材料和内容，推动他对自己的喜悦进行艺术的欣赏。对于这样的作品，我们就可以说："从肺腑中迸发出来的歌本身就是一种丰富的酬劳。"但是从另一方面看，最伟大的艺术作品也往往是应外在的机缘而创造出来的。例如品达的颂诗就有许多是应命制作的。建筑家和画家们也往往须就指定的目的和对象进行工作，却仍然可以得到灵感。我们时常听到艺术家们埋怨说，他们缺乏可以工作的材料。其实，上面说的那种外在机缘及其对创作的推动力就是天生自然性与直接性的因素，这些因素对于才能的概念是不可少的，对于灵感的出现也是一个条件。就这一点来说，艺术家的地位是这样：作为一个天生具有才能的人，他与一种碰到的现存的材料发生了关系，通过一种外缘，一个事件，或是像莎士比亚那样，通过古老的民歌、故事和史传，通过这一类事物的推动，他自觉有一种要求，要把这种材料表现出来，并且因此也表现他自己。所以创作的推动力可以完全是外来的，唯一重要的要求是，艺术家应该从外来材料中抓到真正有艺术意义的东西，并且使对象在他心里变成有生命的东西。在这种情形之下，天才的灵感就会不招自来了。一个真正的有生命的艺术家就会从这种生命里找到无数的激发活动和灵感的机缘，这些机缘临到了旁人就不发生影响，就轻易放过了。

b）如果我们进一步追问艺术的灵感究竟是什么，我们可以说，它不是别的，就是完全沉浸在主题里，不到把它表现为完满的艺术形象时绝不肯罢休的那种情况。

c）但是在艺术家这样把对象完全变为他自己的对象之后，他还要知道怎样把他自己的主体的特殊癖性及其偶然的个别现象抛开，让自己完全沉浸在主题里面；这样，他作为主体，就好像只是形式，赋予形式于他所沉浸在里面的那个内容。如果在一种灵感里，主体作为主体突出地冒出来发挥作用，而不是作为主题本身所使用的器官和所引起的有生命的活动，这种灵感就是一种很坏的灵感。说到这里，我们就要转到所谓艺术创作的客观性了。

2. 艺术表现的客观性

a）纯然外在的客观性

按照寻常的意义来说，“客观性”这个名词所指的是艺术作品的一切内容都要采取原已存在的现实事物的形式，就以这种人所熟悉的外形出现在我们的面前。如果我们满足于这种客观性，考茨布也就算得上一个客观的诗人了。在考茨布的作品里，我们看到他依样画葫芦地把平凡的现实完全抄写一遍。但是艺术的目的是要在内容和表现两方面都把日常的琐屑的东西抛开，通过心灵的活动，把自在自为的理性的东西从内在世界揭发出来，使它得到真实的外在形象。纯然外在的客观性不能揭示内容的完满的实体性，艺术家就不应致力于此。因为尽管对现成的材料作这种客观的掌握也可以见出极高度的生动性，而且像我们前面在歌德的早年作品中一些例子里所已看到的，通过内在的生气灌注，也可以产生巨大的效果，但是如果它缺乏真正的内容（意蕴），它就还不能产生真正的艺术美。

b）尚未展现的内心生活

第二种客观的表现方式并不以外在事物本身为目的，在这种方式中，艺术家用以掌握对象的是他的深刻的内心生活。但是这内心生活还是隐蔽的、凝聚的，还不能挣扎出来，让意识可以清楚地认识到，从而达到真正的展现。情致的表达只限于通过与它共鸣的一些外在现象隐约地暗示出来，作者还没有足够的能力和文化修养，可以把内容的全部性质加以阐明。特别属于这种表现方式的是民间诗歌。它们在外表上是简单的，却暗示出藏在骨子里的一种较深较广的情感，但是还不能把它明白表现出来，因为民歌艺术本身还不够完善，不能把它的内容（意蕴）透明地揭示出来，所以只得满足于通过外在事物[6]，让同情的人可以隐约感觉到它的内容（意蕴）。作者的心还是凝聚的、紧缩的，为着要使旁人的心可以了解它，于是把自己反映到完全有限的外在的情况和现象上去，这些外在的情况和现象当然也有些表现力，不过它们对于所要表达的心情还只是一种隐约的暗示。歌德也用这种方式写出过一些极优美的短歌，《牧羊人的怨歌》就是一个最美的例子。牧羊人的愁苦怅惘的心情流露于几笔关于纯然外在事物的描写，它显得是沉默的，发不出声音的，但是他的极端凝聚的深刻的情感仍然在无言无语之中透出声响来。在《魔王》以及许多其他的歌里，这样的声调也是主调。这种声调也可以堕落成为枯燥粗野的东西，不能让人认识到主题和情境的本质，只抓住一些生糙的或是低级趣味的外在事物。例如《儿童的魔笛》[7]里有一首写鼓手的伙伴叫喊出这样的话来：“啊，绞首架呀，你这座高房子！”或是“再见吧，班长老爷”。有人还称赞这种诗是最动人的。与此相反，歌德却唱出这样的歌：

愿我亲手摘来的这枝花，

朝朝暮暮承接你的芳颜!
几多暮呀几多朝,
我向它呀弯下腰,
几多朝呀几多暮,
我把它呀压在心头。

这里内在的心情是用一种完全不同的方式暗示出来的,供给我们观照的不是什么琐屑的惹人嫌的东西。但是一般说来,这一类的客观性都缺乏情感与情欲的真实而鲜明的表现。在真正的艺术里,这种情感与情欲不应该如上文所说的那样禁闭在心灵的深处,只通过外在事物隐约地暗示出来,而是应该完完全全地把自己显现出来,它所寄托的外在事物须是清晰的、完全透明的。例如席勒在表达情致时,就把他的整个灵魂而且是伟大的灵魂摆进去,这种灵魂对于事物的本质能体验入微,而且能尽量用丰富而和谐的语言自由地光彩焕发地把事物本质的深微处表现出来。

c) 真正的客观性

关于这一层,我们可以按照理念的概念,从主体的外现方面来看,把真正的客观性定成这样:使艺术家得到灵感的那种真正的内容(意蕴)不能有丝毫部分仍保留在主体的内心里,而是要完全揭示出来;而揭示的方式又要是这样的:所选内容(意蕴)的普遍的灵魂和实体既很明确,它的个别形象本身也很圆满,而且整个表现出来的作品显得有那灵魂和实体灌注在里面。因为最高尚最卓越的东西都不是什么不可言说的东西,认为诗人在作品里所表现的之外,还有远较深刻的东西,那是不正确的。作品足以见出艺术家的最好的方面和真实的方面;他是什么样人就是什么样人,凡是只留在内心里的就还不是他。

注释

［1］阿里奥斯陀(1474—1533)，意大利诗人，他的杰作《疯狂的罗兰》就是歌颂艾斯特家族的。

［2］想象(Phantasie)，即“形象思维”。

［3］指上句“使它的产品外射为现实现象”，即一般所谓“传达”。

［4］浮芮尔(1772—1844)，巴黎大学教授，研究民间诗歌的专家。

［5］马蒙特尔(1723—1799)，法国作家。

［6］Äusserlichkeiten，俄译本英译本都作“外在象征”。

［7］德国的一部民间诗歌选集。

(选自黑格尔《美学》(第一卷)，朱光潜译，北京：商务印书馆，2011：356—369)

叔本华　作为意志和表象的世界

·作者简介·

叔本华(1788—1860),德国唯意志论哲学的创始人,美学家。出身于德国但泽(今属波兰)一个银行家家庭。他从小傲慢、孤僻,带点神经质。1809 年入哥廷根大学学医,后改学哲学。1819 年发表重要著作《作为意志和表象的世界》,标志着其思想发展的顶点。1822 年被聘为柏林大学教授,与黑格尔争夺听众败北。尽管他的哲学受到同代人的冷落,但他很自负,坚信真理的最后胜利。1836 年发表论文《论处于自然界中的意志》来维护他的意志学说。1853 年后他的哲学才为人重视。他是新的生命哲学的先驱者,从非理性方面来寻求哲学的新出路,提出了生存意志论。叔本华还著有《伦理学中的两个基本问题》等作品。

·阅读参考·

《作为意志和表象的世界》全面阐述了叔本华唯意志主义的哲学观,本文选自该书第三篇《对艺术的客体的探讨》。叔本华提出,文艺的宗旨“在于揭示理念……并且是以诗人心灵用以把握理念的明确性和生动性把它们传达于读者”。理念在本质上是直观的，通过文艺作品，可以让读者直观地看到生活的理念，在此过程中读者也需依靠自己的想象力。叔本华指出，在表现较低级别的意志客体性，如单纯动物性的自然时，因其本质容易把握，造型艺术的表现一般比文学艺术强。但是在表现人时，文学才是最佳形式，因为人不仅有体态和面部表情，还有思想和感情。所以人应是文艺作品的主要题材。叔本华将文艺作品中的人与历史记录中的人相比，认为前者更能反映人的本质，而后者偏重事实的记录。诗人会按照自己的选择和意图来表现人物，而历史学家必须严格按照外在标准和重要性来表现人物。诗人能在一切关系之外、一切时间之上来把握理念和人的本质，因此诗比历史更加真实。叔本华得出结论，即理念的真正开展，在文学里要比在历史里正确得多，也清楚得多。

· 原文 ·

如果我们现在顺着我们此前对于艺术的一般考察而从造型艺术转到文艺方面来，那么，我们就不会怀疑文艺的宗旨也是在于揭示理念——意志客体化的各级别，并且是以诗人心灵用以把握理念的明确性和生动性把它们传达于读者。理念本质上是直观的。所以，在文艺中直接由文字传达的既然只是些抽象概念，那么，〔文艺的〕宗旨显然还是让读者在这些概念的代替物中直观地看到生活的理念，而这是只有借助于读者自己的想象力才可能实现的。但是为了符合文艺的目的而推动想象力，就必须这样来组合那些构成诗词歌赋以及枯燥散文的直接材料的抽象概念，即必须使这些概念的含义圈如此交错，以致没有一个概念还能够留在它抽象的一般性中，而以一种直观的代替物代之而出现于想象之前，然后诗人继续一再用文字按他自己的意图来规定这代替物。化学家把〔两种〕清澈透明的液体混合起来，就可获得固体的沉淀；与此相同，诗人也会以他组合概念的方式使具体的东西、个体的东西、直观的表象，在概念的抽象而透明的一般性中沉淀下来。这是因为理念只能直观地被认识，而认识理念又是一切艺术的目的。〔诗人〕在文艺中的本领和化学家〔在试验室〕中的本领一样，都能够使人们每次恰好获得他所预期的那种沉淀。诗文里面的许多修饰语就是为这目的服务的，每一概念的一般性都由这些修饰语缩小了范围，一缩再缩，直到直观明确。荷马几乎是在每一个名词〔或前或后〕上都要加上一个定语，这定语的概念和名词概念的含义圈交叉就大大地缩小了这含义圈；这样，名词概念就更接近直观了；例如：

诚然是太阳神光芒四射的余晖落入海洋，
是黑夜逐渐笼罩在滋生万物的大地上。

又如：

从蔚蓝色的天空吹来一阵微风，
山桃静立着，还有月桂高耸——

少数几个概念就使南国气候迷人的全部风光沉淀于想象之前了。

节奏和韵律是文艺所有的特殊辅助工具。节奏和韵律何以有令人难以置信的强烈效果，我不知道有其他什么解释，我们的各种表现能力基本上是束缚在时间上的，因而具有一种特点，赖此特点我们在内心追从每一按规律而重现的声音，并且好像是有了共鸣似的。于是节奏和韵律，一方面由于我们更乐于倾听诗词的朗诵，成为吸引我们注意力的手段，一方面使我们对于〔人们〕朗诵的东西，在未作任何判断之前，就产生一种盲目的共鸣；由于这种共鸣，人们所朗诵的东西获得一种加强了的，不依赖于一切理由的说服力。

由于文艺用以传达理念的材料的普遍性，亦即概念的普遍性，文艺领域的范围就很广阔了。整个自然界，一切级别上的理念都可以由文艺表出，文艺按那待传达的理念有什么样的要求，时而以描写的方法，时而以叙述的方法，时而又直接以戏剧表演来处理。不过，如果是在表出意志客体性的较低级别时，因为不具认识的自然以及单纯动物性的自然都可以在掌握得很好的某一瞬间几乎就完全揭露了它们的本质，那么造型艺术一般就要比文艺强。人则与此相反，人表现他自己不仅用单纯的体态和面部表情，而且用一连串的行为以及与行为相随的思想和感情。就这一点来说，人是文艺的主要题材，在这方面没有别的艺术能和文艺并驾齐驱，因为文艺有写出演变的可能，而造型艺术却没有这种可能。

那么，显示意志的客体性到了最高级别的这一理念，在人的挣扎和行为环环相扣的系列中表出人，这就是文艺的重大课题。固然还有经验，还有历史也教导我们认识人，不过那多半是教我们认识人们而不是教我们认识人，即经验和历史偏重于提供人们互相对待上的一些事实的记录，而很少让我们深刻地看到人的内在本质。同时，我们也不能说经验和历史就不能谈人的内在本质，不过凡是一旦在历史或在我们个人自己的经验中也能使我们看到人自己的本质，那么我们理解经验和历史学家理解历史就已经是拿艺术眼光，诗人的眼光〔看问题了〕；即我们和历史学家已是按理念而不是按现象，已是按内在本质而不是按〔外在〕关系来理解〔各自的对象〕了。个人自己的经验是理解文艺和历史不可缺少的条件，因为经验就像是这二者的语言相同可以共同使用的一本字典似的。不过历史之于文艺就好比肖像画之于故事画，前者提供个别特殊中的真，后者提供一般普遍中的真；前者具有现象的真实性，并能从现象中证明真实性的来历，后者则具有理念的真实性，而理念的真实性是在任何个别的现象中找不到，然而又在一切现象中显出来的。诗人要通过〔自己的〕选择和意图来表出紧要情况中的紧要人物，历史学家却只看这二者是如何便如何秉笔直书。是的，他不得按情节和人物内在的、道地的，表示理念的意义，而只能按外在的、表面的、相对的，只在关节上、后果上重要的意义来看待和选择情节与人物。他不得对任何自在和自为的事物按其本质的特征和表现来观察，而是对一切都必须按关系，必须在连锁中，看对于随后发生的事有什么影响，特别是对于他本人当代的影响来观察。所以他不会忽略一个国王的行为，尽管这行为并无多大意义，甚至行为本身庸碌不堪；那是因为这行为有后果和影响。相反，个别人物本身极有意义的行为，或是极杰出的个人，如果他们没有后果，没有影响，就不会被历史学家提到。原来历史学家的考察是按根据律进行的，他抓住现象，而现象的形式就是这根据律。诗人却在一切关系之外，在一切时间之上来把握理念，人的本质，自在之物在其最高级别上恰如其分的客体性。虽然说，即便是历史学家所必须采用的考察方式，也绝不是现象的内在本质、现象所意味着的东西，所有那些外壳的内核就完全丧失了，至少是谁要找寻它，也还能把它认出来，找出来；然而那不是在关系上而是在其自身上重要的东西，理念的真正开展，在文学里就要比在历史里正确得多，清楚得多。所以尽管听起来是如此矛盾，〔我们〕应承认在诗里比在历史里有着更多真正的、道地的内在真实性，这是因为历史学家必须严格地按生活来追述个别情节，看这情节在时间上，在原因和结果多方交错的锁链中是如何发展的；可是他不可能占有这里必要的一切材料，不可能看到一切，调查一切。他所描写的人物或情节的本来面目随时都在躲避他，或是他不知不觉地以假乱真，而这种情况又是如此屡见不鲜，以致我认为可以断定在任何历史中假的〔总是〕多于真的。诗人则与此相反，他从某一特定的、正待表出的方面把握了人的理念，在这理念中他客观化了的东西就是他本人自己的本质。他的认识，如上面论雕刻时所分析过的，是半先验的；在他心目中的典型是稳定的、明确的、通明透亮的，不可能离开他。因此诗人在他那有如明镜的精神中使我们纯洁地、明晰地看到理念，而他的描写，直至个别的细节，都和生活本身一样的真实。所以古代那些伟大的历史学家在个别场合，当他们无法找得资料时，例如在他们那些英雄们如何谈话的场合，也就〔变成了〕诗人；是的，他们处理材料的整个方式也就近乎史诗了。可是这〔样做〕正赋予了他们的叙述以统一性，使这些叙述保有内在的真实性；即令是在这些叙述无法达到外在的真实性时，甚至是出于虚构时，也是如此。我们在前面既已以历史比肖像画，以文学比故事画，两两相对照；那么，我们看到文克尔曼所说肖像应该是个体理想的典型这句格言也是古历史学家所遵守的，因为他们描写个体是使人的理念在个体中显出的那一方面突出。现代的新历史学家则相反，除少数例外，他们大抵只是提供“垃圾箱和杂物存放间，最多〔也不过〕是〔记载〕一个重要的政治活动”。那么谁想要按人的内在本质——在一切现象中、发展中相同的本质——按人的理性来认识人，则伟大的、不朽的诗人们的作品就会让他看到一幅图画，比历史学家所能提供的还要真实得多，明晰得多；因为最优秀的历史学家作为诗人总还远不是一流的，何况他们也没有写作上的自由。就这一点说，人们还可用下面这个比喻说明二者的关系。那单纯的、专门的，仅仅是按资料而工作的历史学家就好比一个人没有任何数学知识，只是用量长度短的方法来研究他偶然发现的图形之间的关系，因而他从经验上得到的数据也必然会有制图中的一切错误。与此相反，诗人则好比另外一位数学家，他是先验地在制图中在纯粹的直观中构成这些关系；并且他不是看画出的图形中实际上有什么关系，而是看这些关系在理念中是如何的，他就如何确定这些关系；至于制图只是使理念形象化罢了。所以席勒说：

从来在任何地方也未发生过的，
这是唯一绝不衰老的东西。

（选自叔本华《作为意志和表象的世界》，石冲白译，北京：商务印书馆，2011：334—340）

英加登　对文学的艺术作品的认识

·作者简介·

英加登(又译作英伽登,1893—1970),当代波兰现象学哲学家和美学家,现象学美学的主要代表。早年受教育于里沃夫、哥廷根和弗赖堡等大学,曾师从现象学运动创始人胡塞尔,是胡塞尔最优秀的学生之一。1918年取得博士学位回国,之后在大学教授哲学。他是第一个系统深入地建立现象学美学的文艺理论家。著作有《文学的艺术作品》《对文学的艺术作品的认识》《艺术本体论研究》《经验、艺术作品与价值》等。其中《文学的艺术作品》最著名,是现象学美学的代表作。

·阅读参考·

在《文学的艺术作品》一书中,英加登探讨了文学的艺术作品如何构造。在《对文学的艺术作品的认识》中,英加登进一步探讨对艺术作品的认识如何产生,以及会有什么结果。对于英加登而言,"认识"是与文学作品交流的一种方式,感情因素也可被包括在内。本书选用的是作者对文学的审美经验的见解,包括审美经验产生的心理过程。当读者超出现实世界进入作品中再现的纯粹客体的领域时，并不一定会调动审美经验，文学作品中再现的对象也不一定是审美对象。只有当作品中出现一致或和谐的审美相关性质，审美对象才产生。英加登将审美对象理解为文学作品的具体化。读者产生原始审美情感后，审美经验就在阅读过程中具体化的作品细节的影响下展开，细节具体化时就被读者所理解。文学的审美经验有一些区别于其他艺术形式的要素。首先，除了语音层面，文学其他层面的性质都不是以感觉材料为基础，而是以直观的心理意象为基础的。第二，文学作品不能整体一次性地被理解，而是在理解过程中作品中的相续部分一段一段地被重构。第三，读者总是通过概念图式接近作品再现客体的世界。文艺作品各个层面的审美相关性质在审美理解中得以现实化。

· 原文 ·

第二十六节　对文学的审美经验的若干见解

文学的审美经验甚至比非审美的文学经验还要复杂。在它的领域中不仅包括我们在第一章讨论过的所有种类的经验，而且还有某些特殊的情感和行为（活动）方式，它们在同文学作品的前审美联系中根本不发挥作用。另外，整个过程发生了某些改变（某些行为以不同的方式进行）。在经验或认识中，特别强调的那些要素也和文学的艺术作品的前审美联系中的要素不同。然而，这并不是否认在阅读中也产生审美经验（或者连续地听作品的所有部分），但是这种“阅读”由于各种要素变得更丰富了，并且在其各阶段中采取了不同的进程。

我们可以以两种不同的方式对文学作品（艺术作品）采取审美态度。它可以以自然的方式发生，在这种方式中原始审美情感是作为作品中一种特别活跃的审美要素的结果而发生的(不管这种情感是根据作品的哪一个层次引起的，还是结合在一起的所有层次中的哪一个阶段唤起的)。或者它可以以人为的方式发生，在这里读者把自己置于这种态度中，或者当作品的标题告诉他正在读一首诗或一出戏剧时，从一开始就采取了这种态度。附带说一句，如果没有所读作品的支持，这样人为地采取审美态度就会失败。于是其结果只是我们开始阅读作品中作为拟判断的陈述。在实现句子意向时，我们超出现实世界而进入作品中纯粹再现客体的领域，但仅仅这一点还不足以调动审美经验，尽管句子意义得到限定的实现属于这种经验。我们也可以以这样的方式阅读科学著作，我们没有在真正判断的形式中实现句子，而是像胡塞尔说的那样，“把它们的有效性置之度外”，仅仅为了理解作品所坚持的是什么，而没有立即同意作品中所表达的判断。并非每一个纯粹意向对象，并非所有文学作品中再现的对象都是审美对象，正因为它是纯粹意向性的。只有在作品内容中出现了某些一致的审美相关性质，或者同作品中其他审美相关性质构成一个质的和谐时，审美对象才会产生。如果这些性质能够在读者中产生原始审美情感，那么就会发生对作品的审美知觉并构成审美对象。如果这种情况不发生，则我们只能以外审美态度来阅读这整个文学的艺术作品，在结束时只达到这样的确信，即这部作品应当形成审美具体化的意向失败了。其原因既可能在作品本身，也可能在读者，或二者兼有：第一种情况是因为作品中根本没有导致相应审美相关价值具体化的艺术价值，第二种情况是因为读者对作品出现的艺术价值缺乏感受力，或者他自觉地不去感受它们，因为他要排除对作品的审美理解，以便在其赤裸裸的、中性的和图式化的本体中“客观地”认识它。我们还会回到这个问题。

但是读者一旦产生原始审美情感，审美经验就在阅读中具体化的作品细节的进一步影响下展开，这些细节在达到具体化时就为读者所理解。我们在这里把“审美对象”理解为文学作品的具体化，在作品中实现了由作品艺术有效性确定的审美价值质素的现实化和具体化，以及这些性质的和谐，从而构成审美价值。然而这里存在着各种可能性。要么整个作品在审美经验的过程中构成一个单一的审美对象，要么构成若干个审美对象。在后一种情况中它们可以并列地互不相干地存在，没有互相影响，也没有构成一个更高级的综合的审美整体。但是它们也能够形成一个审美对象，它在一定程度上是分层次结构的，尽管其结构具有复杂性，但最终仍然是一个单一的整体。这如何可能的问题我将留待以后回答。目前首先要注意一些其他东西。

在一部文学的艺术作品中，审美相关性质的和谐可能来自于作品某一层次的全部性质的审美理解，而其他层次在这方面只有中性价值。或者它可能以作品不同层次甚至所有层次的审美价值质素作为基础。在前一种情况中，审美价值完全集中在例如语言或宏观层次，而其他层次则是审美中性的。在相反的情况中，这些性质的审美和谐包容了所有层次。在审美相关价值如此丰富的复调中，作品可能产生截然不同的终极价值——质的结局形式，这一点尤其取决于来自不同层次的审美相关性质对于以它们为基础构成的复调性和谐是否具有同样或不同的重要性。例如，如果一个层次（例如再现客体层次）产生的审美相关价值特别突出，而那些产生于语音现象层次的性质退到背景去，于是审美价值质素的综合复调性和谐的形式，就和它在诸性质以相反的方式分布时所具有的形式不同。

质的和谐在作品一个个别的审美具体化中构成的方式，取决于作品本身以及在阅读过程中审美经验发生的方式（当然它反过来又取决于读者的能力和审美的文学经验进一步展开其过程的条件）。在这方面重要的是，读者一方面要发挥文学的艺术作品的认识中所有各种功能(如果可能的话),同时,要尽量开拓他全部的艺术能量,在作品的基础上使其各层次中所有的审美价值质素现实化。说读者方面的企图或努力是有些不恰当的,因为读者只有在产生原始审美情感(这是不能人为地和自觉地产生的)之后才能达到对作品的审美理解。所以只有在他可能使自己对审美价值质素有较高的感受力时这才是合理的。但是也有可能对这些性质是内在地封闭的(或至少对某些种类"难以听到"),不论是时间性的还是永恒的。在后一种情况中,读者"盲于"某种类型的艺术作品,根本不能构成关于它们的审美经验,所以也不能理解它们。但这并不意味着上述艺术作品在艺术上毫无价值,从而不能导致任何有价值的审美对象(没"有"这样的审美对象)。我们看到理解一部并且是同一部文学的艺术作品的审美"知觉"的价值存在着各种可能性,这些可能性必须成为我们以后研究的题目。

文学的审美经验有许多细节,在这些细节中它们以特有的方式和其他审美经验区分开来。首先,我们这里必须包括塔塔凯维奇所强调的事实,即除了文学的艺术作品的语音层次中出现的性质之外,所有其他层次的其他性质之可以接近,都不是以感觉材料为基础,而只是以直观的心理意象——它是由对句子单元意义的理解的认识性活动指导的——为基础。所以,尽可能充分地使在作品中处于待机状态的再现客体的各种外观再现实化,对于文学的艺术作品的审美理解发挥着很大的作用。这些图式化外观本身使得再现客体并且首先是其中的审美价值质素的直观呈现或半呈现成为可能。

文学的审美经验的第二个本质要素——它在一定程度上把它们同绘画、雕塑、建筑的审美经验区分开——包含在下述事实中,即文学的艺术作品只能在持续若干阶段的审美经验中理解,在其中作品相续部分必须一个接一个地重构,整个作品不可能在这个经验的任何一个阶段中一下子就在其现实性中被理解。在每一个阶段中,除了最后一个阶段，只有作品的一个部分被认识和熟悉，并且总是只在这个阶段特有的时间透视中被理解。对文学的艺术作品的审美理解的每一新阶段都提供了作品的新细节，它和以前的不再呈现的部分结合构成新的性质组合，使读者产生不同的行为方式、情感、意向性情感，并且使他正确地对待或重新对待作品审美经验其后的各阶段。审美具体化或审美的文学对象的构成绝不可能发生在一个瞬间，而是会持续一定的时间，它的长度取决于作品本身的长度。对于较长的作品来说，若没有较大的中断，它常常不能实现。它在阅读过程中总是被新材料证实，从而经常彻底转化，特别是在包含着审美相关价值的时候，并且它也决不会实际完成。因为在它最初完成时，它就不在其整体性中对读者呈现并且不可挽回地离开他进入过去，所以他只能在回响和回忆的形式中，在时间透视的回溯中拥有审美具体化的整个文学的艺术作品。

在这方面，文学的艺术作品的审美构成和音乐作品的审美构成是有联系的。但是在音乐作品的审美理解中，情况不像文学作品的理解那么复杂。当然这在一定程度上取决于文学和音乐作品的形式或构造。然而，一般说来，音乐作品以前被理解的部分对以后部分的理解仍然有着重要影响的领域，不像在文学的艺术作品中那样大和复杂多样。对音乐作品已经理解部分的积极记忆比在文学作品中消失得更快一些。这同所比较的作品的特殊性及其理解的特殊性是有联系的。文学作品各部分间的联系一般说来比音乐作品要密切得多，因为它包含着意群层次，它确定了句子间的各种逻辑关系，并且作为结果，也确定了同它们相关的客观句子关系的逻辑关系，这种关系在音乐作品中一般是不可能的。例如一个复合句的综合功能是，它不仅建立了句子的内在统一性，而且在很大程度上使整个句子更容易保留在积极记忆中。在音乐作品中音调结构发挥着类似的作用，这种结构在一系列乐音基础上构成，建立了音乐构成的统一性，并且以一种类似的方式使这个构成在音乐经验中保持其现实性。但是这种音调构成的联系没有句子或句群间（由于其意义统一性）的联系那么密切。在此意义上，在积极记忆和回忆中保留音乐作品（在审美经验中）已经过去的部分，比在文学的艺术作品中要困难得多。文学的审美对象的构成更为困难，因为有时候必须不仅现实化来自作品不同层次的审美相关性质（这在音乐作品中是不存在的），而且要现实化作品相距很远的各部分的审美相关性质。所以，在文学的艺术作品的认识中发生的审美经验要求，至少在许多情况中，比音乐作品的审美构成更高度的专注和作品展开的各部分更动态化的联合。当然，这些只是两种审美经验的程度差别，但仍然必须在这里指出。然而，在上述两种审美经验和理解所谓空间艺术——绘画、雕塑、建筑——的审美经验之间存在着更深刻的区别。

就审美对象逐步的或部分的构成而言，对建筑作品的审美理解最接近于审美的文学经验。因为在这里我们也是只能相继地观看作品的各个部分和方面。为了把握作品的整体，我们必须从里到外地观看它，但这在某种程度上总是一种推论性理解。当然，作品的所有部分都是同时存在的，但它们不可能在同一时间里都现实地呈现出来。所以建筑审美对象的各部分和各方面总是在或长或短的阶段中构成的。一个并且是同一个建筑审美对象可以以截然不同的方式构成。审美相关性质的现实化可以在截然不同的序列中发生，由此经常导致这些性质不同地相互作用，赋予它一种不同的动态特征。尽管这座建筑——它是建筑作品的物理基础——是内在不变的（宏观地看），而且可以说是静态的，然而每一个建筑审美对象都具有一种内在的动态，这在审美价值质素中尤其明显。在考虑到这些差异时，就必须承认一个并且是同一个建筑作品有着一系列——原则上是无限的——审美具体化，特别是许多观赏者在不同的时间里（和历史时期）对同一个建筑作品形成的审美具体化。观赏者互相之间在使审美相关性质和以它们为基础的和谐现实化方面可能极其不同。同建筑的艺术作品充分的限定条件相比较，大部分建筑审美对象是不充分的。我们可以用另外的方式来表述这个见解，它们的构成当然结束了但同时是不完全的。在雕塑中审美对象的构成也没有什么本质的区别。与此相对照，绘画的审美具体化则有所不同。当然，绘画可以在一个单一的瞬间就得到审美理解，我们也许会倾向于这样认为，这是不正确的。因为即使是观赏一幅画，也存在各种可能的角度，这是因为各种方向和与画面的各种距离。然而我们无需从所有方向而只“从前面”观看它，并且即使在那里我们也只能在一个相对有限的空间中获得对画的令人满意的理解。没有必要在这个空间的所有的点上观看这幅画（就像建筑作品那样），以达到这幅画“充分的”审美具体化。在观看一幅画时，我们可以从一个特殊的角度让自己的眼睛长时间徜徉在画面上，这对于较大的绘画作品的审美理解不无意义，从而我们可以采取不同的方式来构成审美对象。但是同刚才讨论过的所有艺术作品相对照，仍然总是有可能在一个单一的瞬间在其充分的现实性中把绘画作品视为一个整体。尽管审美经验和构成审美对象的时间在延续着，但在这里存在着一个在或多或少静态地理解的“绘画”中完成这种构成的时刻[1]。

区别文学的审美经验和其他审美经验的另一个重要因素，是它们对进入文学作品的语义单位的纯理智的理解成分。所以，我们总是通过概念图式来接近作品再现客体的世界；我们决不能在其直观的可接近的特性中理解它们。我们必须首先客观化这些对象并借助于待机的图式化外观给它们“披上”直观的外衣。与此相联系的是下述事实，文学的审美经验决不可能像某些音乐作品那样是非理性和纯粹情感的[2]。即使在纯粹情感的抒情诗中，这种理智理解因素也不仅存在着，而且排除或减弱它们就会对抒情诗内容或审美对象的其他因素造成有害的影响。我们不应当作出任何努力从文学经验，或者属于它的审美对象中排除这种特定要素，因为它以自己的方式丰富了二者。但是在作品的审美理解的过程中，我们能够对这个层次出现的审美价值质素保持特殊的感受性吗？它对构成审美对象是有利的吗？另一方面，在意群层次中有一种特殊的审美价值质素吗？对这两个问题都必须作出肯定的回答。首先，某些产生于句子以及句群结构的性质无疑必须考虑。在分析文学作品的语言时我们经常说“好的”或“坏的”风格。在这样做时，我们主要考虑的是语言现象的某些特殊性。然而，更重要的是作品意群层次综合结构的优点或缺点。在这方面，有些人相信，在句子构成中句子简短是一个优点（从而可能是一个具有肯定价值的审美性质），因为这样它们就比较“清晰”并易于被“理解”。当然，相信一个简单并且比较“短”的句子比一个包含许多词的复合句（尤其是当后者是附属结构的）更“清晰”或更“容易理解”，这是一种错误的偏见。这就和相信一部作品中简短的句子的百分比特别高，就构成作品风格的一个优点是同样大的偏见。暂时重要的是把“清晰性”和“可理解性”作为风格的审美的“善”的风格优点，它反过来又成为文学的艺术作品的肯定价值。但是，如果我们更严密地考察复合句和附属结构的句子，我们就会发现它们的各句法结构包含着大量的审美相关性质。复合句有各种类型的构造设计，它们不仅纯粹作为结构是“有趣的”，而且还有某些伴随的现象，当我们说句子结构的“困难”或“容易”时我们想到的就是这些现象。这种“困难”或“容易”和理解句子的困难毫不相关，尽管它可能伴随着出现[3]。

其他属于此列的区别有，例如，风格的“简洁性”和“人为性”的区别，一部作品“流畅的”语言和那些我们不得不一再“发掘”的作品的区别，后者的句子太复杂并且它们的序列没有产生句群的统一意义。以各种语义单位特性为基础的审美价值质素的对照，就是以这些区别为基础的。展开句子结构及其序列的动力和速度也可以作为属于此列的审美相关性质的进一步例证。它们对于构成文学的审美对象都发挥着重要的作用。在作品的审美经验中，对这些因素的理解对于构成这个对象来说是必不可少的。只有在作品的审美具体化中，它们的揭示和现实化才能揭示作品结构中实际的"文学的"东西，当然还有语音层次中出现的审美相关性质。在文学的审美对象的其他两个层次中现实化的审美相关性质，是那种也可以在所谓的造型艺术，即绘画和建筑中现实化的性质，所以它们不是特属于文学的。

作为对照，能够在审美具体化中现实化的审美相关性质，在作品的审美理解过程中可以构成和谐体的性质的异质性和丰富性，是文学的审美经验及其意向性关联物的特有特征。在其他审美经验中，这些性质的这样深远的异质性实现是不可能的。因为实际发生的经验在这方面甚至接近于穷尽了真正的文学的艺术作品提供给经验主体的可能性，读者必须对不同的基本类型的性质具有非常好的眼力，以及具有有效的技巧以现实化并在其和谐中理解审美价值质素——他观察到或感觉到它们在作品中是占主导地位的，而且他必须在感觉到经验本身的过程中做到这些。从作品语言的语词声音中、语言旋律中、各种节奏中显现的审美相关性质，到这里已经提到的在意群中出现的审美相关性质，提到显示在再现客体及其直观的外观中，在"主人公"生活的情境中以及作为形而上性质在描绘的世界中的审美相关性质——总而言之，许多性质（但决不会多于从所有可能的性质中的一种选择）都在文学的艺术作品的审美理解中现实化了。但是它们都只构成质的材料，在这些材料的基础上可以构成各种可能的和谐和综合价值性质，在其他艺术中它们不会显现出这样的多样性。所有这些审美相关现象都在共时和历时的关系中联系着，它们互相限定，有时互相支持，有时互相排除——所有这些都具有一种生命力和动力，只有音乐才可能同它有一定的相似性。这给审美经验主体提出了极其困难的任务，不仅要求他的心灵在许多方向上是开放的，而且要求他有能力迅速从能动的创造的态度（相关性质在这种态度中得到尽可能的现实化），转移到接受的态度，从一种情感转移到另一种情感，从一种价值反应转移到另一种价值反应，同时又不让这种情感麻痹，而专心地理解作品展开的新细节的能力。当对文学的艺术作品的一种正当审美理解及其可能性的条件的问题出现在我们面前时，我们就要平衡所有这些因素。

注释

［1］在绘画领域中构成并完成审美对象和认识本身作为艺术作品的画作是有区别的，后者有许多复杂的情况需要专门考虑。目前我们只涉及在各类艺术中构成审美对象的各种方式，而没有提出所构成的审美对象是否以及在什么程度上忠实地表现了艺术作品并通过它们使认识艺术作品成为可能的问题。

［2］但即使在这里也有一种理解，尽管文学作品的理解完全不同。首先这种理解同音调构成以及由此而来的音乐作品的结构相联系。

［3］我们可以想一想克莱斯和托马斯·曼与康德的《纯粹理性批判》或《道德形而上学基础》，它们都是用“长”复合句写的，但在句子结构的“难易”方面却截然不同。

（选自英加登《对文学的艺术作品的认识》，陈燕谷、晓未译，中国文联出版社，1988：232—242）

三 心灵与情感：英国浪漫主义诗学

华兹华斯 《抒情歌谣集》序言

·作者简介·

华兹华斯(1770—1850)生于律师之家。1783年其父去世,他和弟兄们由舅父照管,妹妹多萝西则由外祖父母抚养。多萝西与他最为亲近。1787年他进入剑桥大学圣约翰学院学习,大学毕业后去法国,住在布卢瓦,在法国亲身领略了大革命的风暴。1798年9月至1799年春,华兹华斯与多萝西去德国小住,创作了《采干果》《露斯》和《露西》组诗,同时开始写作长诗《序曲》。1802年10月,华兹华斯和相识多年的玛丽·郝金生结婚。这段时间,华兹华斯写了许多以自然与人生的关系为主题的诗歌,中心思想是大自然是人生欢乐和智慧的源泉。1803年华兹华斯游览苏格兰,写下了《孤独的收割人》。1807年,他出版了两卷本诗集。这部诗集的出版,总结了从1797～1807年他创作生命最旺盛的十年。华兹华斯与柯勒律治、骚塞同被称为"湖畔派"诗人。他们也是英国文学中最早出现的浪漫主义作家。他们喜爱大自然,描写宗法制农村生活,厌恶资本主义的城市文明和冷酷的金钱关系。他们远离城市,隐居在昆布兰湖区和格拉斯米尔湖区,由此得名"湖畔派"。

· 阅读参考 ·

1800 年，华兹华斯破除古典主义的陈规，推出了浪漫主义文学诗歌的宣言书《〈抒情歌谣集〉序言》，比较系统地阐述了他对诗歌创作的理论主张。本书选取了该文的部分内容。华兹华斯提出自己作诗的目的是通过贴近日常生活，采用实际生活中的语言，用朴实无华的语言表达自己的感情，把寻常的事物以不寻常的方式呈现给读者的心灵。他的选题范围主要是乡村生活，因为在这样的环境中，人的心灵更加自由，感情更加纯真，受社会虚荣的影响较少。华兹华斯由此进一步指出对诗歌的评判标准，即“一切好诗都是强烈感情的自然流露”。这个标准明确揭示了浪漫主义的主要特征就是注重个人情感的表达，用奔放的词汇描绘出无拘无束的人物形象。在对“诗人”这个词的含义的探讨中，华兹华斯指出，诗人是“天生具有更强烈感受力、更多热情和更多慈蔼的人”；诗人具有丰富的精神生活，能够凭借想象唤起激情，但是这样的激情之下吐露的语言还远远比不上现实中自然流露的语言；诗需要贴近自然，从常人的视角出发，将直接的快感传达到人的心灵，使人产生同样的感情。

· 原文 ·

我在这些诗中提出的主要目的，是从日常生活中选取一些事件和情景，自始至终尽可能选择人们实际运用的语言，来叙述或描写，并且同时替它们敷上某种想象的色彩，从而把寻常的事物以不寻常的样子呈现给读者的心灵；总之，要使得这些事件和情景饶有兴趣，真实地而不浮夸地从其中探索出我们天性的根本规律，尤其是要探索我们在兴奋状态中组织思想的方式。我一般选择卑微的和乡村的生活，因为在那种情况下，心灵的主要激情找到了它们可以在其间成长的更好的土壤，而且更无所拘束，能够说出更明白更有力的语言；因为在那种生活的情况下，我们的各种基本感情都是以更纯真的状态并存，从而可以更精密地默察，更有力地传达出来，因为乡村的生活方式就是从那些基本感情中萌芽的，而且由于乡村事务的必然性，它更容易领会而且更能耐久；最后一点，因为在乡村中，人们的激情往往与大自然的美丽恒久地结合起来。我也采用了这些乡下人的语言（当然清除了其中那些似乎是真正的缺点，清除了一切经常会而且必然会使人厌恶或唾弃的因素），因为此等人时时刻刻都接触到最精彩的语言，最精彩的事物；并且因为他们的社会地位卑微，身份相同，交际范围狭小，而受到社会虚荣的影响也较少，所以他们都用朴素无华的词句来表达自己的感情和见解。因此，这样一种语言，既然是从反复经验和正常感情中产生，就比诗人们所常常用以代替它的另一种语言更加耐久，更富有哲理，而诗人们反自以为，他们愈脱离人类的同感，沉迷于自己所创造的武断而任性的表现习惯，以餍足爱恶无常的趣味和爱恶无常的胃口，也就愈能够给自己和自己的艺术以光彩[1]。

然而，我对于今日人们之抨击当代诗人在其诗作中偶然表现的思想上和语言上的平凡与拙劣，不能够漠不关心；而且我也承认，这种缺点，如果是存在的话，对于作者自己的品德，就比华而不实和标奇立异更为可耻，虽则我同时要申辩，这个缺点，就其种种后果来说，为害是微乎其微的。读者会发觉，我集中的诗歌不同于上述的那些诗作，至少有一个异点：就是我每一首诗都有一个可贵的目的。这不是说，我动手写诗时总先怀有一个明确的目的；但我相信，我的沉思习惯能触发和调节我的感情，所以我对于那些强烈地煽起我感情的事物的描写，就会显得是带上了一个目的。如果说我这个见解错误的话，那我就不配有诗人之名了。因为一切好诗都是强烈感情的自然流露；并且，虽然这点是真理，但是凡是有一点价值的诗篇，并不是可以随便拿一类主题来创作的，而都是出于一个具有异乎寻常的官能感受力，而且曾经过深思熟虑的诗人之手。因为我们的感情的不断之流是受我们的思想所规定、所支配的，而这些思想其实是我们过去一切感情的象征，而且因为我们默察这些一般性象征彼此间的关系，便可以发现对于人类何为真正重要者，所以如果反复并继续这动作，我们的感情就会联系到重要的主题。久而久之，如果我们本来就有着丰富的敏感的话，便会终于产生这样的心理习惯，所以我们所描写的事物和所吐露的衷曲，将具有这样一种性质，并且处在这样的彼此关系中，以致读者的理解力就必然得到某种程度的启发，他的感情也增强和净化了。

［……］

"诗人"这个词儿的意义是什么呢？诗人是何等人物呢？他是对谁说话的呢？人们希望他说的是什么语言呢？——诗人者，是一个对众人说话的人，不错，他是一个天生具有更强烈感受力、更多热情和更多慈蔼的人，他对于人性有着更多的认识，而又具有比我们以为人类所共有的心情更为渊博的心灵；他热爱自己的激情和意志，他比任何人还要喜爱自己内心的精神生活；他又喜欢默察宇宙运动中所表现的类似的激情和意志，如果找不到这些，习惯就驱使他去创造。除了这些性质以外，他还有一种怪癖，那就是，他比别人更容易被不在眼前的事物所感动，仿佛这些事物是在眼前；他又有一种能力，能够在自己心中凭想象唤起激情，这些激情固然同真实事件所产生的激情远不是一样的，但是（尤其是在一般同情中那些使人喜悦和愉快的部分）竟然比别人仅仅由于内心激动所惯于在心中感觉到的情绪，更加逼真地肖似真实事件所产生的激情——因此，并且由于实践，他获得了一种更大的敏感，以及表现他所思所感之能力，而尤其是表现那些由他自己选择，或者由于他自己的心理结构，不假任何直接外来刺激，而在他心中兴起的思想和感情。

然而，无论我们假定甚至最伟大的诗人能具有这种能力到多大分量，但无疑这种能力所提示他的语言，必定在生动和真实两方面远不如人们在现实生活中，在激情的实际压迫下所吐露的语言，所以诗人只能表现这些激情于万一或者感觉到在自己心中有其一些影子而已。

无论我们愿意把一个诗人的品德看得何等高超，但是显然在他描写和摹仿激情之际，他的描写如果同实际行动和真正痛苦的不羁和力量相比，总显得在一定程度上是机械的。所以，诗人的期望，将是使自己的感情接近于他所描写的人物的感情，不，也许在短时间内让自己堕入纯粹幻想中，甚而把自己的感情与人物的感情混交起来而视为一体；而只修饰一下语言，因为想到他是为了一个特殊目的，即为了给人以快感而描写，所以这一想就会提醒他该用什么语言。那么，在这场合，他得运用去粗取精的原则，在前文我已经坚持这原则了。他得依赖这个原则来扫清那些会在激情中使人感到痛苦而厌恶的语句；他将觉得没有矫揉造作或者提高自然之必要；而且，他愈是孜孜不倦地应用这个原则，他就愈是深深相信，他自己的幻想或想象所能提示的语言，就没有一个字可以与现实和真实的自然流露的语言相比拟。

然而，有些人虽然并不反对我这些见解的总的精神，但也可以这样说：既然一个诗人不可能在任何场合都写出恰到好处的激情语言，像真实激情所提示的语言那样，那么他就不妨设想自己是处于翻译家的地位，一个翻译家绝不会犹豫以另一种精彩来代替他自己所不能达到的精彩，甚至偶或企图超过原作，以多少弥补一下他觉得自己不得不屈从的一般缺憾。然而，这无异于鼓励懒惰和懦弱。再则，这种话是门外汉之谈：他们谈诗好像谈消遣的事情和无聊的娱乐，他们同我们严肃地谈论他们之所谓诗的欣赏，仿佛这是跟欣赏走索或欣赏芳醇美酒一样无足轻重的事情。我听说亚里士多德说过，诗是一切写作中最富于哲学意味的[2]。它确实如此：诗的对象是真理，不是个别的和局部的真理，而是普遍的和有效的真理，不是建立在外在证据之上，而是由激情活生生带给心灵的真理；这真理本身就是自己的证据，它把权能和信任授给它所上诉的法庭，而从这同一的法庭接受了权能和信任。诗是人与自然之映象。横亘在传记家和历史学家的真实性面前，和在他们的功用性面前的障碍，远远大于一个了解诗艺之尊严的诗人所能遭逢到的障碍。诗人之作诗只受到一种限制，那就是，他必须把直接的快感授给一个人，使之获得所期望于他的见识，但并不是以律师、医师、航海家、天文学家或自然哲学家的姿态来传授，而是以一个常人的姿态。除了这一限制以外，诗人与事物形象之间绝无障碍；但是传记家及历史学家与事物形象之间就有成千种障碍了。

不要以为传授直接快感是诗人的艺术的堕落。绝不是这样的。这是对宇宙之美的道谢，是更加诚挚的道谢，因为并不是拘泥礼俗，而是直接道谢；对于一个以爱的精神来看世界的人，这是轻而易举的；再则，这是对天赋的而又明显的人之尊严的崇拜，对快感的博大基本原则的崇拜，诗人就是凭借这原则去认识、去感受、去生活、去行动的。除了快感所传播的同情以外，我们没有另一种同情：不要误会我的意思；但凡我们同情别人的痛苦时，总可以发现这同情的产生和延续全靠微妙地结合着快感。除了由快感所建立的而且凭有快感才存在于我们心中的知识以外，我们没有别的知识。就是说，没有从默察特殊事实而抽绎得来的普遍原理。科学家、化学家和数学家，无论他们必须与何等困难及厌恶作斗争，总会知道和感觉到这种快感。解剖学家的知识的对象不管是多么困难，他总觉得他的知识是一件乐事；而且他没有快感就没有知识。那么，诗人又怎样呢？他认为他周围的人们和事物是彼此影响和反应的，以至产生了无限复杂的痛苦和快乐；他认为人各照其本性，在日常生活中，凭借某些直接知识，凭借某些信念、直观，以及由于习惯而带有直观性质的推论，来默察人生的甘苦；他又认为人在观察这种观念与感觉的错综情景中，到处都发现直接唤起他的同情的对象，而由于人的天性之必然，他的同情往往兼有洋溢的快感。

注释

［1］原注为，这里值得注意：乔叟诗中能感动人的部分，差不多总是用纯粹的，而且甚至今日还是一般人所能了解的语言来表现。

［2］亚里士多德曾说过："诗较历史更富于哲学意味。"见《诗学》第九章。

（选自华兹华斯《〈抒情歌谣集〉序言》，转自缪灵珠译《缪灵珠美学译文集》第三卷，章安祺编订，北京：中国人民大学出版社，1998：3—23）

雪莱　诗之辩护

·作者简介·

雪莱(1792—1822),英国浪漫主义诗人、作家,第一位社会主义诗人、小说家、哲学家、散文随笔和政论作家、改革家、柏拉图主义者和理想主义者,受空想社会主义思想影响颇深。雪莱生于英格兰的沃恩汉,12 岁进入伊顿公学;1810 年进入牛津大学;1811 年 3 月 25 日由于散发《无神论的必然》,入学不足一年就被牛津大学开除;1813 年 11 月完成叙事长诗《麦布女王》;1818—1819 年完成了两部重要的长诗《解放了的普罗米修斯》和《倩契》,以及《西风颂》。雪莱是英国文学史上颇具才华的抒情诗人之一,被誉为“诗人中的诗人”,与拜伦并称为英国浪漫主义诗歌的“双子星座”。

·阅读参考·

皮科克在《诗的四个时代》(1820)一文中攻击以华兹华斯为代表的“湖畔派”诗歌的创作理念,并且认为经过四个时代的发展,到今天诗歌已不再重要,应该让位于科学。为了反驳皮科克,雪莱写作了《诗之辩护》(1821),文章围绕科学与诗歌的两种不同思维方式,即推理与想象而展开。雪莱强调想象是一种综合的、创造性的能力,它比分析的思维即推理更高。雪莱认为诗可被看作"想象的表现",人不仅能够感应自然,还能由感应而发出自己的声音,从中获得激情和快感。诗人不仅具有强大的审美力,而且还能通过诗歌用自己的激情感染别人。雪莱指出,诗人可被称为立法者和先知,因为他们不仅能够洞察客观的现在,深谙现在的事物所遵从的规律,还能推及未来。雪莱界定了诗区别于其他艺术形式的特征——狭义的诗是表示语言的,尤其是韵律语言的特殊排列。诗的力量从语言特性本身产生,因为语言更能表现我们的内心活动和激情。诗人的根本特征是能够用语言表现真理,而诗人的语言不一定是韵文,也不一定遵从格律。关于诗对社会的影响,雪莱认为诗能够感染人的心灵,这种感染超出人的意识,诗中表现的真、善、美能够升华人的感情,陶冶人的情操。

· 原文 ·

所谓推理与想象这两种心理活动,照一种看法,前者指心灵默察不论如何产生的两个思想间的关系,后者指心灵对那些思想起作用,使它们染上心灵本身的光辉,并且以它们为素材来创造新的思想,每一新思想都具有自身完善的能力。想象是创造力,亦即综合的能力,它的对象是宇宙万物与存在本身所共有的形象;推理是推断力,亦即分析的能力,它的作用是把事物的关系只当作关系来看,它不是从思想的整体来考察思想,而是把思想看作导向某些一般结论的代数符号。推理列举已知的量,想象则从个别和从全体来领悟这些量的价值。推理注重事物的相异,想象则注重事物的相同。推理之于想象,犹如工具之于操作者,肉体之于精神,影之于物。

一般说来，诗可以解作“想象的表现”；自有人类便有诗。人是一种乐器，一连串外来和内在的印象掠过它，有如一阵阵不断变化的风，掠过埃奥利亚的竖琴[1]，吹动琴弦，奏出不断变化的音调。然而，在人性中，甚或在一切有感觉的生物中，却另有一种能力，它的作用就不像风吹竖琴那样了，它凭借一种内在的调协，调和被感发的声音或动作与感发它的印象，它不仅产生音调，而且产生和声。这正如竖琴能使它的琴弦适应弹奏的动作，而发出一定比例的音响，又如歌者能使他的歌喉适应琴声。一个小孩独自游戏，往往以自己的声音和动作来表示快感，而每一变化的音调，每一不同的姿势，都与那激发它的快乐印象的原物有确切关系，它们就是这印象的反映；并且又如风停之后，竖琴犹有袅袅余音，小孩也会用自己的声音和动作来延长快感的效果，借此也延长自己对快感的原因的体味。这些表情对于使小孩愉快的事物的关系，无异于诗对高级事物的关系。野蛮人（野蛮人之于历史年代，犹如儿童之于人生岁月）表达周围事物所感发他的感情，也是如此；语言，姿势，乃至雕塑的或绘画的摹拟，不外是事物以及野蛮人对事物的理解二者结合而成的意象罢了。人在社会中固然不免有激情和快感，不过他自身随又成为人们的激情和快感的对象；情绪每增多一种，表现的宝藏便扩大一分；所以语言，姿势，以及摹拟的艺术，既是媒介，又是作品，好像同时是铅笔与图画，凿子与塑像，琴弦与和声。社会同情，或者如同社会因素一样形成社会的那些法则，自有两个人同时存在之日起便开始发展了；未来之蕴藏于现在，有如植物之托根于种子；平等，差异，统一，对照，彼此依赖，遂成为原则——唯有这些原则能提供动机，使得社会上的个人，既过群居生活，其意志便可以依此而定，并表现为行为；于是在感觉中有乐，在情操中有德，在艺术中有美，在推理中有真，在同类的交往中有爱。所以，甚至在社会的幼稚时代，人在语言与行动上早已遵守某种规则，这规则与事物及其表达的印象的规则绝不相同，因为一切表现都遵从它的规律。然而，这些比较一般性的考究，我们可以撇开不谈，因为它们涉及社会本身的原理的探讨，我们只限于考察想象究竟以何种方法表现为种种形式。

在上古时代，人们跳舞、唱歌、摹拟自然的事物，在这类动作中，正如在其他动作中那样，遵守着某种节奏或规则。然而，在跳舞的动作、唱歌的调子、语言的配合，以及许多自然事物的摹拟等方面，人们所遵守的规则虽然是相似的，却绝不是完全相同的。因为每一种摹拟的表现总有其独特的规则或节奏，使听者和观者从这一规则比从任何其他规则感受到更强烈、更纯粹的快感：近代作家把接近这种规则的感觉能力称为鉴赏力。当艺术还在幼稚的时代，每个人遵守一个规则，它或多或少接近于产生最高快感的那个规则：不过差别并不怎样显著，所以不能感觉到其间有等差，除非有些场合，这种审美的能力极其卓越（因为我们可以把最高快感与其原因的关系称为审美力）。审美力最充沛的人，便是最广义的诗人，诗人在表现社会或自然对自己心灵的影响时，其表现方法所产生的快感能感染别人，并且在别人心中引起一种复现的快感。诗人的语言主要是隐喻的，这就是说，它指明事物间那以前尚未被人领会的关系，并且使这一领会永存不朽，直待表现这些关系的字句，经过悠久岁月变成了若干标志，但这些标志只代表思想的片断或种类，而不能绘出整个思想的全景。人们的联想已是漫无组织了，如果没有新的诗人出来创造新的联想，语言就不足以表现人类交往中一切比较崇高的目的了。培根爵士说得好，这些比喻或关系乃是“自然的同一的足迹，印在世间的不同的万物上”[2]。他认为，能领会这些关系的能力，是一切知识所共有的公理的渊薮。在社会的幼稚时代，每个作家必然是一个诗人，因为当时语言本身就是诗；做一位诗人，就得领会世间的真与美，简言之，就得领会善，而所谓善，第一依存于存在与知觉间的关系，第二依存于知觉与表现间的关系。

每种离其起源不远的原始语言，本身就是古史始末诗[3]的渊源；至于编纂渊博的词典和区别精微的语法，则是后世的工作，只可以视为诗创作上的目录和形式而已。

然而，诗人们，抑或想象并且表现这万劫不毁的规则的人们，不仅创造了语言、音乐、舞蹈、建筑、雕塑和绘画，他们也是法律的制定者，文明社会的创立者，人生百艺的发明者，他们更是导师，使得所谓宗教，这种对灵界神物只有一知半解的东西，多少接近于美与真。所以，一切原始宗教都是譬喻的，或者可以视作譬喻的，如同司阍神[4]那样，具有假和真的两重面目。依据诗人生存的时代和国家的情况，在较古的时代，诗人都被称为立法者或先知[5]；一位诗人本质上就包含并且综合这两种特性。因为他不仅明察客观的现在，发现现在的事物所应当依从的规律，他还能从现在看到未来，他的思想就是结成最近时代的花和果的萌芽。我并不是断言诗人就是广义的先知，我也不承认诗人能预言未来之事，像他能预见未来之事的精神一样的准确；这类见解是迷信的托词，硬说诗是预言的属性，预言反不是诗的属性。一个诗人浑然忘我于永恒、无限、太一之中；所以在他的概念中，无所谓时间、空间和数量。表示时间的不同、人称的差异、空间的悬殊等的语法形式，应用于最高级的诗中，都可以灵活运用，而丝毫无损于诗的本身；埃斯库罗斯的合唱曲[6]，《约伯记》，但丁《神曲》的《天堂篇》，都比其他作品提供更多关于这一事实的例证，可惜本文限于篇幅，不容我引证。雕塑、绘画和音乐的创作，则是更加明确的例子了。

语言、色彩、形相、宗教的及社会的行为习惯，都是诗的工具和素材；如果我们用譬喻的说法，说果即是因，那末，这些都可以称为诗。然而，狭义的诗却表示语言的，尤其是韵律语言的特殊排列，这些排列是无上威力所创造，这威力的宝座却深藏在不可见的人性之中。而这种力量是从语言的特性本身产生的，因为语言更能直接表现我们内心的活动和激情，比色彩、形相、动作更能作多样而细致的配合，更宜于塑造形象，更能服从创造的威力的支配。因为语言原是由想象随意创造的，而只与思想有关；但是所有其他艺术的素材、工具和条件彼此之间也有关系，不过这些关系限制并阻碍着概念与表现之间的沟通，并且予以限制。前者有如反照着光辉的明镜，后者有如使光辉减弱的阴霾，虽然二者都是传达这光辉的媒介。所以，雕刻家、画家、音乐家等的声誉从来就不能与诗人（狭义的诗人）的声誉媲美，虽然这些艺术大师自身所有的能力，丝毫也不逊于用语言来表达自己思想的诗人们的才能；这正如两人技巧相同，却不会从吉他和竖琴奏出相同的效果。唯独立法者和宗教创造者，只要他们所创的制度不灭，似乎在声誉上优于狭义的诗人；然而，毫无疑问，如果我们除去他们往往因鄙俗舆论的阿谀而博得的盛名，又除去他们所具有的较高的诗人品质，那末，恐怕就没有什么优越之处了。

我们已经把诗这个字限于一种艺术的范围之内，这种艺术就是诗才本身的最惯常最充分的表现。然而，我们还须把范围收缩得更狭些，并且确定有韵律的语言和无韵律的语言之区别；因为从严密的哲学观点来说，散文与韵文的通俗分法，是不能成立的。

声音和思想不但彼此之间有关系，而且它们所表现的对象也有关系；能理解这些关系的规律，也就能理解思想本身的关系的规律，这二者往往有联系。因此，诗人的语言总是含有某种划一而和谐的声音之重现，没有这重现，就不成其为诗，姑且不论它的特殊格调如何，这重现对于传达诗的感染力，正如诗中的文字一样，是绝不可缺少的。所以，译诗是徒劳无功的；要把一个诗人的创作从一种语言译作另一种语言，其为不智，无异于把一朵紫罗兰投入熔炉中，以为就可以发现它的色和香的构造原理。植物必须从它的种子上再度生长，否则它就不会开花——这是巴比伦通天塔遭受天罚的负累[7]。

凡在诗情充溢的人的语言中，均遵守和声重现的规律，同时还要注意这规律与音乐的关系，结果便产生韵律，或者说，和声与语言的传统形式属同一种体系。然而，诗人不能将自己的语言去适应这传统形式，才能保存那种作为诗的精神的和谐。这种尝试固然很方便，很普遍，并且在情节繁重的诗篇里，它尤为诗人所乐为；但是每一位大诗人必定免不了要革新他前辈的范式，而有他特创的诗法的严密结构。自来用以区别诗人与散文家的标准，都不脱鄙俗的错误。至于哲学家和诗人的区别，则上文已有提示了。柏拉图在本质上是一个诗人——他的意象真实而壮丽，他的语言富有旋律，凡此都达到人们可能想象的最强程度。他不采取史诗、剧诗、抒情诗等形式的格律，因为他想在不是表现形象和行动的纯粹思想中创造一种和谐，并且他不愿发明任何有规则的格律，将他文风中的一切抑扬顿挫尽纳入一定的形式中。西塞罗竭力摹仿柏拉图的文章的格调，可是没有成功。培根爵士是一位诗人。他的语言有一种甜美而又庄严的节奏，这满足了我们的感官，正如他的哲理中近乎超人的智慧满足我们的智力那样；他的文章的调子波澜壮阔，冲出你心灵的局限，带着你的心一齐倾泻，涌向它永远与之共鸣的宇宙万象。一切具有革命主张的作家，必然也有诗人的本色，不仅因为他们是创造者，更因为他们的文字用具有真实生命的形象，来揭露宇宙万物间的永恒相似，而且他们的文章是和谐的且有节奏的，本身就包含着韵文的成分，是永恒音乐的回响。然而，有些卓越的诗人，由于其主题所要求的形式和情节，而不得不沿用传统的格律，但是他们也一样能够领会事物的真理，并且教导我们，其功并不下于那些打破传统的诗人。莎士比亚、但丁、弥尔顿（单说近代作家）都是能力高超的哲学家。

诗是生活的惟妙惟肖的映象，表现了它的永恒真实。故事与诗不同，故事罗列一些孤立的事实，此等事实除了在时间、空间、情势、因果等方面，并无别的联系；诗则依据人性中若干不变方式来创造情节，这些方式也存在于创造主的心中，因为创造主之心就是一切心灵的反映。故事是局部的，仅能适用于一定的时期和某些永不能重现的际遇；诗则是包罗万象的，诗对于举凡人性各项可能有的动机和行为都有关系，它本身就含有这些关系的萌芽。时间能毁损史实故事的美及其功用，使它失掉应有的诗意，但是时间反增加诗的美，并且永远发展新奇的方法来应用诗中的永恒真理。所以，史略之类的著作，向来被称为信史的蠹鱼[8]，它们蛀蚀了历史的诗意。一个史实故事有如一面镜子，模糊而且歪曲了本应是美的对象；诗也是一面镜子，但它把被歪曲的对象化为美的。

一篇作品可以有几部分是有诗意的，虽然全篇并不是一首诗。单独一句可以当作全篇看，哪怕它是放在许多不相调和的章句中；甚至单独一个字也竟是不可磨灭的思想火花。所以，不妨说，所有伟大的历史学家，如希罗多德、普卢塔克、李维，也都是诗人；虽然这些作家的计划，尤其是李维的，束缚着他们，以致不能把自己的诗才发展到最高程度，可是他们却用生动的形象来填满他们题材上所有的空隙，从而绰绰有余地补偿了不得已而屈从之缺憾。

既已断定什么是诗，以及谁是诗人，我们且进一步来估量诗对社会的影响。

诗与快感是形影不离的，一切受到诗感染的心灵，都会敞开来接受那掺和在诗的快感中的智慧。在世界的幼年，诗人和听众都不曾充分注意到诗的优点，因为诗之感人，是神奇的、不可捉摸的，越出意识之外，超于意识之上；至于听众与诗人交感所产生的全部力量和光辉，其中强大的因果关系，那要留待后世去审察和估计了。即使在现代，现存的诗人中没有一个曾享得最美满的声誉；那些评判诗人的批评家们，要像诗人一样留名千古，就必须在才情上与诗人的匹配；这得让时间从世世代代聪明才俊之士中选出贤能来任此等陪审员。诗人是一只夜莺，栖息在黑暗中，用美妙的歌喉唱歌来慰藉自己的寂寞；诗人的听众好像被看不见的歌者的绝妙好音所迷住的人们，觉得心旷神怡，深受感动，但是不知道快感何来，何以如此。荷马和他同时代诗人们的诗篇都是幼年希腊的快慰；它们是一个社会制度的因素，而这个社会制度就是所有文明的支柱。荷马把他那时代的理想的极境，具体表现为人的性格；我们不用怀疑，凡是读过荷马史诗的人，都会树立雄心，想要模仿阿喀琉斯、赫克托耳和奥德修斯；在这些不朽的形象塑造中，友谊的真和美，爱国的精神，追求的专诚，都被揭示得淋漓尽致；听众同情这样伟大而又可爱的人物，定必洗炼自己的感情，扩大自己的胸襟，终至因崇拜而摹仿，因摹仿而把自己比拟崇拜的对象。我们也不必反驳，说这些人物离道德的极境很远，决不能被当作可供世人摹仿且有教育意义的榜样。每个时代都假托一些多少有点似是而非的名义，把它特有的错误视若神圣不可侵犯，譬如，"复仇"是半野蛮时代公开崇拜的神物，"自欺"是掩饰无名罪恶的偶像，奢侈与餍足都拜倒在它面前。然而，一位诗人却以为他同时代人们的罪恶是暂时的服装，是他所创造的人物必须穿上的，但这些服装虽然披在身上，却并没有掩蔽这些人物的某种不朽的美。我们要明白，一个史诗人物或悲剧人物灵魂中带着这些罪恶，正如他身上可以穿起古代的铠甲或近代的制服那样，虽则我们也不难想象出比这二者更美的衣服。然而，内在天性的美从来不会被偶然披上的衣服所掩蔽，美的形象的精神总会传到这装扮上，并且从穿衣的仪态上显示出衣服所遮盖了的真相。庄严的体态和优雅的举动，总会透过最野蛮而又最乏味的服装显露出来。自来很少一流的诗人在表现他们所意想的美时，愿意毫无掩饰地展露出它的真相和光彩，况且如果要使这尘世的音乐能入俗耳，搀杂一些服装衣饰等东西，难道不是必要的吗？

注释

[1] 埃奥利亚是古希腊人在小亚细亚的殖民地，其名得自希腊神话中的风神埃奥罗斯，据说这位风神能用他的竖琴摹拟世界上一切声音，这里是指埃奥罗斯的竖琴。

[2] 见培根用拉丁文写的《崇学论》第三卷第一章。——作者原注。

[3] 所谓“古史始末诗”，是根据一个古代传说而写的若干首叙事诗，它们彼此相连，成一个体系，而又可以各自独立成一首史诗。

[4] 司阍神：古意大利的神，有两个面孔，朝着不同的方向，因此常被奉为守门之神。

[5] 在古希腊诗人曾被称为立法者，譬如梭伦；在《圣经》里，好些先知都是诗人，譬如耶利米。

[6] 所谓“合唱曲”是古希腊悲剧特有的一种因素，在两场戏之间，由一队歌人出来演唱一两首曲，其作用是解释或者咏叹剧中情节，并且填补两场的空白，等于现代戏剧的“幕”。

[7]《旧约·创世纪》第十一章记载：最古时候，人类的语言都是一样，后来巴比伦人要建一座塔，塔顶通天，因此触神之怒，耶和华乃变乱他们的口音，使他们的语言彼此不通。这里用此典以喻语言既异，难以相通，所以诗不能译。

[8] 见培根《崇学论》第二卷第二章第四节。

（选自雪莱《诗之辩护》，转自缪灵珠《缪灵珠美学译文集》第三卷，章安祺编订，北京：中国人民大学出版社，1998：135—142）

艾布拉姆斯　镜与灯

·作者简介·

艾布拉姆斯(1912—2015)出生于新泽西州的一个犹太家庭，是一个粉刷匠的儿子。他于1930年考入哈佛大学，是家族中第一个上大学的人。在哈佛的四年里，他受到“哈佛文学史学派”的严格训练。1934年大学毕业后，他获得亨利奖学金，赴英国剑桥大学师从I. A.理查兹。后于1940年毕业于哈佛大学，获博士学位。这种严格的训练为他日后的理论研究奠定了坚实的基础。他在哈佛的博士论文就是那本经过不断修改扩充并在日后产生巨大影响的《镜与灯》。艾布拉姆斯毕业后长期在康奈尔大学任教，后任荣休讲座教授。他一生著述甚丰，其中最有代表性的著作除了《镜与灯》外，还有《自然的超自然主义：浪漫主义文学中的传统与革新》《相似的微风：英国浪漫主义文学论集》《探讨文本：批评和批评理论文集》《文学术语词典》等。他还长期担任不断修订、扩充、再版的《诺顿英国文学选读》总主编和浪漫主义分卷的主编。

·阅读参考·

《镜与灯》的书名把两个常见的用来形容心灵的隐喻放到了一起，它们的意思相反：前者把心灵比作外界事物的反映者，后者把心灵比作能够主动感知事物的一种发光体。前者概括了西方从柏拉图到18世纪的主要观点；后者代表了浪漫主义诗人对心灵的主导观念。本书选择了《心灵比喻的变迁》这一节。从古到今人们常常用隐喻来表现对心灵的认识，早期人们普遍认为心灵的感知是对外界意象的被动接受，因此心灵被比喻成镜子或白板等。但也有不少思想家持不同观点，如柏拉图主义者认为，人的精神或心灵仿佛源泉或流水，或者心灵自身能够发出光芒，就像蜡烛一样。19世纪，华兹华斯和柯勒律治等浪漫主义作家将心灵感知描述为积极的而不是被动的接受，他们以灯之发光来比喻心灵的感知活动，用流水来比喻人的情感。

·原文·

心灵比喻的变迁

从模仿到表现，从镜到泉，到灯，到其他有关的比喻，这种变化并不是孤立的现象，而是一般的认识论上所产生的相应变化的一个组成部分。这个认识论就是浪漫主义诗人和批评家对关于心灵在感知过程中的作用的流行看法。从18世纪到19世纪初，人们对于心灵是什么，在自然中居何地位的认识发生了转变，这种转变表现在隐喻的变化上，它与当代有关艺术本质的讨论中出现的变化几乎毫无二致。

柯勒律治把心灵称为“内心深处的存在方式”，认为它们“只有通过时间和空间的象征才能传达出来”[1]。形形色色的物质类比构成了它们的平面图，为它们提供了概念框架。这些比喻有时说得很明白，有时又只能通过人们谈及心灵活动时所用的隐喻结构才暗示出来。柏拉图就曾经以镜中反映的表象以及绘画，书中所描写的人物和刻写在蜡板上的痕迹为比喻，来澄清感知、记忆和思维的本质[2]。亚里士多德也说，对于感觉的各种领悟“必须这样看待：它们有如一块蜡板刻上了图章和戒指印记，但却又看不见铁或金”[3]。因此约翰·洛克——他超越了其他所有的哲学家，为18世纪对于心灵的流行观念奠定了原型——便将这些业已形成的传统比喻加以综合利用，他明确认为，心灵的感知就是对外界呈示的现成意象的被动接受。他在《人类理智论》中说，心灵有如一面镜子，只能对事物作原样不动的反映[4]。有时（暗称当时美学理论中的以画喻诗）又说心灵是一块白板，各种感觉都在上面留下印记[5]。有时（以暗箱作比方，光线透过小孔，将外景的意象投射在箱壁上）又把各种外来和内在的感觉说成是“窗户，光线透过它们照进这间暗室”。

我认为，理智就像一间不透光的小室，只有一些极小的孔隙透入外界可见的物影，或未来事物的观念：假如图像进入这暗室停滞不动，并像有时可见的那样排列有序，那么这暗室就极像人的理智，图像则是所有的视觉对象及其观念[6]。

有时，心灵又被称为“蜡块”，各种感觉如图章一样在上面留下印记[7]。

在华兹华斯和柯勒律治二人的著述中，关于心灵的各种比喻都有了极大的变化。这些比方尽管各不相同，但都将心灵感知描述为积极的，而不是被动的接受，它在感知世界的同时也为这世界添彩增辉。华兹华斯作于1805年的《序曲》为我们提供了一整套有关心灵的图式，其性质完全符合那首诗的初衷。柯勒律治在三十多年后说，那首诗，“我相信，部分地是由我提出的……他打算把人当作人来处理——一个有视觉、听觉、触觉和味觉的主体，与外界自然接触，从心灵传递各种感觉，而不是从感觉中组成一个心灵”[8]。那首诗第十三章末尾实际上表现了“一个新的世界”，它为这样一些法则所左右：

它们赋予世界以实体，也维持着世界平衡，这种崇高的行为相互交换，使外在的变内在，内在的变外在；这种优点，纯净功用，强大力量，既属于所见之物，亦属于见物之眼。

如果我们在谈到认识论中哥白尼式的革命时，不仅仅指康德的特殊学说，即认为心灵将时间、空间的形相和物类加诸“感觉多元性”之上，同时也指一般人的观点，即认为感知的心灵发现它自身参与建造的东西，那么，在英国这场革命尚未在经院哲学中萌发之前，就已在诗人和批评家当中产生了。因此，在一般意义上说来，这场革命也是一种反动。例如，柯勒律治和华兹华斯在早期诗论中仿照心灵的自身经验阐明心灵时，并没有采用康德的抽象概念，反而重新起用了关于心灵的各种比喻，这些比喻在 18 世纪大多已被废弃，但在 17 世纪那些不遵循霍布斯和洛克的感觉论传统或故意与之抗衡的哲学家当中却极为流行。这些哲学家都采用了普罗提诺的一个基本比喻，即创造就在生发过程中，“太一”或“至善”常被比喻为流溢之源泉，发光的太阳，或者（将这两种形象合而为一）流溢的光的源泉。富勒说过，“谁若想写一本书，论述比喻的哲学意义和作用，那他肯定首先要考虑普罗提诺的这个比喻，因为它既恰当，又在思想中占主导地位并起控制作用”[9]。如果说反映物这个哲学原型概念主要出自柏拉图的话，那么普罗提诺就是发光物这个原型概念的主要创始人；浪漫主义的认识论诗歌理论也都是隔世承自普罗提诺哲学中的这个原始比喻。

普罗提诺在讨论人类如何感受神的流溢这个问题时，公然摒弃了把感觉当作印刻在被动心灵上的“痕迹”或“图印”的概念，代之以这样一种看法：心灵是一种行动，一种力量，它“从自身释放出光芒”投射在感知对象上[10]。关于心灵的类似比喻在“剑桥柏拉图主义者”（其实说“普罗提诺主义者”比“柏拉图主义者”更合适）的哲学中尤为流行。他们的著述华兹华斯读过，柯勒律治更是研究精深。这些作家将人的精神喻为主的蜡烛，这一为人熟知的形象说法很容易信手拈来，而将感知活动比作那支小蜡烛，它把自己的光投在外部世界上。我将从纳撒内尔·卡尔弗韦尔的《关于自然之光的高雅博学的论稿》的一章中摘引一些语句，因为书中囊括了所有将心灵比作接受者或发光体，亦即比作镜与灯的隐喻。《关于自然之光的高雅博学的论稿》问世时，世人尚未了解霍布斯主要著作的全部涵义，因而当时论争的问题还没有尖锐化。这时卡尔弗韦尔就开始“尽量以冷静的态度，向读者表明这一重大争论的现状”。他认为柏拉图和亚里士多德是这场争论的主角。

他说，“人的精神乃是主的蜡烛”，因为创造者本身是“光之源泉”，他用“智慧之灯”装饰美化了“下界，这灯将伴随着人们对他莫名的赞誉和敬仰而永世长明……”。

这就使得柏拉图主义者将人的精神视为主的蜡烛，用以照亮各种对象，它照射在这些对象上的光多于从它们身上得到的光……事实上，他或许也会将这些植入观念，肉眼之中这些光的种子，误当作心灵的眼睛中的基本原则……（亚里士多德）并未说他出生之前就有知识……而是直言不讳，说他的理智是赤裸着来到世间的。他向人们展示了……一块板，但已非白板……这使他打开感觉的窗户，欣喜地迎来了黎明的曙光……他的肉眼看不见先天色彩，看不见图画，看不见肖像，因此他也不能在心灵中找见任何痕迹，直到某些外界对象将某种印记刻在……他那份柔韧的理智之上，这理智原本就是准备一视同仁地承受任何印记的。

卡尔弗韦尔自己的结论不够爽快（因为他似乎认为这是一个“今生不能定夺的问题”），他的结论是，我们可以将理智视为镜子，“它按照事物的本来面貌，如实地接受这些色彩，再忠实地反射出去。然而在这个问题上，柏拉图主义者是值得赞美的，他们将人的心灵视为主的蜡烛，虽然在蜡烛真的点亮时他们却又被欺骗了”[11]。将人的精神比作流溢的源泉，这是对绝对观念论的盲目信仰。关于这点，我们可以看一下信奉柏拉图哲学的清教徒彼德·斯特里的这段话：

因此，每个人的灵魂，或精神，就是上帝的整个世界。世间万物，他自己的整个身体及其种种变化，都是他自己，是他的灵魂或精神，它从自己的泉中流溢而出，变成万物的种种形象及表象；这一切都是它看到、听到、嗅到、尝到、感觉到、想象到或理解到的东西……灵魂常常注视着它们，有如纳喀西斯注视着自己映在水中的脸，忘了那脸就是自己，忘了自己便是那脸，那影子，那泉水，因而沉溺于对自己影子的自恋之中[12]。

与英国的柏拉图主义者一样，浪漫主义作家也很喜欢以灯之发光来比喻心灵的感知活动。华兹华斯在《序曲》中描述他动手与自然交谈的情景时，便以一连串隐喻来肯定，“我仍旧保持着我最初萌发的创造性感知力”。“一种弹性力量在我心中永驻，一只造物之手”，然后他写道：

另有一种光
从我心中发出，它把异样的光辉
披洒在落日身上……[13]

柯勒律治第一次听别人朗诵《序曲》之后，立刻采用了华兹华斯酷爱的光芒比喻来描述它的主题——虽然他同时并用了两个比喻，即把心灵喻为灯，同时把外界喻为镜："这主题既有力又崇高！"

……那可怕的时光
一会儿在你心中，一会又出来，
当你的身上渗透出力量，你的灵魂
得到了折射出的光，也发出了自己的光……[14]

这个比喻的使用也不仅限于这二位朋友之间；那位感情过于外露的克里斯托弗·诺思也曾以灯来支持这个命题："看上去是存在于外界的东西，至少有十之八九是我们创造的……"那些对着"自然的活书本"沉思的人，"看到了全部的俊美和崇高，这本是他们自己的永恒精神所创造，又反照在创造者身上的"[15]。

新柏拉图主义者常将灵魂喻为源泉或是流水，这在浪漫主义诗歌中也屡见不鲜，虽然它往往经过改头换面，以点出心灵与外界事物之间的一种双边活动，即给予和获取。华兹华斯曾把诗歌喻为"情感的流溢"，他也把游览阿尔卑斯山时于途中"所见、所闻、所感"的一切，比喻为：

一条小溪

它与另一条小溪汇流在一起；一阵
与灵魂之流相依相伴的微风……[16]

小溪合流这个意象，与灯的意象相仿，柯勒律治在致《序曲》的答诗中再一次用到[17]。我们也必须特别提一下风奏琴，华兹华斯和雪莱都用它来比喻处在感知状态中的心灵和诗人创作时的心境[18]。（那位自称发明了风神的竖琴的阿撒内修斯·基尔舍，也改善了暗箱，而约翰·洛克则用暗箱来比喻心灵[19]。同一个人制作的东西，被用来构建有关人类心灵的两种截然相反的观点，这真是思想史上的咄咄怪事。）早在1795年，柯勒律治就使用竖琴来比喻思索中的心灵：

假如这生机勃勃的自然
不过是形状各异的竖琴，
当一阵思想之风——众生之灵，
万物之主——韧劲掠过它的琴弦
拨动出思想，那又怎么办？

——这个想法刚一提出，便被当作"空洞哲学的潺潺作响的泉井"冒出的气泡而立刻取消了，这是为了他未婚妻的缘故，也是为了那"不可理喻的东西"之缘故[20]。柯勒律治甚至在作如此思想时，也明显地为宿命论观点所困惑，后来雪莱在使用同一比喻时也表现出宿命论观点。"有一种力量包围着我们"，雪莱说，"有如大气中悬挂着的风奏琴，它的气息随心所欲地往来于我们沉默的琴弦之上"。即便是"那些最上等最了不起的品质"，尽管"相对于整个机体中的低级部分"是主动性的，也只能屈从于"某种更高的更为全能的力量。这力量就是上帝"；那些"与自身意愿融为一体的人…… 当无所不在的灵魂之气掠过琴弦时，会奏出无限神圣的乐曲”[21]。

于是，一大批浪漫主义作家，无论是以诗还是以散文，都把心灵的感知活动或构思活动比喻为心灵之光对外界事物的照耀，或者比作二者的相互作用，有时就连打比方的形式都是一模一样的。在心灵感知的隐喻中，出和入的界限往往是灵活多变的，需视具体场合而定。以柯勒律治对认识过程中的“主客体合一”现象的表述为例，在这种情况下，人们就没有也不可能企图区分心灵对外界事物的增益和外界在心灵中原有的反映，正如谢林哲学中所说（柯勒律治借用了谢林哲学中的术语），我们对于概念结合体的了解，只限于其成品，而对其原材料则一无所知。在其他情况下，如华兹华斯对他在剑桥逗留时的心境的自述：

> 我拥有身边的世界；它属于我，
> 我创造了这世界；因为它的存在只是为我，
> 和那洞察我心的上帝……[22]

又像是费希特式的绝对论，它认为一切事物最终都是自我的产物。

注释

[1]《生涯》，卷二，120 页。

[2] 譬如《泰阿泰德篇》，191—195 页，206；《斐多篇》，38—40 页；《蒂迈欧篇》，71—72 页。

[3]《论人生》，I，ii，424。

[4] 洛克，《论人类的理解力》，A. C. 弗雷泽编辑（牛津，1894），卷一，142—143 页（I，i，25）：“在此部分中，理解力是被动的……当把这些简单的思想运用于大脑之时，理解力便再也不会拒绝存在了，也不会在铭记在心时加以改变，也不会抹掉并创造出新的东西来，这与镜

子没有二致。”在文艺复兴时期，把大脑或至少是“想象”比作镜子就已经十分普遍；譬如，参见乔治·普顿汉，《英语诗歌的艺术》，见《伊丽莎白时期批评文论》，G. G. 史密斯（牛津，1904 年），卷二，20 页；另见培根论大脑幻想的有关段落，见《论增音》第五章第四节。

[5]《论人类的理解力》卷一 121 页（I，ii，2）：“那么我们就假设大脑是一张白纸，上面没有任何字母和观念。”参阅洛克的早期手稿，《论人类的理解力》，本杰明·兰德编辑（剑桥，麻省，1931 年），61 页：灵魂“起初就是白板，空空如也……”。

[6] 同上，211—212 页（I，Xi，17）。

[7] 同上，卷一，48 页注，及 49 页。参考 D. F. 邦德《想象力的新古典理论》，ELH，IV（1937 年），248 页。

[8]《桌边杂谈与塞缪尔·泰勒·柯勒律治丛谈集》（牛津，1917 年），188 页；1832 年 7 月 21 日。参考同上，361 页（1812 年）：“大脑产生理智，远多于理智作用于大脑。”

[9] B. A. G. 福勒，《普罗提诺著作中的丑恶问题》（剑桥，1912 年），70 页。

[10]《九章集》，斯蒂芬·麦克凯那翻译（伦敦，1924 年），IV，vi1. —3。

[11]《剑桥版柏拉图主义者》，E. T. 坎佩那克（牛津，1901 年），283—284 页，286—287 页，292—293 页。

[12]“论灵魂的本质”，见 V. 德·索拉·平托，《作为柏拉图主义者和清教徒的彼得·斯特里》，161—162 页。类似的类比可以在新柏拉图主义传统中的许多作家的作品中找到。譬如，参见贝姆，见牛顿·P. 斯托克纳特，《思维的奇特海洋》（德班，北卡罗来纳，1945 年），52 页。A. O. 洛夫乔伊在早期的一篇论文《康德与英国的柏拉图主义者》中，列举了康德的“超验论”与写作之间的许多相似之处，这儿的写

作指诸如卡德沃思、莫尔、伯特索奇以及阿瑟·科利尔等英国的柏拉图主义者的作品(《纪念威廉·詹姆斯哲学与心理学文论》,纽约,1908年,265—302页)。

[13]《序曲》(1805年),I,378以降。另见同上,XIII,40以降。

[14]“致一位绅士”,II,12以降。

[15]“丹尼生的诗”(1832年5月),《威尔逊教授的作品》,费里尔编辑(爱丁堡和伦敦,1856年,卷六,109—110页)。

[16]《序曲》(1850年版本),VI,743—745。

[17]主题是“顺从外部力量的潮流,自我决定的趋势,或者是通过某种内在的力量”(“致一位绅士”,15行以降)。另见34—40行。

[18]见华兹华斯关于诗的“风神的访问”(《序曲》,1805年,I,104)。

[19]关于“针孔摄影机”的历史,参见埃哈特—西尔布德,“前期浪漫主义的一些发明”,《英语研究》,LXVI(1931—1932年),第347页以降。

[20]“风神的竖琴”,44行以次。关于柯勒律治在这段话中解释贝克莱主观唯心主义的旨意,参阅《哲学讲座》,凯思林·科伯恩编辑(纽约,1949年),371页;另见《书信集》,E. H. 柯勒律治编辑,卷一,211页。

[21]“论基督教”(1815年),《雪莱的文学批评与哲学批评》,90—91页。另参见《生涯》,卷一,81页。

[22]《序曲》(1805年),I,142以降。作为一种哲学原则,极端的主观主义倾向在费希特的德国追随者中屡见不鲜。

(选自艾布拉姆斯《镜与灯》,郦稚牛、张照进、童庆生译,北京:北京大学出版社,1989:81—89)

四 无意识与幻想：

精神分析文论

弗洛伊德　作家与白日梦

·作者简介·

弗洛伊德(1856—1939),奥地利精神病医师、心理学家、精神分析学派创始人。1873年入维也纳大学医学院学习,1881年获医学博士学位。1882—1885年在维也纳综合医院担任医师,从事脑解剖和病理学研究。之后自己开业治疗精神病。1895年正式提出精神分析的概念。1899年出版《梦的解析》,这被认为是精神分析心理学的正式形成。1919年成立国际精神分析学会,这标志着精神分析学派最终形成。1930年被授予歌德奖。1936年成为英国皇家学会会员。1938年奥地利被德国侵占,弗洛伊德赴英国避难,次年于伦敦逝世。他开创了潜意识研究的新领域,促进了动力心理学、人格心理学和变态心理学的发展,奠定了现代医学模式的新基础,为20世纪西方人文学科提供了重要理论支柱。他提出了"潜意识""自我""本我""超我""俄狄浦斯情结""力比多""心理防卫机制"等概念。他激发了后人提出各式各样的精神病理学理论,在临床心理学的发展史上具有重要意义。弗洛伊德著有《梦的解析》《精神分析引论》《图腾与禁忌》等,被世人誉为"精神分析之父",20世纪最伟大的心理学家之一。

·阅读参考·

本文最初是一篇讲稿，首次于1908年年初刊登在《柏林文学》杂志上，是弗洛伊德从心理学角度对文学的分析，在文学批评上具有重大意义。弗洛伊德以儿童游戏为例，说明了游戏给儿童带来快乐，但他们长大成人后，不可能再玩儿时的游戏，但又无法忘怀游戏所带来的乐趣，于是以幻想替代游戏，去创造所谓的白日梦(daydreaming)。弗洛伊德指出，幻想都是现实中未能实现的愿望的满足，而愿望可分为“野心的愿望”和“性的愿望”两个类别。

弗洛伊德重点分析了自选题材进行创作的作家。他认为，每场白日梦及每篇小说里的主角都是一个“至高无上的自我”。虽然许多富于想象力的作品与天真的白日梦模式相差甚远，但是创造性的作品像白日梦一样，是童年时代曾做过的游戏的继续和代替物。关于作家在创作中引起读者内心感情效果的手段，弗洛伊德认为，我们能从作家的创作或白日梦故事中体验到快乐是因为作家采用了写作技巧，这些技巧软化了白日梦的利己性质，提供了纯形式(美学)的快乐。

·原文·

我们这些外行总是怀着强烈的好奇心想要知道——就像那位红衣主教一样，他向阿里奥斯托[1]提出了类似的问题——不可思议的造物(作家)从什么源头汲取了他的素材，他如何用这些素材才使我们产生了如此深刻的印象，才在我们心中激起了我们也许连想都没想到自己会有的情感。如果我们向作家请教，他本人也说不出所以然，也不会有一个令人满意的解释，正是这个事实引起了我们更大的兴趣；即使我们彻底地了解了作家是怎样决定选材的，了解了具有创造性想象力的艺术的本质是什么，我们所了解的一切也根本不能帮助我们自己成为作家，——尽管如此，我们的兴趣一点儿也不会减弱。

如果我们能够至少在我们自己身上，或者在像我们一样的人们身上，发现在某些地方有与创作相类似的活动该多好啊。检验这种活动将使我们有希望对作家的作品开始作出一种解释。确实，这种可能性是有的。毕竟作家自己是喜欢缩小他们这种人和普通人之间的距离的；他们一再要我们相信，每一个人在心灵上都是一个诗人，不到最后一个人死掉，诗人是不会消逝的。

难道我们不该在童年时代寻找想象活动的最初踪迹吗？孩子最喜爱、最热衷的是玩耍和游戏。难道我们不能说每一个孩子在玩耍时，行为就像是一个作家吗？相似之处在于，在玩耍时，他创造出一个自己的世界，或者说他用使他快乐的新方法重新安排他那个世界的事物。如果认为他并不认真对待那个世界，那就错了；相反，他在玩耍时非常认真，并且倾注了大量的热情。与玩耍相对的并非是严肃，而是真实。尽管孩子满腔热情地沉浸于游戏的世界，他还是相当清楚地把游戏的世界与现实区别开来；他喜欢把想象中的事物和情景与真实世界中可能的和可见的事物联系起来。这个联系就是使孩子的“玩耍”不同于“幻想”的地方。

作家的所作所为与玩耍中的孩子的作为一样。他创造出一个他十分严肃地对待的幻想的世界——也就是说，他对这个幻想的世界怀着极大的热情——同时又把它同现实严格地区分开来。语言保留了儿童游戏和诗歌创作之间的这种关系。（在德语中）充满想象力的创作形式叫作“游戏”（Spiel），这些创作形式与可触的事物联系起来，它们就得到了表现。在语言中有“喜剧”或者“悲剧”（“Lustspiel”或者“Trauerspiel”，照字义讲，即“快乐的游戏”或者“悲伤的游戏”），把那些从事表演的人称作"演员"("Schauspieler",照字义讲,即"做游戏的人")。但是,作家想象中世界的非真实性,对他的艺术方法产生了十分重要的后果;因为有许多事情,假如它们是真实的,就不能产生乐趣,在虚构的戏剧中却能够产生乐趣。许多激动人心的事情本身实际上是令人悲痛的,在一个作家的作品上演时,它们却能变成听众和观众的快感的源泉。

这里,由于考虑到另一个问题,我们将多花一些时间来详述现实与戏剧之间的对比。当一个孩子长大成人不再做游戏时,在他工作了几十年后,以相当严肃的态度面对现实生活之时,有一天他可能会发现他自己处于再次消除了戏剧与现实之间的差别的精神状态之中。作为一个成年人,他能够回顾他曾经在童年时代做游戏时怀有的热切、认真的态度,并且把今天显然严肃的工作与童年时代的游戏等同起来,靠这种方法,他可以抛弃生活强加在他身上的过分沉重的负担,获得幽默提供的大量的快乐[2]。

于是,当人们长大以后,他们停止了游戏,他们好像也放弃了从游戏中获得的快乐。但是无论谁,只要他了解人类的心理,他就会知道,让一个人放弃他曾经体验过的快乐几乎比任何事情都困难。事实上,我们从来不可能丢弃任何事情,我们只不过把一件事情转换成另一件罢了。似乎是抛弃了的东西实际上被换上了一个代替物或代用品。同样,长大了的孩子在他停止游戏时,他只是抛弃了与真实事物的联系,他现在用幻想来代替游戏。他在空中建筑城堡,创造出叫作白日梦的东西来。我相信大多数人在他们的一生中是不时地创造着幻想的。这是一个长时期被忽视的事实,因此它的重要性就没有被充分认识到。

人们的幻想比儿童的游戏难于观察。的确,一个孩子独自游戏,或者为了游戏与其他孩子组成一个紧密的精神上的组织;尽管他可能不在大人面前做游戏，但是从另一方面看，他并不在大人面前掩饰自己的游戏。相反，成年人却为自己的幻想害臊，并在别人面前把它们隐藏起来。他把他的幻想当作最秘密的私有财产珍藏起来，通常，他宁可坦白自己的过失也不向任何人透露自己的幻想。因此，可能产生这样的情况，他相信唯有他创造了这样的幻想，而不知道在其他人那里这类创造十分普通。游戏者和幻想者在行为上的不同是由于这两种活动的动机不同，然而这两种活动的动机却是互相依附的。

孩子的游戏是由愿望决定的：事实上是唯一的一个愿望——它在他的成长过程中起很大作用——希望长大成人。他总是装扮成“成年人”，在游戏时，他模仿他所知道的比他年长的人的生活。他没有理由掩饰这个愿望。成年人的情况就不同了。一方面，他知道他不应该再继续游戏和幻想，而应该在真实世界中行动，另一方面他认为把引起他幻想的一些愿望隐藏起来是至关重要的。这样，他便为他那些孩子气的和不被容许的幻想而感到羞耻了。

但是，你会问，如果人们把他们的幻想弄得这么神秘，我们对这件事情又怎么会知道得那么多呢？是这样，人类中有这么一类人，分配给这一类人任务的不是神，而是一位严厉的女神——“必然”——让他们讲述他们遭受了什么痛苦，以及什么东西给他们带来了幸福[3]。他们是精神病的受害者，他们必须把他们的幻想夹杂在其他事情中间告诉医生，他们希望医生用精神疗法治好他们的病。这是我们的知识的最好来源，因此我们找到了很好的理由来假设，病人所告诉我们的，我们从健康人那里也能听到。

现在，让我们来认识一下幻想的几个特征。我们可以肯定一个幸福的人从来不会幻想，幻想只发生在愿望得不到满足的人身上。幻想的动力是未被满足的愿望，每一个幻想都是一个愿望的满足，都是一次对令人不能满足的现实的校正。作为动力的愿望根据幻想者的性别、性格和环境不同而各异，但是它们天然地分成两大类。它们，或者是野心的愿望——用来抬高幻想者的个人地位，或者是性的愿望。在年轻女人的身上，性的愿望占有几乎排除其他愿望的优势，因为她们的野心一般都被性欲的倾向所同化。在年轻男人身上，自私的、野心的愿望与性的愿望共存时，是十分引人注目的。但是，我们并不打算强调两种倾向之间的对立，我们最好是强调它们经常结合在一起的这个事实。正如在许多基督教教堂的圣坛屏风上，画面的某个角落总可以看到捐赠者的肖像，在大多数野心的幻想中，我们在这个或那个角落总可以发现一个女子，幻想的创造者为她表演了他的全部英雄行为，并且把他的全部胜利果实堆在她的脚下。这里，正如你所看到的，存在着为了掩饰的动机；教养良好的年轻女子只能有最低限度的性的愿望，年轻男人不得不学会压抑他对自己利益的过分注重——这种过分注重是在他童年时代受宠的日子里养成的——为的是在有着同样强烈要求的人群中可以找到自己的位置。

我们一定不要把这种想象活动——各种各样的幻想、空中楼阁和白日梦——看作是重复一个调子和不可改变的。正相反，它们根据幻想者生活印象的变换而有相应的变换，根据幻想者的情况的变化而变化，从每一个新鲜活泼的印象中接受那种可以称作“日戳”的东西。幻想同时间的关系是十分重要的。我们可以说幻想似乎徘徊于三种时间之间——我们的想象包含着的三个时刻。心理活动与某些当时的印象，同某些当时的诱发心理活动的场合有关，这种场合可以引发一个人重大的愿望。心理活动从这里追溯到对早年经历的记忆（一般是儿时的经历），在这个记忆中愿望曾得到满足；至此，心理活动创造出一个与代表着实现愿望的未来有关的情况。心理活动如此创造出来的东西就是白日梦或幻想，这些东西包含刺激它发生的场合和引起它的记忆的特征。这样，过去、现在和未来就串在一起了，似乎愿望之线贯穿于它们之中。

一个非常普通的例子,可以把我所讲的问题说明得更加清楚。我们来假设一个贫苦孤儿的情况,你给了他某个雇主的地址,在那儿他也许能找到一份工作。路上,他可能沉湎于白日梦之中,这个白日梦与产生它的情况相适应。他的幻想内容也许是这类事情:他找到了工作,得到了新雇主的赏识,成了企业中不可或缺的人物,被雇主的家庭所接纳,娶了这家年轻漂亮的女儿,然后成了企业的董事,首先作为雇主的合股人,后来是他的继承人。在这个幻想中,白日梦者重新获得了他在幸福的童年时代曾占有的东西——保护他的家庭,热爱他的双亲和他最初钟情的对象。你从这个例子可以看出,愿望怎样利用一个现时的场合,按照过去的式样,来设计未来的画面。

关于幻想还可以讲许许多多,但我只是尽可能简明地说明某几点。如果幻想变得过于丰富,过于强烈,神经官能症和精神病发作的条件就成熟了。而且,幻想是我们的病人抱怨的苦恼症状的直接心理预兆。这里,一条宽阔的岔道进入了病理学。

我不能略而不谈幻想与梦的关系。我们在晚上所做的梦就是这样的幻想,通过释梦,我们可以证实这一点[4]。语言家很早以前就以其无比的智慧对梦的本质问题作了定论,他们还给幻想创造定名为"白日梦"。尽管有这样的一些说明,为什么梦的内容通常总表现得含糊不清?那是因为这一情况:在夜晚,我们也产生一些令人羞愧的愿望,我们必须隐瞒这些愿望,因此它们受到了压抑,进入了无意识之中。这种受压抑的愿望和它们的派生物只被允许以一种相当歪曲的形式表现出来。当科学工作成功地解释了梦的变形这一因素时,我们便不再难以认识到夜间的梦完全与白日梦——我们全都十分了解的幻想——一样是愿望的实现。

关于幻想就谈这些。现在来谈谈作家。我们真能够试图将富于想象力的作家和“光天化日之下的梦幻者”[5]进行比较吗？将他的创作和白日梦进行比较吗？这里，我们必须从做最初的区别开始。我们必须区分开这两类作家：像古代的史诗作家和悲剧作家一样接受现成题材的作家，似乎是由自己选择题材创作的作家。我们将要谈的是后一种，并且为了进行比较，我们将不选择那些批评家们最为推崇的作家，而选择那些评价不高的长篇小说、传奇文学和短篇小说的作者，他们拥有最广泛、最热忱的男女读者群。首先，这些小说作者的作品中有一个特征不能不打动我们：每一部作品都有一个主角作为兴趣的中心，作家试图用一切可能的手段使他赢得我们的同情，作者似乎把他置于一个特殊的神的保护之下。如果在我的故事的某一章的结尾，我让主角严重受伤，流血不止，失去知觉，我肯定会在下一章的开始让他受到精心的护理，并逐渐恢复起来。如果第一卷以他们乘的船遇到暴风雨沉没为结尾，我们可以肯定，在第二卷一开始就会看到他奇迹般地获救——没有这个情节，故事将无法进行下去。我带着安全感跟随主角经历他那危险的历程，这种安全感就像现实生活中一个英雄跳进水里去救一个溺水者，或者为了对敌人猛烈攻击而把自己的身体暴露在敌人的炮火之下的感觉。这是真正英雄的感觉。我们的一个最优秀的作家用一句无与伦比的话——“我不会出事情的！”[6]表达了这种感觉。但是，在我看来，在这种从不受伤害的特性的启示下，我们可以立即认出“至高无上的自我”，就像每一场白日梦和每一个故事的主角一样[7]。

这些自我中心的故事的其他典型特征指出了同样的类似的性质。小说中的所有女人总是爱上了主角，这一事实很难看作对现实的描写。但是，作为白日梦的必要成分，它却很容易被理解。同样，故事中的其他人物严格地分成好人和坏人，无视现实生活中观察到的人类性格的多样性。“好人”都是自我的助手，“坏人”都是自我的敌人和对手，这个自我就变成了故事的主角。

我们完全明白，许许多多富于想象力的作品与天真的白日梦的模式相距甚远。但我还是不能消除这一怀疑：甚至偏离模式最远的作品也可以通过一系列不间断的过渡事件与模式联系起来。我注意到，在许多以“心理小说”闻名的作品中，只有一个人物——也总是主角——是从内部来描写的。作家仿佛坐在他的大脑里，而从外部观察其他人物。一般说来，心理小说的特殊性质无疑是由当代作家用自我观察的方法把他的自我分裂成许多部分自我的倾向而造成的，结果就把他自己精神生活的互相冲突的趋势体现在几个主角身上。某些小说——我们可以称之为“怪僻”小说——似乎与白日梦的类型形成相当特殊的对比。在这些小说中，被当作主角介绍给读者的人物仅仅起着很小的积极作用，他像旁观者一样看着眼前经过的人们的活动和遭受的痛苦。左拉的许多后期作品属于这一类。但是我必须指出，这些作家对在某些方面背离了所谓的规范的个人所做的精神分析，使我们获悉白日梦的类似的变化，在这些变化中，自我用旁观的角色来满足自己。

如果我们对富于想象力的作家和白日梦者、诗歌创作和白日梦所进行的比较有什么价值的话，那么首先，这种价值必须以这种或那种方式显示出来。例如，让我们试着把前面主张的论点——关于幻想和三个时期之间的关系和贯穿于其中的愿望——应用到这些作家的作品上，并且借助于这个论点，让我们试着考察一下作家的生活与作品之间的关系。一般说来，没有人知道在这个问题的探讨中应该期望着什么，而且对这一“关系”的考察常被过分简单地对待了。凭着我们从研究幻想得来的知识，我们应该预期如下的事态：现时的强烈经验唤起了作家对早年经验(通常是童年时代的经验)的记忆，现在，从这个记忆中产生了一个愿望，这个愿望又在作品中得到实现。作品本身展示出两种成分：最近的诱发场合和旧时的记忆[8]。

不要因这个程式的复杂而大惊小怪。我猜测事实将证明它是一个极其罕见的方式。然而它可能包含着进入事情真相的第一步；根据我所做的一些实验，我倾向于认为这种观察作品的方法不会没有结果。你将不会忘记对作家生活中童年时代记忆的强调——这个强调也许是令人迷惑的——最终来自一个假设：一篇创造性作品像一场白日梦一样，是童年时代曾做过的游戏的继续和替代物。

但是，我们一定不要忘记回到前面提到的那类富有想象力的作品上去，我们必须认识，这类作品不是有独创性的创作，而是现成的和熟悉的素材的再造。即使在这里，作家也还保持着某种程度的独立性，这种独立性可以表现在素材的选择上，表现在各种各样的变化上，这种变化常常又是相当广泛的。不过，就素材近在手边而言，它来自流行的神话、传说和童话故事的宝库。对这样一类民间心理结构的研究还很不完全，但是极有可能的是，像神话这样的东西就是所有民族充满愿望的幻想，是人类年轻时期的世俗梦想歪曲了之后留下的痕迹。

你会说，虽然我的论文题目把作家放在前面，而我对作家的论述却比对幻想的论述少得多。我意识到了这一点，但我必须指出这是由于我们的知识的现状所致。我所能做的只是提出一些鼓励和建议，从研究幻想开始，导向对作家如何选择他的文学素材这一问题的研究。至于另一个问题——作家在他的创作中用什么手段引起了我们内心的感情效果——到目前为止我们根本没有触及。但是至少我已为你指出了一条道路，这条道路从我们对幻想的讨论通向了诗的效果的问题。

你一定还记得我在前面论述了白日梦者因为觉得他有理由为他的幻想感到害羞，便小心翼翼地在别人面前掩藏自己的幻想。现在我应该补充说，即使他把这些幻想告诉我们，他泄漏出来的东西也不会使我们感到快乐。当我们听到这些幻想时，我们会产生反感，至少是不感兴趣。但是，当一个作家把他的戏剧奉献给我们，或者把我们认为是他个人的白日梦告诉我们时，我们就会感到极大的快乐，这种快乐可能由许多来源汇集而成。作家如何完成这一任务，这是他内心深处的秘密；诗歌艺术的诀窍在于一种克服我们心中的厌恶的技巧，这种厌恶感无疑跟单一“自我”与其他“自我”之间的隔阂有关。我们可以猜测发挥这个技巧的两种方式：其一，作家通过改变和伪装他的利己主义的白日梦以软化它们的性质；其二，在他表达他的幻想时，他向我们提供纯形式的——亦即美学的——快乐，以取悦于人。我们给这类快乐起了个名字叫“前期快乐”（fore-pleasure）或“额外刺激”（incentive bonus）。向我们提供这种快乐是为了有可能从更深的精神源泉中释放出更大的快乐[9]。我认为，一个作家提供给我们的所有美的快乐都具有这种“前期快乐”的性质，富有想象力的作品给予我们的实际享受来自我们精神紧张的解除。甚至可能是这样：这个效果的不小的一部分是由于作家使我们从作品中享受到我们自己的白日梦，而不必自我责备或感到羞愧。这个问题将把我们引向另一些新的、饶有兴味的和复杂的调查研究，但是，在目前，这一点至少已经把我们带到了我们的讨论的终结。

注释

［1］红衣主教伊波里托·德埃斯特是阿里奥斯托的第一个保护人，阿里奥斯托的《疯狂的奥兰多》就是献给他的。诗人得到的唯一报答是红衣主教提出的问题：“卢多维科，你从哪儿找到这么多故事？”

［2］参见弗洛伊德《开玩笑及其与无意识的关系》（1905）的第七章第七节。

［3］这里指的是歌德的剧本《托夸多·塔索》最后一场中主角诗

人所念的著名诗句：

当人类在痛苦中沉默，

神让我讲述我的苦痛。

［4］参见弗洛伊德的《梦的解析》(1900)。

［5］“Der Träumer am hellichten Tag.”

［6］“Es Kann dir nix g'schehen!”这句话出自维也纳剧作家安岑格鲁贝之口，很受弗洛伊德的喜爱。语见《关于战争与死亡的思考》(1915)。

［7］参见《论自恋》(1914)。

［8］弗洛伊德在 1898 年 7 月 7 日致弗利斯的信中讨论 C. F. 迈耶的一篇短篇小说的主题时，已经提出过相同的观点。

［9］弗洛伊德把“前期快乐”(或“额外刺激”)的理论应用在《开玩笑及其与无意识的关系》(1905)第四章最后一段中。在《关于性欲理论的三篇论文》(1905)中，弗洛伊德也讨论了“前期快乐”的性质。

(选自西格蒙德·弗洛伊德《达·芬奇与白日梦：弗洛伊德论美》，张唤民、陈伟奇译，上海：上海译文出版社，2020：20—34)

荣格　心理学与文学

·作者简介·

荣格(1875—1961),瑞士心理学家。1907 年开始与弗洛伊德合作,发展及推广精神分析学说长达六年之久,之后因理念不合,与弗洛伊德分道扬镳,创立了荣格人格分析心理学理论,提出“情结”的概念,把人格分为内倾和外倾两种,主张把人格分为意识、个人无意识和集体无意识三层。荣格创立了荣格心理学学院,曾任国际心理分析学会会长、国际心理治疗协会主席等。他的理论和思想至今仍对心理学研究产生着深远影响。著有《潜意识心理学》《寻求灵魂的现代人》《心理学与宗教——泰利讲座》等。

·阅读参考·

荣格的论文《心理学与文学》以精神分析心理学为理论基础探讨文学艺术的产生机制。他在论文的开头指出:“心理学作为对心理过程的研究,也可以被用来研究文学,因为人的心理是一切科学和艺术赖以产生的母体。”这篇论文分为两个部分,第一个部分是《艺术作品》，第二个部分是《诗人》，本书选取了第一个部分。在这一部分，荣格把艺术作品分为两种模式："心理的"和"幻觉的"。他指出，人们所谓的"心理小说"不是心理学家的研究对象，心理学家最感兴趣的是那些"缺乏心理旁白的精彩叙述"的作品。他以歌德创作时间跨度相当大的诗剧《浮士德》为例，认为此书第一部和第二部之间的差异表现了艺术作品的心理模式和幻觉模式之间的区别。心理模式加工的素材来自人的意识领域，而幻觉模式所采用的素材不为人们所熟悉，是来自人类心灵深处某种陌生的东西，一种超越了人类理解力的原始经验。这两种模式都有大量的文学呈现。荣格进一步指出，这种幻觉是一种原始经验，在幻觉中显现的东西就是集体无意识。集体无意识"是指由各种遗传力量形成的一定的心理倾向，意识即从这种心理倾向中发展而来"。很多基于幻觉的伟大诗歌或艺术作品都带有源于集体无意识的世代相传的信息。

· 原文 ·

心理学与文学

显然，心理学作为对心理过程的研究，也可以被用来研究文学，因为人的心理是一切科学和艺术赖以产生的母体。我们一方面可望用心理研究来解释艺术作品的形成，另一方面则可望以此揭示使人具有艺术创造力的各种因素。因此，心理学家就面临着两种独特的、彼此有区别的任务，并且必须以完全不同的方法来考察它们。

就艺术作品而言，我们必须考察的是一种复杂的心理活动的产物——这种产物带有明显的意图和自觉的形式；而就艺术家来说，我们要研究的则是心理结构本身。在前一种情况下，我们应尝试从心理学角度对某一明确限定的、具体的艺术成就进行分析。而在后一种情况下，我们必须把活生生的、富于创造性的人类当作一种独特的个性来加以分析。尽管这两项任务紧密相关甚至相互依存，但谁也不能为对方提供所寻求的解释。要通过艺术作品对艺术家作出结论，或者反过来，要通过艺术家对艺术作品作出结论，显然是不可能的。这些结论不可能是绝对的，它们最多是可能的臆测或碰巧的猜想而已。知道歌德和他母亲之间的特殊关系，或多或少有助于我们懂得浮士德的叫喊："母亲们——母亲们——听起来是多么奇怪哟！"然而这并不足以使我们明白，从歌德对母亲的依恋中，如何能产生出浮士德戏剧本身，虽然我们从歌德这个人身上可以准确无误地感觉到在这两个人之间确有一种很深的联系。同样，从相反的方向来推论也不可能取得更多的成功。尽管尼伯龙根所生活的充满英雄气概的男性世界，与瓦格纳身上具有的某种病态的女性气质之间，确实存在着某些潜在的联系，但在《尼伯龙根的戒指》这部作品里，却没有任何东西可以使我们辨认和推断出瓦格纳偶尔喜欢穿女人服装这一事实。

心理学目前的发展状况，还不允许我们建立起我们希望一门科学应该具有的严密的因果联系。只有在心理生理本能和心理生理反应这一领域内，我们才能自信地运用因果联系的观念。心理学家应满足于从精神生活的起点上，也就是说，在一种更具复杂性的层次上，对所发生的心理事件作不同程度的广泛描述，对错综复杂的心理脉络作生动的描绘。在这样做的同时，他还必须避免把任何一种心理过程孤立地抽象出来，说成是一种"必然的"过程。如果实际情形不是这样，如果心理学家真能发现艺术作品内部和艺术创作过程中的因果联系，他就会使艺术研究失去立足之地，把它降低为他自己那门学科中的一个专门的分支。当然，心理学家绝不会放弃要求在复杂的心理事件中研究和建立因果联系的主张，因为这样做就会否认心理学有存在的理由。然而他又绝不可能在最完满的意义上实践这一主张，因为生命中创造性的一面（它在艺术中得到了最充分的表现）挫败了一切希望建立理性程式的企图。任何一种对刺激的反应，都可以从因果性上去作出解释；但是，创造性活动与单纯的反应是完全对立的，它将永远使人类难以理解。我们只能描述其表现形式；它可能被朦胧地感受到，但不可能被完全把握住。心理学和艺术研究将永远不得不相互求助，而不会是由一方去削弱另一方。心理事件是可以推导的，这是心理学的一条重要原理。心理产物是某种自在自为的东西而不管艺术作品或艺术家本人有什么问题，这是艺术研究的一条原理。这两条原理，尽管是相对的，但都是正确的。

一、艺术作品

心理学家和文学批评家在考察一部文学作品时，二者之间在研究方法上存在着根本的区别。文学批评家认为有决定性意义和价值的东西，可能与心理学家毫不相干。具有高度模糊性的文学作品，常常引起心理学家极大的兴趣。譬如，所谓“心理小说”，根据文学家的想法，可能对心理学家有很大价值，其实却根本不是这么回事。从整体上看，这样一部小说解释的是它本身。它已经完成了它自己从心理学角度进行解释的任务，心理学家最多只能在这一基础上加以批评或扩充。至于某一特定作家怎样开始写作某一特定小说这一重要问题，当然是不会有答案的。但我想把这个一般性问题保留到我这篇论文的第二部分里加以探讨。

使心理学家收获最多的是这样一些小说，在这些小说里，作者并没有对他的人物作过心理学的阐说，因此留下了分析解释的余地。不仅如此，这些作品的表现方式甚至呼吁心理学家对它们进行分析和解释。班诺阿特的小说和里德尔·海格特式的英国小说，以及由柯南道尔开创，产生了成批最受人欢迎的故事的那种文体即侦探小说，就是这一类作品的最好的范例。麦尔维尔的《白鲸》(我认为这是美国小说中最了不起的作品)也属于这一类创作。心理学家最感兴趣的,恰恰是这种显然缺乏心理旁白的精彩叙述。这种故事建立在各种微妙的心理假定之上,它们在作者本人并不知道的情形下,以纯粹的和直接的方式把自己显示出来,诉诸批判的剖析。相反,在心理小说中,由于作者本人试图对他的素材重新加工,以使它们脱离其原始天然的水平,达到从心理学高度加以解释说明的程度,其结果往往遮蔽了作品的心理学意义,或使它变得难以把握。外行们正是到这类小说中去寻找所谓心理学;然而,向心理学家挑战的却是另一种类的小说,因为只有心理学家才能使这些小说具有更深的意义。

我一直在谈论小说,然而我所涉及的心理学事实,却不仅仅局限于这一特殊的文学艺术形式。在诗人的作品中我们同样接触到这一事实,而当我们将《浮士德》剧本的第一部与第二部进行比较时,我们又再次面对这一事实。甘泪卿的爱情悲剧自己对自己作出了解释,心理学家无法再往上面增加任何一点东西,所有的一切都被诗人用更漂亮的语言说过了。相反,剧本的第二部却需要解释。这里富于想象力的素材本身有着令人惊叹的丰富性,它超过了诗人组织材料的能力,以致没有任何地方是在自己对自己作解释,每一行诗句都需要读者加上自己的解释。《浮士德》剧本的这两个部分,以极端的方式说明了两类文学作品之间的这一心理学区分。

为了强调这一区别,我想把艺术创作的一种模式叫作“心理的”,而把另一种模式称为“幻觉的”。心理的模式加工的素材来自人的意识领域,例如人生的教训、情感的震惊、激情的体验,以及人类普遍命运的危机,这一切构成了人的意识生活,尤其是他的情感生活。诗人在心理上同化了这一素材,把它从普通地位提高到诗意体验的水平,并使它获得表现,从而通过使读者充分意识到他通常回避忽略了的东西，和仅仅以一种迟钝的不舒服的方式感觉到的东西，来迫使读者更清晰、更深刻地洞察人的内心。诗人的工作是解释和说明意识的内容，解释和说明人类生活的必然经验及其永恒循环往复的悲哀与欢乐。他没有给心理学家留下任何东西，除非我们确实希望心理学家能详细说明浮士德爱上甘泪卿或促使甘泪卿杀死自己孩子的原因。这些主题构成了人类的命运；它们千百次地重复出现，并由此而导致警察机构和刑罚法典的千篇一律。在它们周围，没有什么东西是朦胧模糊的，因为它们自己对自己作了充分的解释。

这一类文学作品多得不可胜数，包括许多爱情小说、环境小说、家庭小说、犯罪小说、社会小说和说教诗，包括大部分抒情诗和戏剧（悲剧和喜剧）。无论它采取哪一种特殊的表现形式，我们都可以说，心理艺术作品的题材总是来自人类意识经验这一广阔领域，来自生动的生活场景。我在前面把这种艺术创作模式叫作心理模式，因为它在自身的活动中始终未能超越心理学能够理解的范围，它所包含的一切经验及其艺术表现形式，都是能够为人们理解的。即使基本经验本身，虽然是非理性的，也并没有任何奇特之处；恰恰相反，它们作为激情及其命定的结果，作为人对于命运转折的屈从，作为永恒的自然及其美与恐怖，从时间的开端上就已为人们所共知了。

《浮士德》的第一部分与第二部分之间的深刻区别，标志着艺术创作的心理模式和幻觉模式之间的区别。后者的情形与前者的情形恰恰相反，这里为艺术表现提供素材的经验已不再为人们所熟悉。这是来自人类心灵深处的某种陌生的东西，它仿佛来自人类史前时代的深渊，又仿佛来自光明与黑暗对照的超人世界。这是一种超越了人类理解力的原始经验，对于它，人类由于自己本身的软弱可以轻而易举地缴械投降。这种经验的价值和力量来自它的无限强大，它从永恒的深渊中崛起，显得陌生、阴冷、多面、超凡、怪异。它是永恒的浑沌中一个奇特的样本，用尼采的话来说，它是对人类的背叛。它彻底粉碎了我们人类的价值标准和美学形式的标准。怪异的事件所产生的骚动的幻象，在各方面都超越了人的情感和理解的范围，它对艺术家的能力提出了各种各样的要求，唯独不需要来自日常生活的经验。日常生活经验不可能撕去宇宙秩序的帷幕，不可能超越人类可能性的界域，因此，无论它可能使个人产生多大的震惊，仍符合艺术的要求。然而原始经验却把上面画着一个秩序井然的世界的帷幕从上到下地撕裂开来，使我们能对那尚未形成的事物的无底深渊给予一瞥。这究竟是另一世界的幻觉，是黑暗灵魂的梦魇，还是人类精神发端的影像？所有这些我们既不能肯定也不能否定。

形成——复形成
永恒精神的永恒往昔

我们在《赫尔麦斯的牧人》中，在但丁的作品中，在《浮士德》第二部中，在尼采的《勃勃生气的狄奥尼索斯》中，在瓦格纳的《尼伯龙根的戒指》中，在斯皮特勒的《奥林匹斯之春》中，在威廉·勃莱克的诗歌中，在《弗朗西斯科·科隆纳修士》中，在雅柯布·波墨的哲学和诗歌呓语中，都可以发现这样的幻象。原始经验以一种更严格更特殊的方式，在小说范围内为里德尔·海格特提供了转向“她”的素材，同样为班诺阿特（主要在《大西洋》中），为库宾（在《另一边》中），为梅林克（在《绿色的幻觉》——一本我们不能低估其重要意义的书中），为戈埃茨（在《帝国无疆域》中），为巴拉克（在《死者的日子》中）提供了素材。这一张名单当然还可以无休无止地开下去。

当涉及艺术创作的心理模式时，我们无需询问自己，这素材包括什么内容、意味着什么；然而一旦触及艺术创作的幻觉模式，我们就被迫面对这一问题。我们感到惊讶、迟疑、困惑、警觉甚至厌恶，我们要求对此作出评论和解释。它不是使我们回忆起任何与人类日常生活有关的东西，而是使我们回忆起梦、夜间的恐惧和心灵深处的黑暗——这些我们有时半信半疑地感觉到的东西。的确，除非它生硬可感，绝大多数读者是不欢迎这类作品的，甚至文学批评家也拿它感到为难。但丁和瓦格纳为艺术创作的幻觉模式铺平了道路。在但丁的作品中，由于交代历史事实，在瓦格纳的作品中，由于叙述神话故事，幻觉的经验被遮蔽起来，以致人们往往以为历史和神话就是这些诗人赖以写作的素材。然而感人的力量和深刻的意味却既不在于历史也不在于神话，因为二者都同时被容纳在幻觉的经验中。难怪里德尔·海格特被普遍认为是纯粹的小说发明家。然而即使在他手里，故事主要也还是用来表现有意味的素材的手段。无论表面上看来，故事是如何地胜过内容，然而在重要性上，内容却总是压倒故事。

说到幻觉式创作的材料来源，那种隐约晦涩真是十分奇怪，又明显地不同于我们在创作的心理模式中发现的那些东西，因此我们甚至怀疑这种隐约晦涩是否是有意造成的。我们很自然地倾向于假定——弗洛伊德心理学也鼓励我们这样假定——在这奇异的黑暗之下，隐藏着某些高度个人化的经验。我们希望这样来解释那对于浑沌的奇怪的窥测，懂得为什么有时候看上去仿佛诗人是在有意地向我们隐藏他的基本生活经验。这种看问题的方式，与宣称我们面对的是一种病理学和神经症的艺术，二者之间仅有一步之差。就幻觉式创作的素材显示出某些我们在精神病患者的幻想中发现的特征而言，这一步之差是有道理的。反之亦然。因为我们常常在精神病患者的精神产物中，发现我们本应期望从天才们的作品中才能找到的丰富涵义。追随弗洛伊德的心理学家们当然会倾向于把所讨论的作品当作病理学问题来研究。他们假定在我们所说的“原始幻觉”即一种不能被意识理解和接受的经验下面，隐藏着一种亲昵的个人经验；他们试图通过把这些原始幻象称为遮蔽性形象，假定它们旨在有意遮掩基本经验，这样来解释和说明这些奇异的幻觉意象。按照他们的看法，这很可能是一种恋爱经验，这种经验在道德上或审美上与整个人格，或至少是与自觉意识中某些想法不相容的。因此，为了使诗人能够以他的“自我”压抑这一经验，使它无法辨认即成为无意识，全部储藏着的病理幻想就都被调动起来。此外，由于这种以虚构代替现实的尝试始终不能令人满意，所以也就不得不在一系列创作体现的过程中反复出现。这就解释了一切可怕的、怪诞的、反常的想象形式所以剧增的缘故。一方面，它们是那种难以接受的经验的代用品，另一方面，它们又帮助把这一经验隐藏起来。

虽然严格说来，我要在本文的第二部分才讨论到诗人的人格和心理气质，但我却不得不在目前这一联系环节上，提一提弗洛伊德对幻觉式艺术作品的看法。首先，它引起了相当多人的注意。其次，这是唯一为人所共知的尝试，这种尝试旨在对幻觉素材的来源作“科学的”解释，或形成一种理论，用来说明隐藏在这种奇怪的艺术创作模式之下的心理过程。我假定我对这个问题的观点不太为别人知道或不被普遍理解。说完这几句开场白后，我就打算对这个问题作一番简述。

假如我们坚持认为幻觉来源于个人经验，我们就必须把幻觉当作某种次要的东西来对待——仅仅作为一种实在的替代物。其结果便是我们剥去了幻觉的原始性质，仅仅把它当作一种症兆。这样，充满意蕴的浑沌就退缩到心理骚乱的部分。而我们通过这样一种解释，也就重新定下心来，回到我们秩序井然的宇宙画面。既然我们都讲求实际、通情达理，并不期望宇宙完美无瑕，我们当然也就承认了这一不可避免的缺陷，把它称为反常和病态，并理所当然地认为这是人性之不可避免。来自地狱的令人恐怖的启示，由于不被人理解而被当作幻觉打发了，诗人也被看作是受害者和骗子。甚至在诗人们自己看来，他的原始经验也是“人性的——过分人性的”，其涵义已经到了使人无法正视它的地步，因而不得不把它对自己隐藏起来。

我想我们最好还是把这种对艺术创作的解释（即把它还原为个人因素）的所有言外之意彻底弄明白。我们应该看看它把我们引向何方。事实是，它使我们远离对艺术作品的心理学研究，使我们直接面对诗人本人的心理倾向。后者固然也是一个重要的问题，这一点当然无可否认；然而艺术作品具有自己独立存在的权利，这一点我们也不能视而不见。诗人的作品对于诗人具有什么样的意义——他是把它视为琐屑之物，视为屏蔽之器，视为痛苦之源，还是视为成功之果，这一问题，暂时与我们无关。我们的任务是从心理学角度解释艺术作品。而要从事这一工作，关键在于严肃看待隐藏在艺术作品下面的基本经验即所说的幻觉。至少，我们应该像对待隐藏在艺术创作的心理模式之下的各种经验（从没有人怀疑这些经验的真实性和严肃性）那样认真地对待它。从表面上看，幻觉经验的确显得与人的普通命运相去甚远，我们因此很难相信它是真实的。它令人遗憾地带有几分晦涩的玄学色彩和神秘主义色彩，因此我们就感到有责任以一种考虑周到的理性态度，出面来加以干涉。我们得出的结论是，看待这一类事情，最好不要过分认真，否则世界又会重新倒退到蒙昧迷信中去。当然，我们可以对神秘的东西有所偏爱，但是我们通常是把幻觉经验视为幻想或诗情的产物，即作为一种从心理学角度理解的诗情宣泄而随意打发。某些诗人支持这一解释，以便在他们自己和他们的作品之间造成一种有益的距离。例如，斯皮特勒固执地坚持说，诗人歌唱一首《奥林匹斯之春》与说“春天就在这里”，二者是同一件事。然而事实却是，诗人也是凡人，他关于他的作品所要说的，常常词不达意，离题甚远。因此，我们应该做的，不是别的，而是维护幻觉经验的重要性，使它不致受诗人本人的说法的影响。

我们不能否认，我们在《赫尔麦斯的牧羊人》《神曲》《浮士德》中捕捉到了最初的爱情经验的回声——这种经验是由幻觉来使之完整并将它完成的。有人认为，《浮士德》第二部拒绝和掩盖了第一部中正常的人类经验。这种设想其实毫无根据。同样，我们也不能毫无道理地猜测歌德在写第一部时精神很正常，写第二部时则处于精神错乱状态。《赫尔麦斯》与但丁、歌德在将近两千年的人类发展史上，可以被看作是前后相连的三个阶段。在他们每一个人身上，我们都能发现，个人的爱情插曲不仅与更有影响的幻觉经验相关联，而且直接从属于幻觉经验。由于艺术作品本身提供了这一证据，而这一证据又驳回了有关诗人具有特殊心理气质的问题，所以我们必须承认，幻觉代表了一种比人的情欲更深沉更难忘的经验。我们绝不可将这种性质的艺术作品同作为个人的艺术家混淆起来，在这种性质的艺术作品中，无论理性主义者们怎样说，我们都不怀疑这种幻觉是一种真正的原始经验。幻觉不是某种外来的、次要的东西，它不是别的事物的征兆。它是真正的象征，也就是说，是某种有独立存在权利，但尚未完全为人知晓的东西的表达。如果说爱情插曲是真正经历过的真实体验，那么幻觉也同样是真正经历过的真实体验。幻觉内容的性质究竟是物理的、心理的，还是形而上的，我们用不着匆忙下判断，因为幻觉本身具有心理的真实性，这种真实性丝毫也不逊于物理的真实性。人的情感属于意识经验的范围，幻觉的对象却在此之外。我们通过感官体验到已知的事物，我们的直觉却指向那些未知的和隐蔽着的事物，这些事物本质上是隐秘的。一旦它们被意识到，它们就故意向后退避，把自己隐匿起来。正因为如此，它们自古以来一直被人们视为神秘的、不可思议的和具有欺骗性的东西。它们把自己隐匿起来不让人们看清自己的本来面目，而人们也出于恐惧而使自己远离它们。人们用理智的盔甲和科学的盾牌来自我保护。人类的启蒙即起源于恐惧。白天，人们相信宇宙是井然有序的；夜晚，他们希望保持这一信念以抵抗包围着他们的对于混乱的恐惧。然而，会不会真有某种充满生气的力量活动于我们日常的生活世界之外？会不会真有那些充满危险的和不可避免的人的需要？会不会真的存在着某种比电子更有意义更有目的的东西？我们会不会是在自欺欺人地认为我们掌握和控制着我们自己的灵魂？那种被科学称之为“精神”的东西，会不会并不仅仅是禁锢在头颅中的一个问号，而更重要的是从另一个世界向人类世界打开的一扇门，不时地让那些奇怪的、难以捉摸的力量对人发生作用，就像对夜的羽翼发生作用一样，使他从普通人的程度，上升到超出个人禀性的程度？当我们考察艺术创作的幻觉模式时，看上去好像爱情插曲仅仅被用来作为一种解脱，仿佛个人的经验只不过是那意义重大的“神曲”的序幕。

接触到生活中黑夜一面的，并不是只有幻觉艺术的创作者。先知们、预言家们、领袖们和启蒙者们也同样如此。无论这种夜的世界有多么黑暗，它对于人类来说却并不完全陌生。很久很久以前人们就认识它了——它无所不在。对于今天尚未开化的原始人来说，这个黑暗世界是他的宇宙画面中一个不容置疑的组成部分。只有我们才拒绝承认它，因为我们害怕迷信，害怕形而上学，因为我们努力要建造一个更安全、更容易把握的意识世界，在这个世界中，自然法享有成文法在文明国家中享有的地位。然而，即便在我们中间，诗人们仍然随时捕捉到活动于黑夜世界中的各种各样的形影——精灵、魔鬼和神祇。他知道，远达人类尽头的目的性，对人说来也就是创造生命的奥秘；他对于生命过程中那些不可理解的事件有一种不祥的预感。总之，他从那个给野蛮人和原始人造成了深深恐惧的精神世界里，看见了某种东西。

早在人类社会发轫之初，人们就一直竭力要给他所获得的朦胧暗示以一种清楚的形式，我们不难发现这一努力留下的痕迹。即使在罗得西亚旧石器时代的岩石画中，在最令人惊叹不已的栩栩如生的动物画旁边，也出现了抽象的图案——圆圈中一个双十字。这一图案在每一文化区域中都或多或少地出现过。今天我们不但在基督教教堂内，而且在西藏的寺院中都能发现这一图案。这就是所谓的“太阳轮”。而既然它出现在还没有任何人想到把轮子作为一种机械装置的时候，它也就不可能来源于任何与外部世界有关的经验。这无疑是一种象征，它代表一种心理事件，代表一种对于内在世界的体验，而且无疑正如著名的犀牛与食虱鸟画一样，是一种栩栩如生的再现。从来还没有哪一种原始文化不具有一套秘密传授的体系，而在许多文化中，这种体系甚至高度发达。人类社团和图腾氏族保存着这种与人的白昼生活相分离的隐秘事物的有关教义，而这种隐秘事物从原始时代起，一直构成人的最重要的经验。有关这些事物的知识是在入会仪式中传授给年轻一代的。希腊罗马世界的秘密宗教仪式也发挥着同样的作用，而古代丰富多彩的神话，就是人类发展的最初阶段中这类经验的遗迹。

因此，我们总是期待着诗人，希望他借助于神话，来使他的经验得到最恰当的表现。如果我们假定他使用的是第二手材料，那就大错特错了。诗人的创作力来源于他的原始经验，这种经验深不可测，因此需要借助神话想象来赋予它形式。原始经验本身并不提供词汇或意象，因为它“仿佛是在黑暗中从镜子里”看见的幻象。它不过是一种拼命要获得表现的深沉预感。它就像一股旋风，把一切能够到手的东西抓住，在把它们向高处提升的过程中形成一种看得见的形式。既然特定的表现绝不可能穷尽这一幻觉的一切可能性，而是在内容的丰富性上显得大大欠缺，那么诗人即便要略微传达出他的暗示，也必须在手中掌握大量的素材。更何况，为了表现他的幻觉的怪诞和荒谬，他还必须借助于一种很难掌握的充满矛盾的想象。但丁的预感在充斥了全部天堂和地狱的形形色色的意象中；歌德必须在作品中写进伯劳克斯伯格和希腊古迹中的阴森区域；瓦格纳需要全部北欧神话；尼采回到神圣的风格，重新创造出史前时期的传奇预言；勃莱克为自己创造出难以描绘的形象；斯皮特勒则为他在想象中创造的新生命借来了古老的名字。在从无法形容的崇高到反常任性的怪异的整个系列中，没有任何中间步骤被漏掉。

心理学除了汇集用来比较的材料和提供进行讨论的术语外，不可能对这种色彩绚丽的想象作出任何解释。根据心理学提供的术语，那种在幻觉中显现的东西也就是集体无意识。我们所说的集体无意识，是指由各种遗传力量形成的一定的心理倾向，意识即从这种心理倾向中发展而来。在人体的生理结构中，我们发现了各种早期进化阶段的痕迹。我们可以推测，人的心理在结构上也同样遵循种系发生的规律。事实上，当意识黯然无光的时候，例如在梦中、在麻醉状态中和癫狂状态下，某些心理产物心理内容就浮到表面并显示出心理发展处于原始水平的特征。这些意象本身往往具有一种原始性质，以致我们可以猜测它们来自古代的秘密教义。此外，穿着现代服装的神话主题也不断出现。在集体无意识的所有表现形式中，对文学研究具有特殊意义的是，它们是对于意识的自觉倾向的补偿。也就是说，它们可以以一种显然有目的的方式，把意识所具有的片面、病态和危险状态，带入一种平衡状态。在梦中，我们可以从积极的方面清楚地看到这一点；而在癫狂状态中，这一补偿过程虽然往往十分明显，却采取一种消极的形式。譬如，有这样一些人，他们之所以急于使自己与世隔绝，只是为了将来有一天能发现他们内心深处的隐秘被所有的人知道和谈论。

如果我们考察的是歌德的《浮士德》，而把它是否补偿了歌德本人的意识倾向的问题搁在一边，那么我们就必须回答这样一个问题：《浮士德》与歌德时代的自觉意识观念二者之间是什么样的关系。伟大的诗歌总是从人类生活汲取力量，假如我们认为它来源于个人因素，我们就是完全不懂得它的意义。每当集体无意识变成一种活生生的经验，并且影响到一个时代的自觉意识观念，这一事件就是一种创造性行动，它对于每个生活在那一时代的人，就都具有重大意义。一部艺术作品被生产出来后，也就包含着那种可以说是世代相传的信息。因此，《浮士德》触及每个法国人灵魂深处的某种东西。同样，但丁也因此而获得不朽的声名，而《赫尔麦斯的牧羊人》却不符合《新约》的经典规范。每一历史时期都有它自己的倾向，它的特殊偏见和精神疾患。一个时代就如同一个个人，它有它自己意识观念的局限，因此需要一种补偿和调节。这种补偿和调节通过集体无意识获得实现。在集体无意识中，诗人、先知和领袖听凭自己受他们时代未得到表达的欲望的指引，通过言论或行动，给每一个盲目渴求和期待的人，指出一条获得满足的道路，而不管这一满足所带来的究竟是祸是福，是拯救一个时代还是毁灭一个时代。

谈论一个人自己所处的时代，这种做法总是有危险的，因为当前面临的问题实在太大太难以理解。因此只要稍微一点点暗示也就足够了。弗朗西斯科·科隆纳的著作采取了梦的形式，把用来作为人类关系的自然之爱加以神圣化；它并没有主张粗野的无节制的感官享受，然而却把基督教的婚姻神圣完全抛在了一边。这部书写于 1453 年。里德尔·海格特的生活与维多利亚王朝的全盛时期恰相吻合，他也采用了这一主题并用自己的方式加工处理；他没有把它纳入梦的形式，而是让我们感觉到道德冲突的紧张。歌德把甘泪卿——海伦——玛特尔——格罗丽奥莎的主题像一条红线一样地织入《浮士德》这一色彩绚丽的挂毯。尼采宣称上帝死了，斯皮特勒则把诸神的盛衰改编成四季的神话。不管这些诗人的意义如何，他们每个人都是在用成千上万人的声音说话，预告他那个时代中自觉意识观念所发生的变化。

（选自荣格《心理学与文学》，冯川、苏克译，北京：三联书店，1987：124—139）

霍兰德

本体概念能为心理语言学补充什么?

·作者简介·

霍兰德(1927—)是当代美国杰出的后现代精神分析学家、文学批评家。霍兰德于1947年毕业于麻省理工学院,获电学工程学学士学位;1950年毕业于哈佛法学院,获法学学士学位;1956年获哈佛大学文学博士学位。他曾执教于哈佛大学、麻省理工学院、纽约州立大学布法罗分校、法国巴黎第八大学、佛罗里达大学等高校,主要作品包括《精神分析与莎士比亚》(1966)、《文学反应动力学》(1968)、《诗歌在于个人》(1973)、《五位读者阅读》(1975)等。霍兰德在其学术生涯中致力于探索精神分析心理学、心理语言学、认知科学、神经生理学与文学的关系,曾于1970年在纽约州立大学布法罗分校建立文学心理学研究中心,于1982年发起国际文学和心理学大会,于1984年建立佛罗里达大学艺术心理研究所。霍兰德的阅读理论聚焦作者、读者与文本、社会等多方面的关系,将阅读行为看作互动交往活动,以具体的文学文本为着眼点,关注不同读者的"阅读本体",分析读者与文本互动的对话交流过程,利用其后现代精神分析理论微观探究读者阅读时防御、期望、幻想、转换(DEFT)的心理模式。

· 阅读参考 ·

霍兰德是一位将弗洛伊德的精神分析学说加以创造性的发展，并将其应用于文学评论的精神分析学家。《后现代精神分析》编译了霍兰德1960—1991年出版的一些重要论文，本书选取了其中他对本体理论的探讨。霍兰德指出，人在现实中无论有多少改变，总有一个不变的连续的“我”存在。对这样明确个人风格的、连续的“我”的探讨，就涉及了人的本体，因此本体是人的连续性和变化之间自相矛盾的混合体。本体亦可视为人的同一性，它虽然经历种种变化却始终如一，就像音乐中的主题。人的生活就体现为其本体主题和该主题上的众多变体。霍兰德通过调查发现，每个读者在阅读和释意方面都有其独特的风格，这些风格的背后就是他们的本体主题。基于这样的认识，也可解释为什么不同读者对同一文本的解释会有差别。本体具有成长性，自我和环境之间的新关系会引起主体的成长，读者和文本之间亦如此。霍兰德归纳出读者和文本之间关系的四种模式，即防御、期望、幻想和转换的结合。读者借助这些模式使作品成为自身心理构造的一部分，也使自己成为文学作品的一部分。

· 原文 ·

按精神分析甚至常识而论，一个人总是不断地改变自己以进入与现实的崭新关系之中；然而，无论我改变多少，总是存在着一个连续的我，这个“我”是每一变化的语法及实际主语。我可以不当律师而改行为文学批评家，然而我却会以相同的基本风格来从事这两项活动。

人们也许会像海因茨·利奇顿斯坦一样地发问：是什么使一个人保持同一？因为我们的确感觉到，尽管我们自己和他人都发生了巨大的变化，但依然是连续的人。事实上，正是因为存在着一个有明确个人风格的、连续的“我”，你才能看到我身上的一个变化事实上是一个变化。我们是凭借同一来理解不同、凭借不同来理解同一的。我认为某个人的右翼政治观点与他充满热忱的人际关系有关但又不同于后者，而二者在某一方面，但不是任何方面，与他奋不顾身的工作态度相一致。我该如何归纳这些关系呢？

近来，本体概念已演变成人之连续性及变化的自相矛盾混合体的代名词。思考那种相互作用的一种方法——也许还有其他方法，但我发现这种最令人满意——是将本体视为主题与变体。这就是说，我所使用的本体，不是埃里克森意义上的本体（本体意识，从内部感觉到的同一性），而是与利奇顿斯坦的用法差不多，本体是一种同一性——以及不同——从外部观察到的。我可以把某个人的同一性想象为我在那个人身上感知的风格或是主题，它在那人身上历尽种种变化而始终如一。因此我可以把那个人的变化和不同理解为那个主题上的变异。因此，一位读者可以是这样的人：他被海明威吓了一跳，对林登·约翰逊总统的翩翩风度十分赞赏，伤害过男性朋友但又对此十分担忧，和女秘书调情，在家干家务活来缓解紧张情绪。我可以把上述种种不同的活动理解为构成一个人生活风格的组成部分。我能观察到。我还能够与之神会，即以他自身整体的意识来参与，成为一个不同类型的人。反之，我也能意识到，这些不同的联系又如何使他获得新的资源，他能以此向世界伸出双手，并重新创造他那原本、稳定的自我。

这层意义上的本体反映了一种思维方式，它认为人格经历着某一基本本体主题的种种日新月异的转换，犹如乐师在某一曲调上弹出种种变奏。在音乐的主题与变奏方面，音色、调性、节奏、音程都可以改变，甚至可以将曲调上下颠倒，但是我们发现，在所有的音符中存在着某种始终如一的东西，而这就是我们所称的主题。同样，我也可以在一个人的种种选择中，追溯出重复与对比、同一与变化、主题与变体的模式。

新的经验对我们的自我连续性与对周围世界的适应提出了挑战。它们要求我们做出新的变体。反之，我们的一切综合性行为又有助于把这些新经验（对我们的外部或内部现实多少有些勉强）统一为不断积累的主题及变体，这就是我们的本体。换言之，利奇顿斯坦的本体概念假设，人的所有经验中有一种节律，正如皮亚杰在描述认知行为时提出的同化与调节一样。

因此，本体是一种把一个人的选择中节奏性的序列概念化为主题及变体的方式[1]。“本体主题”是我感知到的横贯所有变体而始终如一的东西。区别“本体主题”（从外部推知的东西）和利奇顿斯坦提出的“原始本体”（实际“在”个人内的东西）是十分重要的，这二者的区别要比利奇顿斯坦所认为的更加显著，他提出的原始本体是在婴儿内部创造的、无所不在的个人风格。

“原始本体”蕴含着三个假设，它们是从外部推知的本体概念所不蕴含的：第一，我们是在适应或“赞成”头一位哺育我们的人时获得这一风格的；第二，这一风格是所有未来成长的母体，从这一意义上说，它是个人携往一切日后体验的本体之最内层核心；第三，维持原始本体的需要是人的最深刻动机。的确，近来精神分析家对幼儿的观察常常证实了这一见解：自我最初是在对哺育的反应中组织起来的，这是日后充分发达的个人风格的基础。其次，虽然这一点证据更加不足，但是当我以本体手段注视一位心理防御使用者、一位“洗脑”受害者，或者一位精神分析受益者时，我的确看到个人不惜任何代价来维持连续的自我。再者，从理论层次而言，这一“本体原则”（它甚至先于快乐原则）提供了一个更有人情味、更加令人满意的方式，来理解构成我们性格的那些重复行为，这是弗洛伊德的“死亡本能”的生物性推测所不及的。“原始本体”的确很有道理。

然而，归根结蒂，我若想知道自己身上究竟发生了些什么事情，只能凭借精神分析内省，或者借助移情或精神分析关系之类的手段“充塞”进某个他人身内——但愿我们果真能做到。因此，从严格的意义上说，我们无法观察到原始本体。有关原始本体的假设必然迥异于单独的本体——后者是从外部提出有关个人同一与不同的问题。这一来自外部的本体是通过着手调查同一与不同之间的关系来证明自身概念的。

由于将人的生活视为本体主题及该主题上的变体是一种令人信服的方法，所以我发现原始本体的假说十分令人信服。因此，我能够相信我从某个人的外部推知的该个人的本体主题与他内部某种复杂的统一性正好重合。但是，我对于在某人身上发现某种统一性的信念，是我与那个人的关系的一部分，是某种介于我俩之间的东西，既不是全然“在”我身上，也不是“在”他身上的某一本体。因此，按我的定义，本体是一种特殊的关系：把某个人理解为一个主题及众多变体。

我之所以会开始深信这一本体概念是观察人们综合行为的有效方法，是因为我提出了一个有关阅读的问题，为什么会有这样的事：尽管文本是同一的，但不同的读者会以不同方式来感知它，有时甚至对一个词的释意大相径庭？按照传统，像我这样的文学批评家总是在文本中寻找答案，但一直找不到。后来，我放手让读者自由谈论他们阅读到的东西，并对他们说的话进行释意，这时我发现，第一，读者反应的差异远胜于我的预料，而且远非文本歧义所能解释。第二，每个读者在阅读及释意方面都有其独特的个人风格。因此，我发现我可以将不同读者阅读同一语言时的差别与同一读者阅读不同文本时的同一性联系起来，办法是寻找那些个人风格——本体。我为每位读者归纳出一个本体主题，从而能够将其阅读中的每一再创造理解为一个积累性本体上的新变体。此外，我还能够理解，我对那些读者阅读的释意何以能既类似又有别于某一他人对此的释意（因为我和那个他人由于我们的推测行为，已经成为阅读者了）。

我只是在一条普遍原则基础上有所建树罢了，那原则是这样的：自我和环境的每一新关系都会引起本体的进一步成长。但是，在这一广泛的概括内，我还能更为精确地理出读者与文本关系中的四个头绪。这是四种模式，我们凭借它们来使作品成为我们自身心理构造的一部分；凭借它们，我们能够在对此释意的过程中使自己成为该文学作品的一部分。显然，这四种反应模式是一起进行的，每一种都确定其他几种，但是我将它们当作序列来描述，这样做更容易些。

虽然我使用的四个术语是精神分析的传统术语，但是如果我们不是在个人“内”，而是在关系中寻找它们——在读者与文本的关系中以及在我探索这种关系的过程中寻找它们，那么它们就会提供新的可能性。

就读者如何企及文本而言，我能提出的最明显的问题是，他的期望是什么？也许，它们会是一些相关的愿望与恐惧的某种模式，因为看来很可能我们每个人都将一组期望带至一部文学作品，正如我们将期望带至自己外部的任何其他客体一样。从另一层意义上说，通过寻找读者的期望，我能够探求他与所读作品之间的信任或不信任关系。

为了建立信任，我们必须能够从文学作品中再创造我们特有的策略，我们用这些策略来获得我们想得到的快乐，并消除我们惧怕的危险。这就是说，这样的假设也许是有用的：只有当读者能够从文学作品中形成与其防御或适应策略相符的东西——这些策略是他用来应付整个世界的，只有这时他才能享受该文学作品。有人会问，这样的话，他能否将文学文本塑造成他善于处理的现实形式？这种相符是关键所在，因为如果缺了它，或者相符不严密的话，那么个人感到的就不是快乐，而是焦虑，他就很可能会以其特有的方式来回避整个体验[2]。

然而，如果他成功地将焦虑置于某一可以容忍的水平，那么他又是如何享受作品的呢？也许是通过这样的途径：将他认为至关重要的东西赋予它——换言之，就是通过投射作用。如果他能够塑造、改变及删除文学作品，使其符合自己从防御方面考虑的本体，那么他就能够将他对于自己特定类型的快乐——他的幻想——寄托到该作品中去。这种投射事实上往往是很容易的，因为，在愿望过程中，他能够让自己本能地走向满足，但是在防御和适应过程中，他必须转换、反对或引导自己的愿望。因此，读者必须使自己的防御相当严格地符合文本，但是他所投射的愿望却能够轻而易举地通过该文学作品的形象表达他自己的冲动。

因此，一位读者，无论他性格结构如何，都能欣赏各种不同的文学作品，而来自许多不同文化的许多不同的人也能欣赏同一部作品——如果所有读者都以他们自己的本体主题来再创造该作品的话。他们能使之成为自己特有的心智过程的一部分吗？他们能够用自己独特的防御模式将他们欣赏的、那一类型的幻想融入其中，并将他们惧怕的那一类型威胁从中除去吗？

例如，一位读者（桑德拉）想把自己的世界当作自己可以趋近，但又不欲太过接近的抚育力量源泉。另一位读者（山姆）则创造出一个世界，他通过接近或逃离他人的男子气概来维持自己的男子气概。桑德拉是这样处理海明威小说中的人物巴格斯的：她发现他慷慨好客、给人以信心，他常将大量食物、温暖和关怀给予他人；然而山姆却把巴格斯看成一个令人恐惧的折磨者，会扯掉他的耳朵，但接着他便放下心来，因为主人公已离开了巴格斯。桑德拉和山姆两人都将各自特有的愿望——正面与负面的愿望——带给巴格斯；他俩都通过防御把他塑造成自己能够对付的人；他俩都将各自特有的愿望簇投射到这个人物或这一情景上面。

期望也激起了，防御也相符了，幻想也投射了，现在我们可以探讨第四条原则了。我们可以问读者是如何“释义”这部作品的。从理论上说，他可以使用与作品相符的防御将自己投射进作品的意愿转换成某种审美、社会、伦理或者智能方面的连贯性。他可以使该作品成为统一体，或将它与其他作品比较，用它来产生联想，模仿它，赋予它自己的知识与经验，评价它，将它置入某一传统，破译它，模仿它——以及任何一切！我们可以问，他在何种程度上用一种或数种自己特有的策略，来使粗糙的白日梦变成有意义的、值得尊敬的东西？我们可以在某一智力水平上，以及在幻想与防御方面来进行询问：这个人是如何通过一次阅读体验来再创造自己的本体的？

因此，对海明威的这篇小说，山姆决定“支持它”，“将一切象征注入它”，使之能够“站得更挺拔”。桑德拉处理这篇故事的方法是评价它的风格，特别是这样的描述：“比较短”，“有点儿直率”，“不绕弯子”，“说到一些点子上，使得某一事物更加突出”。他俩都做了英文课上的那种注释，然而他们的评论在我看来却像是在反应的更深层幻想水平上，自己将男子气概赋予该小说的一种转换。

如果我们用传统的精神分析术语来阐述这四种探寻的模式，那便是：读者是通过防御、期望、幻想和转换（简称 DEFT）四者的结合，来阅读作品的。但是，这四个术语的传统精神分析含义只提供了某种核心，使得探寻能够围绕着它们来进行。转换导致了一般意义上的自我综合体，期望引来了有关信任的整个大问题，而幻想和防御则牵涉最广泛意义上的内部与外部世界之间的疆界。

上述四个术语实际上显示了一切经验中内在的两种连续体。我们可以把“期望”视为一种提问方式：这位读者如何使他阅读到的东西纳入自己体验中的前—后序列？“转换”能使我们这样提问：除了读者阅读之前、之后的体验外，他如何使阅读本身成为一种连贯的体验？因此，我们所问的问题，是关于时间顺序内的意义和时间顺序外的意义二者间的联系。同样，“幻想”和“防御”也构成了一种联系。幻想：这个读者把什么东西投射到外部世界中去了？防御：这个读者从外部世界接纳了什么？这四个术语就是四种方式，通过它们我们就能把一个人与一个文本间关系的诸多方面看成是这个人同一与不同的组成部分，亦即他本体的组成部分。

注释

[1] 在我撰写本文时，已有好几位学者发表了他们各自的本体分析，如利奇顿斯坦对一位妓女的研究，霍兰德在一次实验中对五位读者的阅读的研究，霍兰德主持的讨论会中学生对文本的感知及其相互感知。富有创造性的作家提供了大量的素材，可以从中归纳出本体，因为每项文字记录都提出了数百种选择。本体研究已被应用于下列作家或诗人：托马斯·查特顿、希尔达·杜丽特、罗伯特·弗罗斯特，还有斯各特·菲茨杰拉德。我还释义了那些仅存在于文体中的人：《罗密欧与朱丽叶》中的保姆和弗洛伊德的“鼠人”。虽然罗伯特·杰伊·李夫顿没有使用本体理论框架，但是他对“文森特医生”的研究令人痛苦地阐明了本体原因——那便是，个人即使在“洗脑筋”的巨大压力面前仍然保持自己的本体。

[2] 有趣的是，弗洛伊德本人在《可终结与不可终结的分析》(1937)一文中论述防御机制时，就已预见到了这一点：“成人自我的力量已经增强……它发现自己被迫到现实中去寻找能够近似取代原始危险的情景，从而在自己与这些情景的关系中证明自己是一贯坚持其

习惯性的反应模式的。"弗洛伊德的口吻很有趣：他把防御看作本身就是病理性的东西，而今天，我们除了凭借环境外，很难将防御和必要的适应区分开来。他所提出的因果关系也很明显：自我寻找危险，以便证实其通常的反应模式。因此，人格恒定是重复强迫症的基础，而不是相反。正如利奇顿斯坦所指出的，他暗示了本体不变原则先于重复强迫症和快乐原则。

（选自霍兰德《后现代精神分析》，潘国庆译，上海：上海文艺出版社，1995：134—142）

五 心理距离与艺术思维：

文艺美学与心理学

奥夫夏尼科-库利科夫斯基
文学创作心理学

·作者简介·

奥夫夏尼科-库利科夫斯基(1853—1920),俄国文艺理论家,语言学家,俄罗斯科学院荣誉院士,文艺心理学派和语言学心理学派的代表人物。主要著作有《语言与艺术》《屠格涅夫创作论》《俄国知识分子史》《奥夫夏尼科-库利科夫斯基文集》《诗与散文理论:文学理论》《回忆录》《文学批评论文集》。作为文艺心理学派的代表人物,奥夫夏尼科-库利科夫斯基继承并发展了波捷布尼亚的理论。他冲破了波捷布尼亚智力说的局限,将艺术分为形象艺术(雕塑、绘画、形象诗)和抒情艺术(音乐、建筑艺术、抒情诗)。他认为,在对智力活动的研究中,重要的不是结果,而是智力活动的过程本身。对于人的感觉和思维,他提出了自我中心主义和非自我中心主义的问题。他将文学创作分为两种类型:观察艺术和实验艺术。

· 阅读参考 ·

《文学创作心理学》通过对 19 世纪俄罗斯文学的研究探讨了文学创作心理的问题。本书所选择的内容涉及作者对艺术创作“观察法”和“实验（试验）法”的心理本质、起源和意义的相关论述。奥夫夏尼科-库利科夫斯基从人们日常思维活动中所表现出来的艺术特征与艺术手法着手，来研究出色的、“真正”艺术家的创作。他认为，在我们的日常脑力活动中有许多心理上与艺术创作过程相似的要素。当人们在思考每天常用的概念时，这些概念都会表现出自己的艺术结构，成为具有一定典型性的具体形象。概念的这种艺术结构差别极大，有的非常晦暗模糊，而艺术家的创造性工作就是对日常思维活动的重复和最高程度的改进，由此这些形象从日常思维需求中脱离开来，获得独立的意义和其他目的——认识人和认识生命。奥夫夏尼科-库利科夫斯基进一步指出，艺术思维和日常思维之间心理关系的联结产生于语言之中，语言里有很多艺术要素，日常概念通过语言转变成艺术形象。被感觉和心境赋予感情色彩的日常思维中也有艺术要素的存在，这样的思维有两个特点：主观性和实验性，这与真正艺术家的创作思维存在心理共性，不过其制约因素却相距甚远。“主观法”依赖人的内心体验，而“客观法”不需要个人的内心体验，因此“客观法”在普通人的“艺术”中非常少见，而在真正的艺术创作中很常见。日常思维中的创作以“实验性”为主，“观察性”非常少见。在真正的艺术作品中的实验也根植于日常思维心理之中，同时经过了艺术观察的淬炼。

·原文·

第三章　艺术中的观察法和实验法(关于艺术创作理论和心理学)[1]

我在谈论果戈理的书[2]中以及评论契诃夫的文章[3]里都曾表述过，进行艺术创作有两种不同的方法：观察法和实验(试验)法，它们在心理学上与科学中的对应方法十分类似。

本章我准备进一步详尽地阐释一下这种思想，努力揭示出这两种艺术方法的心理本质、起源和意义。此外还将探讨一下“诗歌”和“散文”的区别以及它们与语言的联系问题。

一

要想弄清楚一个复杂现象，首先必须把它最大限度地简单化。要想弄明白一个高级现象，首先则必须降低它的级别，找出与它同源的低级现象。

我们这里所讲的复杂的高级心理现象是指伟大的、一般说来十分出色的、“真正”艺术家的艺术创作。该过程比较简单的形式以及较为低级的现象则是指平庸的二流艺术家、“普通”天才的创作。不过，还有一种更简单、更低级的东西也属于这种心理现象，即人的艺术思维过程，这就是似乎与艺术、创作毫无共同之处的每个正常人的思维、我们日常思维活动所表现出来的艺术特征与艺术手法。

我们就以此作为讨论的起点。我欲竭力证明的是，在我们的日常脑力活动中有许多心理上与艺术创作过程相似的要素，尤其是我们的感觉活动和心境作用，它们与我所谓的“实验”艺术家的直觉有着不少共同之处，所以我们自己都没有料到，日常生活中的我们多半就是“小小的”“实验艺术家”以及“观察艺术家”，当然后者也是“小小的”，不过概率要小很多。

要想证明这一点，首先我们要尽量了解清楚一些常用概念的艺术特点，这些概念虽然普通，但我们时时刻刻都用得到它们，没有它们我们便寸步难行。

这些概念(物体概念，如房子、人、马、书的概念等；性质和属性概念，如好的、坏的、大的、铁制的概念等；运动和状态概念，如行、坐、说话、吃饭、高兴的概念等)在使用时通常都是和口头表达紧密联系在一起的，这时它们中的大多数与其说是抽象概念，倒不如说是一些形象。的确，譬如当我的脑海里出现“人”的概念时，我所想象的绝不是一个可以把所有地球人都归入在内的抽象撮要，而是某个多少有些具体的形象，某个不会理解为比如黑人或者印第安人的形象。此外，在(日常讲话、交谈中)说起“人”“人们”的时候，我也不会把整个白种人都囊括进这个表象。我所取的只是随便一个个别人的形象，一个用我的经验所得、我周围一些人的特点拼凑起来的形象，而我就是用这个具体表象来作为“人”的概念的代用品的。若是我们在实际日常话语思维中使用一些具有某种“真正”意义的抽象概念的话，那就是纯粹在浪费脑力了，它会给我们的日常生活造成不必要的拖延和耽搁：为了用思维捕捉住抽象的概念撮要，我们必须要耗用一定的脑力来剔除具体特点、概括出一般特征。而这种概括是完全不必要的，甚至没有任何意义，譬如，当我说“人们总是忘恩负义”时：这时对于我而言，一个取自我周围左近之人的比较具体的形象要更为有用得多。在话语思维的一般速度下这种具体形象在意识里是几乎显现不出来的，它在留下对相应概念的一种象征性的揭示后，便会像幽灵似的一晃即逝。这些概念表面上的抽象性就正在于具体表象的迅疾和模糊。同样，当我们在实际日常话语思维中考虑特征、性质和属性(好的、恶劣的、金色的、绿的、高的等)时，我们的设想也是具体的，我们会把它们附着在某种具体事物上，而“好的”“绿的”“高的”“铁制的”等明确的个别表象便与这些事物一起显现或者闪现在意识里。此处这些表象表面上的抽象性也是取决于它们在意识里迅急倏忽、模糊不清的表现。运动和状态思维亦是如此。当我说“我习惯每天出门走走”时，动词“出”是作为具体形象的一部分（可以说，我在设想是我自己在出门——“我出门”）出现在我的意识里的。只不过由于这个形象迅忽即逝，它的个性才会由浓转淡，而“我出去”的具体表象才会变得像是“出”的一般概念。

对于诸如真理、公正、真、善、高、深等概念，思维则要更加抽象一些。但是当它们和其他某些表象联系在一起，处于话语思维的前因后果之中时，它们就会被“染上”某种色彩，用于特殊的意义，从而丧失自己真正的抽象性。当我说“公正要求你们在这种情况下这么做”时，我并没有把“公正”当作一个毫无形象可言的抽象概念来考虑；我将它与个别场合、一定情况联系在一起，赋予它一种可以说是较为个别的特性、一种独特的“面貌”。这些情况和随之而生的所有具体形象在我的意识里占据愈多的空间，这个面貌便愈清晰、愈“形象”。如果我的话说得很快，注意力也马上转到了别的什么上面，这个“面貌”就会来不及清晰地表现出来，从而“公正”一词所表达的表象便会成为抽象概念“公正”的绝佳代用品。

在我们绝大多数的日常话语思维过程中，我们都是快速地讲话，快速地思维，注意力也都集中在日常需求和生活琐事之上，并不留意在意识中闪现的形象，因此我们话语思维的艺术要素必然会模糊不清，而我们的话语思维也必然大都会呈现出“散文式”的特点。

不过有些时候（因人而异，不一而足），话语思维的这种——经常被忽略的——形象性也会从遮蔽之中走出来，诸形象在意识里有所停顿并在那里留下较为明显的痕迹。这时作为概念代用品的具体表象轻而易举便能得到典型概念的意义，而概念在这种情形下被意识捕捉住也不再是因为形象还未来得及露出轮廓就一晃而逝，恰恰相反，而是因为形象获得了更为明确的个别面貌，表现得也更加清楚，同时还成为它所“体现”的概念的直观表达者的缘故。譬如，要是我们一边讲划分为不同种族和民族的人，一边生动地想象着某些个别人的形象的话，作为这时我们话语思维的对象，那些有关于人、种族、民族的一般概念则会与这些形象同时出现在我们的意识里。这里我们可以得出形象艺术的基本特征：一般（思想）与体现一般的具体形象二者兼而有之。

在我们实际日常话语思维中，还有一些时候，（话语或者沉思默想的）内容是被出现在我们脑海里的形象佐以说明的，并且，如果可以这样表达的话，还是以被这些形象吸收的方式加以说明的。在对事物和人做出一般判断的时候我们通常都是采用归纳的方法，从我们所熟悉的，由我们个人经验而熟知的地方出发，从而，通常都是从个别情况和具体表象出发。这正是一种标准的艺术方法——艺术归纳法。我们每天所用的形象本身有时会具有一定明显的典型性。

通过对这一领域的研究，我们可以得出这样一个结论：要是我们能意识到每天所用的常用概念的话，其中许多概念都会立刻表现出自己的艺术结构，即它们会成为具有一定典型性的具体形象。

显而易见，概念的这种艺术性程度差别极大，既有极为晦暗模糊、尚不完备、十分偶然的形象，也包括那种完全可冠之以艺术典型的形象。后者可以充分地展示出我们思维的艺术结构，它们当然只是少数，而对于其他绝大多数的形象而言，这种艺术结构都只是可能会表现出来的，处于暗示的形式而已。日常形象这种艺术性暗示和得以实现的艺术性间的关系同艺术家的作品之间的关系十分相似，一方是草稿、草图，另一方则是完成的作品。

无论是诗人、画家，还是雕塑家，艺术家的创造性工作（只有狭义上的抒情创作我们暂不考虑在内）均不外是对我们在日常生活中所进行的思维活动本身的重复和最高程度的改进。人类思维的艺术结构在日常思维中仅仅是一些“暗示”和常常模糊不清、一晃而逝的艺术要素，艺术家的活动只是对它进行完善和淬炼而已。艺术家就是我们之中可以捕捉住出现在日常思维里的形象的人，可以设法阻留它们、进一步发展它们的人。艺术家是和其他普通人截然不同的普通人，他感兴趣的是自己日常思维中的形象，他在讲话、思维时，并不总是只追求自己最直接、实用的日常话语思维目的，还常常会关注一同出现在意识中的形象本身。对于其他普通人和我们而言，这些形象本身既不重要，也不有趣，我们要忙着想或者说那些有用的东西，若是我们特别重视它们、阻留它们的话，就会有碍我们为了达成最直接的目的而迅速、顺利地发挥我们话语思维的职能。艺术家却不怕这种妨碍或者阻留，因为对于他来说，形象往往要比其他的直接话语思维目的更为有用、更为重要；而除此以外艺术家对形象还有一种特殊的记忆，他可以在当时并不阻留形象，只是快速地给它做个记号，然后就将它保存到无意识领域里，只要需要，他随时都能把它从无意识领域中再次找出来。

如此一来，由于我们的日常概念是形象，而非抽象的撮要，我们每个人便都成了“小小艺术家”，有的人鲜明一些，有的人不太明显；然而还有一些组织十分特殊的艺术天才，对于他们而言，思维的形象要素本身就是某种为他们所珍视的智力财富。形象之于我们，只是一种实现话语思维、发挥话语思维的职能以满足我们日常生活需要的工具而已。在他们那里，这些形象在为此目的服务的过程中，却不知不觉地脱离了效力于最直接的思维需求，从中分离、独立了出来，而在获得独立意义和特殊加工的同时，已逐渐地适用于另外一种目的——认识生命，认识人的心理。

但这并不会使“我们”和“他们”之间产生极大的分歧。因为“我们”也绝不是只忙于追求最直接的生活目的、全部身心都被日常生活所占据。我们在生活、追求自己目的的同时，也会去了解周围的生活环境、人们的性格、总的说来人的内心以及我们自己，而为了达成这种认识我们当然就会用到我们思维中的那些形象，那些艺术要素。不过我们这么做可以说是种“附带”、顺便、“捎带”、抽空拨冗之举，大部分都是无意识的或没有预谋的。真正的艺术家主要是对思维的这个方面，即为了认识人和人的生命而利用形象感兴趣，而在做这件事的时候，也是把它作为一项事业蓄意地、自觉地，就某种意义而言系统地进行的。在这个过程中形象在充当认识工具的同时，可以说还获得了自己的个人价值：它甚至在还没有表现出适于认识之前就已受到注意；它在还未经加工、未经使用之时就已有所期许，有所欲“言”，所以艺术家才会情不自禁地开始聆听它的“声音”，从而萌生出要提炼、加工、发展它的念头，要使它极富典型、内容充实、意味悠长。也只有到那时候他才能对它所属的那一系列生活现象做出完美的概括和准确的解释。在这里目的、认识已与工具、形象融为一体。艺术家就在加工、完善形象的过程中实现了对现实的认识。

关于致力于塑造典型形象的艺术创作和我们使用常用的物体、性质、属性、运动和状态概念的日常思维，我们已指出了它们内在心理共性的最一般、最突出、最引人注目的特征。实际上这种共性比我们基于上述所能设想的还要密切得多、复杂得多。它就像一种精致而又复杂的心理“织物”，如果可以这样表达的话，我们暂时只能看清楚它最粗的织线，大部分的其他织线都被我们肤浅的观察疏忽掉了：它们用肉眼是看不出来的。它们还有待于另行研究。后面有一章我们会专门分析其中最为重要的一些织线。这里我只想指出这些思维过程是存在的这个事实，它们构成了联系狭义艺术思维和日常思维的心理关系的不为公开的隐秘一面。

这些隐秘的关系产生于语言之中，人的话语里。语言有很多艺术要素，而日常概念也正是通过语言才转变成艺术形象的。

为了把问题简单化，可以说迄今为止我们都用的是“赤裸裸”的概念，而事实上它们（这一点后面会解释）并不存在。因为我们在思维时用的并不只是概念本身，而是概念一词：概念只是词的一部分，即所谓词的内容或者“词汇意义”那部分。譬如，“房子”的概念在我们的思维中并不是单独、独立存在的，而是作为一个组成部分，包括在“房子”一词之中，构成后者的词汇意义。除了这一部分，该词还含有其他一些成分：1）语音形式，即表面上把该词和其他词区别开来的语音本身；2）语法形式，即该词所包含的某种语法范畴（在这里是带有某种性、数、格特征的名词范畴）；3）句法形式，它是根据词在整个话语中，特别是在句子里的使用而变化的。词的所有这些形式要素，可以说并不是概念和表象的毫不相关、多余无益的伴随物，它们与概念、表象的联系非常紧密。我们已经可以确定，它们并不是简单地存在在我们的思维中，消极地待在那里的，而是在不断地起着作用、运转着，虽然这一点很难察觉或者几乎察觉不出来，因为它们的活动大部分都是在无意识领域中进行的。没有它们多少有些积极的参与，没有它们时而直接时而间接的影响，如上所述，只是构成词的某一部分的概念是无法做任何变化或改变的。特别是它们在概念转变为艺术形象过程中所起的作用（正如我们在下文中所竭力证明的），更是尤为重大。我们可以找到所有的艺术要素、所有分散的部分（membra disjecta）[4]的地方并不是在单独的概念里，而是在概念一词中，在语言里。所以只有当我们分析完话语的诸多艺术要素，哪怕是最重要的艺术要素之后，才能较为彻底地揭示出日常思维与艺术创作的隐秘心理共性。

为了给在此提出的对我们日常思维和艺术创作而进行的比较这个业已展开的问题画上一个句号，让我们先来研究一下另外几个问题。

二

我们把我们的日常思维仅仅理解为概念、表象及其在话语思维中的组合,已经在很大程度上简化了问题。我们人为地把这些脑力活动从复杂的心理整体,即我们整个精神活动中分离了出来。人在日常生活中其实不仅会思维、讲话,还会感受到一些感觉和心境。感觉和心境虽然并不属于思维领域,但是它们可以为思维渲染上感情色彩,对它施以影响,常常会把思维引向某个方面,通过干涉思维过程而赋予概念及其组合以特殊的涵义,而且它们本身便是思维活动的对象。

现在我们需要做的就是来研究一下被感觉和心境赋予感情色彩的日常思维,看看这里是否也有艺术要素的存在。

我们认为,这方面的研究对艺术创作理论具有特别重要的意义。它能够为我们揭示出艺术在生活中、在我们整个(而不仅仅是纯脑力活动方面)日常心理活动中得以根深蒂固的秘密基础。

要想找出日常思维的艺术要素,首先我们必须对日常思维分一下类。从它的主要特征和倾向来看,这是一种平淡无奇、追逐实利的思维,尤其当它致力于日常需求和事务关系的时候。不过我们每个人都会有几分钟甚至几小时抛开各种事务和手头琐事,把思维转到其他方面的时候。这时我们会考虑我们的亲人、我们自己和周围的人,会努力理清我们的观感,会对事物拿出一定的见解,或是对我们的生活经验做一番总结。这项思维活动必然少不了当时我们所感受到的各种感觉以及对以往感觉的回忆的积极参与;这些回忆也会唤起我们的新感觉。由此,我们从这种感觉变化中、从对感觉的回忆中又生出一些特殊的心境,它们可以在我们丢下日常生活的闲散、“集中”精神的时候,如果可以这样表达的话,使我们的思维具有独特的感情色彩。这种带有感觉和心境的感情色彩的“集中”思维活动,无论它有何优点,经过年复一年的积累，结果总会带来某种对我们的日常精神生活而言具有一定重大意义、对他人来说也颇有意思的东西。假如我们能把我们的这种思维都记录下来，并标出赋予它们感情色彩的各种感觉和心境的话，这会是一份或许相当珍贵，至少也非常有趣的"人类文献"。那些记日记或是写见闻经历回忆录的人所做的便正是这种事情。这种资料——经过一段时期之后——对历史学家是十分有用的。我敢肯定，艺术创作心理学研究者也会对它很感兴趣。他们从日记和回忆录中可以轻而易举地找到艺术创作思维的特点和艺术要素。遗憾的是，据我所知，艺术理论家并不曾采用过这种资料，虽然它在各种文学中都有大量的积累。其中特别重要也特别有趣的属于那些既缺少狭义上的艺术才能，也不在意自己作品的文艺加工，不希图它们能成为"著作"之人所写的日记和回忆录。这种资料越简单、素朴，就越珍贵，它所闪现出来的那种为"普通人"的日常思维所固有的艺术性也越加耀眼。

由于本文并不具有研究的性质，所以这里我不可能就上述观点对日记和回忆录做一番探究。我只要指出，在我们每个人的精神生活中可以说都有"一部不成文的日记"，我们所有人到了一定年龄，积累了充分的生活经验资料后，不期然地回首往事，都会发现我们这里就有"一部不成文的回忆录"在自行出现，我们的首要目的也就达到了。

要把散乱地暗藏在这些"文献"中的艺术要素更加准确地明确区别出来并不是一件难事。

首先，在这里我们日常思维所固有的形象性表现得比较鲜明，不再像我们前面所讲的那样，总是隐藏在生活的实际事务中，一晃即逝。只要我们一想起自己、亲人、所有人和我们生活中的种种情况，一沉湎于对往事的回忆之中，各种形象就会立即浮现在我们的意识里，这一次它们不再一掠而过，而是特意地停留在我们的思维里，汇集成一幅幅完整的生活画面。此时我们不再是对这些画面兴味索然的偶然观众：它们一定会被我们观看时的某种心境所渲染，从而唤起我们一连串不同的感觉，激起我们各种新的思想，甚至还会促使我们得出对生活、对周遭环境、对我们接触过的人、对我们自己的一般观点。在这个过程中我们会提出一些道德意识问题，会良心发现，会迸发出一些不曾体验过的或许也出乎意料的感觉。会触动忧郁的心情，会泪水盈眶，或是突然面露嘲讽，放声大笑……

展现在我们面前的是一种“艺术作品”，或者至少也是它的一些要素。是“叙事长诗”的概要，是“长篇小说”的一个片段，是不无“心理分析”的日常生活写照；这里有幽默或者甚至是讽刺的特征，这里有少许的抒情诗。这里还有各种形象、“色彩”、类似于艺术性构思的下意识的构思和在一定程度上近似于“真正”艺术创作活动的精神活动。我可以大胆地断言，普通人这些“不成文”的日常思维作品，远比其他绞尽脑汁杜撰出来的矫揉造作、毫不自然的作品具有更多诗歌和创作的要素。

让我们尽力把这种并没有实现的——普通人的——诗歌，这种还没有诉诸笔端、没有描绘出来的艺术的特点研究得更加清楚一些。

首先引起我们注意的是它的两大特点：1)它的主观性；2)它的实验性。

在大多数情况下，普通人的日常思维都囿于一个有限的范围，眼界狭小。我们每个人心中的“思想家”多半都会受日常生活的控制，当这个“思想家”终于被发现的时候，他已很难突破这种生活的框范。他已习惯于按照周围经常打交道的自己人中所确立的陈规旧矩去思考。普通人最感兴趣的是自己、自己的私事、自己与日常往来最密切的人的关系。在做出判断时他的思维也总是不由自主地被其中的利害所左右。从而他们对他人的大多数判断都是根据自己而做的，对整体人群的看法也皆是基于对日常来往最密切的那种人的认识。所以我们在“不成文的日记和回忆录”以及一般普通人“创作”中所看到的，多半都是些狭隘的、多少有些非人道的标准——阶级性的、阶层性的、职业性的和狭隘民族主义的标准等。“阅读”这种“日记”，我们立即可以辨认出它的“作者”是贵族、地主、生意人，还是小市民、官吏等。

造成这种狭隘、局限的眼界的原因，首先是我们所谓的艺术思维过程中的主观性，其次是实验创作的特征对普通人不成文“创作”的影响，后者只起部分决定作用。

有一点我要马上补充说明一下，我们绝不能由此就断定，真正的实验艺术家的创作似乎便是以狭隘眼界和非人道观点为基础的。恰恰相反，在大多数情况下这些艺术家的典型属性恰恰是观点非常人道。同样，真正艺术家创作中的主观性也不能证明他们的眼界就一定狭隘。

我们所讲的这两种现象，即普通人“自然创作”的主观性与实验性，一方面即是真正的艺术家创作的特点，另一方面又只是它们的“同系物”。二者之间存在着一种心理共性，不过它们最直接的制约因素却毫无任何共性，甚至还可能是完全对立的。这个问题我们稍后再做研究。现在我只想指出一点，日常艺术思维过程中的主观性和实验性的首要制约因素在于，对于普通人而言这是最方便、最容易的方法，是自行强加于人的方法。对于真正的艺术家而言它们则取决于他们才能的特点和头脑的性质。

现在让我们尽力把“自然”艺术这两种特点的性质和意义了解得更详尽一些。

任何一种艺术的实质和目的我们都可归结为对人的生活和精神——通过形象创作和抒情创作——的理解，这种理解是人与人之间确立和巩固相互理解、互有同感的关系所绝对不可或缺的。我们暂且把抒情创作放在一边，只来谈一谈形象创作，我们认为，要想达到艺术性认识，有两种方法：1）主观法；2）客观法。前者较为简单，也比较容易使用；人们通常（大概，在绝大多数情况下）会在自己无意的日常“创作”中用到它。这是一种凭借个人内心体验的暗示来塑造形象和组合形象（即做出“艺术判断”）的方法。由于使用这种方法，所以我们总是根据自己来判断别人，我们只能理解我们亲身感受过的东西，我们会把自己的优缺点附加给他人，会用自己个人的心境来渲染形象，我们对别人的共鸣也仅以我们亲身体验、亲身感受过的为限。在这里个人体验的外延可能会有宽有窄：对于有的人而言它即是他自己及其家庭，对有的人来说它是他日常往来最密切的人，对于另外一些人来讲它会是一个更为广泛的人群（如整个阶层）。主观性的最底限是民族和种族：当一个人没有通过个人经验而了解其他民族或种族（即没有与别的民族或种族的人有过直接交往，没有目睹过他们的日常生活，他的个人需要、追求、事业和关注也没有与他们的这种需要、追求、事业和关注有所关联）的时候，他是不可能理解其他民族的气质，不可能与其他种族的代表人物产生共鸣的。这种主观性的心理实质，待把它同与其对立的艺术思维模式——客观法做一比较后就可一目了然。客观性在普通人的“艺术”中非常少见，但在真正的艺术创作中却是十分常见的。一个用客观法认识人类的人要想理解别人的内心、脾气、性格、情绪以及一般日常精神生活，并不需要个人的内心体验。他只要掌握相关的知识就足以达到这个目的。因为拥有这些知识，所以他会——无论掌握得好坏与否——以此资料为基础来塑造形象，既不会把自己的特点转移给它们、用自己的心境对其加以渲染，也不会根据自己和自己人来判断别人。主观性的头脑是通过新的内心体验来充实自己，拓宽自己创作的范围的（否则他就无法“创作”，即艺术地思维）。客观性的头脑则只要掌握新的知识，并加以想象，主要是富有同情心的想象就足够了。当然，如果他还能获得新的个人内心体验，那就更好了；不过这一点并不是绝对必需的。

这里我们有必要回想一下人的“艺术性认识”的本质特征及其对我们所有人的重要意义。

我们所面对的就是别人的内心，关于它有句谚语说得不无道理：知人知面不知心。我们一直在了解它。我们一直在了解内心拥有者的外在特点，也不断地在认识他的内在特征。假定说，我们已经查明了他的性格、智力、气质等是怎样的。他的生活方式、缺点、习惯我们也已十分清楚。我们还可一一历数他所有的长处和短处。我们把关于他的种种认识合在一起，得出一张他全部特点的总清单，结果发现，这个人我们还是不了解，他的内心我们也仍旧不清楚。我们所了解的是有关他的情况，而不是他。而之所以会得出这种否定的结果，原因就在于这里我们所使用的方法不是艺术性的。我们对一个人加以分析，将他的形象分解成若干部分，对他进行了心理解剖，从而我们了解了这些部分。可是人并不是自己各部分的总和，而是它们的心理综合。这个综合不是通过各精神要素的简单相加就可以得到的——它是需要创造的，而要想创造就需要艺术性的思维方式。这需要掌握一系列取自此人不同生活瞬间的未经分解的完整形象，其中以展现其最重要的气质特点的形象为主。需要注意到伤心、高兴、气愤、感动、幸福或不幸等时候的他，要能够对在这种处境下、这种生活情况中的他产生共鸣，怜惜他，理解他。到了那时候他的内心我们就不会再一无所知。它的本质特点便会逐渐展现在我们面前，即使这时他还有许多特点和各种细节我们都不知道，还有待于分析、“解剖”才能了解它们。

这就是艺术性认识。

有一些人，对于他们的头脑和天性而言，这种艺术性认识主要适用于他们的个人内在经验范围。他们要想艺术地了解一个人，必须要与他一起经受其内心流露的时刻，当其内心向富有共鸣的理解开启、容许它接近的时刻，哪怕只是几个最关键的也好。不过有（要少见得多）一些人，他们不必感受别人的快乐和悲伤，也无须亲自尝试别人的心情，如果可以这样表达的话，就能秘而不宣地理解别人。他们可以借助于富有同情心的想象而置身于别人的处境，看透别人的内心。前者所容易理解的主要是心理上与他们自己的天性相似的人。后者则能轻而易举地理解各种天性的人，其中包括那些在心理上与他们自己的天性完全相反的人。

我们已经讲过，客观性艺术思维在很多人身上都是比较罕见的。大概，更加确切地说，这种思维方式也许并非如此少见，它只是难以在普通人的生活条件下发展而已。很可能，有许多人都具有客观性的天赋和活跃的、富有同情心的想象，但只有其中较少一部分人能够摆脱日常生活的平庸乏味，使这种天赋能得到应有的发展。它逐渐式微的原因在于缺乏运用。而一个人要想能够运用它，就必须突破自己最密切的关系圈子和最迫切的需求范围，拓宽自己的感想限制，培养高瞻远瞩的头脑，多关心旁人的事、别人的事。要想做到这些则需要有利的环境，一定的努力，真正的意志，还有足够的闲暇时间。

我们已经讲过，普通人的“创作”除了基本的主观性以外，还具备一些使得它与实验艺术家的创作颇为相似的特征。不过这是种下意识的、无意的，可以说是“自然”的实验性。制约它的原因各种各样，千差万别，最主要的有：1）对形象和由此形成的生活画面片面或不正确的阐明，这也是由普通人眼界狭小而造成的，他们超出自己的小圈子就什么都看不清楚了；2）普通人对“原型”所持有的或曾经持有的个人感觉的影响，因为这里的形象几乎都属于他的亲属、熟人、朋友和敌人等；3）在一个人不愿或者不能使形象不受自己心境影响的条件下（这种情况经常会发生），随着时间和环境的改变而改变的个人心境，虽然该心境绝不是由形象引起的，与形象也没有任何内在的联系；4)形象和各种表象之间的偶然联想，这些表象给形象带来了独特的处理和独特的阐释。

由于这些原因的作用，日常艺术思维形象根本不是完全符合于现实的形象：它们的特点经过了一定的筛选，它们得到的阐明也是片面的，就像普通人对现实做了一种实验似的。

如果我们承认日常的“自然”“创作”是以实验性的为主，而观察性的则相当少见的话，那么与此同时我们就会得出一个结论：在人的思维心理中，“真正”的高级实验性创作要比观察性创作更加根深蒂固。这个结论大概与所有形象艺术发展史的资料都是一致的。自古以来，大部分艺术作品如果不是完全的，至少也是在很大程度上都属于实验性创作。关于这个我们只要指出两点就可一目了然。第一点，寓言和其他讽刺作品形式历史悠久、长盛不衰；第二点，从古至今艺术一直都服从于其他生活领域的目的和需求，只是形式不同而已(在古代和中世纪艺术服从于宗教和国家，当今艺术服从于政治、不同的社会流派，科学和哲学孕育出的各种思想也常常是艺术服从的对象)，因此艺术中的特点必然要经过特意的筛选，形象也要具有特殊的阐释。此外还有一种有倾向性和教导作用的艺术，它只是实验性艺术的一种。

一般说来，无论在什么时候、什么地方，最常见、最普及的创作就是各种各有千秋的实验性创作，而观察性创作也几乎没有哪部作品不带有一些艺术实验要素的成分。

至于具有一定艺术实验要素成分的观察性创作，它和实验性创作的关系(这里我们讲的是“真正”的高级创作)，以及它与日常思维心理的关系是以以下形式呈现在我们面前的。

真正的实验艺术家(如我国的果戈理、陀思妥耶夫斯基、格列布·乌斯宾斯基和契诃夫)进行实验总是以准确、细心的了解生活为基础，其中当然也少不了广泛而多角度地观察生活。换言之，实验艺术家同时也是位观察者。不过与狭义的观察艺术家所不同的是，他们并没有把自己的所观所察在创作中充分地表现出来，他们只是把它们当作一种工具或者辅助品，用来正确地组织、进行实验而已。然而尽管如此，在他们的作品中我们还是总能发现许多特点，它们证明了实验者同时也是个敏感而喜欢沉思的观察者，生活之千姿百态的观察者。

总之，“真正”的高级艺术中的实验是根植于日常思维心理之中的，它必须经过艺术观察的淬炼，才能成为一种高级现象，当然艺术观察也是根植于日常思维心理中的，只不过它在这个领域里的空间有限，故而它在这里没有得到多少长足的发展。

注释

[1] 本文首次发表于杂志《Вестник воспитания》，1903，ТТ. 2，4，5。

[2] 即 т. 1(1909)Собр. соч. д. н. Овсянико-куликовского。

[3] 即 т. 5(1909)Собр. соч. д. н. Овсянико-куликовского。

[4] 拉丁文，意为“分散的部分”。

（选自奥夫夏尼科-库利科夫斯基《文学创作心理学》，杜海燕译，北京：中国青年出版社，2004：33—41）

朱光潜　文艺心理学

· 作者简介 ·

朱光潜(1897—1986),字孟实,现当代著名美学家、文艺理论家、教育家、翻译家。1922年毕业于香港大学文学院。1925年留学英国爱丁堡大学,致力于文学、心理学与哲学的学习和研究,后在法国斯特拉斯堡大学获哲学博士学位。1933年回国后,历任北京大学、四川大学、武汉大学教授。1946年后一直在北京大学任教,讲授美学与西方文学。朱光潜以人文主义为核心,结合现代心理学,将现代人文主义心理学的美学思想运用于文学研究。主要著作有《悲剧心理学》《文艺心理学》《西方美学史》《谈美》等。

· 阅读参考 ·

《文艺心理学》是朱光潜美学研究方面的代表作,也是我国现代较早、较系统的美学专著之一,重点探讨了文艺作品与人的审美心理。本书选取了该书第二章《美感经验的分析(二):心理的距离》,这一章聚焦于人的美感经验产生的原因之一,即人对客观世界或文艺作品的心理距离。他认为,当外物与人之间有较强的实用或利害关系时,就没有审美的心理距离;当人和物的关系由实用变为无利害关系的欣赏时,就产生了心理距离。艺术创作就是将事物摆在某种“距离”以外去看。艺术家与外物的“距离”和科学家与外物的“距离”有什么区别?科学最重客观,而艺术最重主观;科学研究不带情感,而艺术不能脱离情感。科学家必须超脱到“不切身”的地步,而艺术家一方面要超脱,一方面还要和事物存在“切身”的关系。这就是“距离的矛盾”,即在审美过程中,人既要脱离现实生活,又要将感情附着在审美对象上;既要做到忘我,又要拿我的经验来印证作品。“在美感经验中,情感专注在物的形象上面,所以我忘其为我”。就排除实用性而言,需要距离;就审美情感而言,则要忘我,达到物我同一。因此,在欣赏艺术作品时,人要把握“距离”的尺度,太近会产生实用的动机,太远无法了解作品。就艺术创作而言,也需要处理好“距离的矛盾”:既要写出真情实感,也要把这种情感放到一定的“距离”之外去观照。

· 原文 ·

第二章　美感经验的分析(二):心理的距离

一

美感起于形象的直觉,不带实用目的,既如前述,现在我们可以讨论从这个原理产生出来的一个很重要的学说。一般人站在实用世界里面,专心去满足实际生活的需要,忘记这个世界是可以当作一幅图画供人欣赏的。在美感经验中,我们所对付的也还是这个世界,不过自己跳脱实用的圈套,把世界摆在一种距离以外去看。阿尔卑斯山谷里的一条汽车路上风景极好,路旁插着一个标语牌劝告游人说:“慢慢走，欣赏啊！”一般人在这车如流水马如龙的世界里，都像阿尔卑斯山下的汽车，趁着平路拼命向前跑；不过也有些比较幸运的人们偶尔能听“慢慢走”的劝告，驻脚流连一会儿，来欣赏阿尔卑斯山的奇景。在这一驻脚之间，他对于阿尔卑斯山的态度就已完全变过，他原来只把它当作一个很好的开汽车兜风的地方，现在却把它推远一点当作一幅画来看。

英国心理学家布洛(Bullough)仔细研究过这个道理，推演了一条原则出来，叫作“心理的距离”(psychical distance)，这个原则不仅把从前关于美感经验的学说都包括无余，而且对于文艺批评也寻出个很适用的标准，我们现在把它详细介绍出来。

什么叫作“心理的距离”呢？我们最好举一个实例来说明。

比如说海上的雾。乘船的人们在海上遇着大雾，是一件最不畅快的事。呼吸不灵便，路程被耽搁，固不用说；听到若远若近的邻船的警钟，水手们手慌脚乱地走动，以及船上的乘客们的喧嚷，时时令人觉得仿佛有大难临头似的，尤其使人心焦气闷。船像不死不活地在驶行，茫无边际的世界中没有一块可以暂时避难的干土，一切都任不可知的命运去摆布，在这种情境中最有修养的人也只能做到镇定的程度。但是换一个观点来看，海雾却是一种绝美的景致。你暂且不去想到它耽搁了程期，不去想到实际上的不舒畅和危险，你姑且聚精会神地去看它这种现象，看这幅轻烟似的薄纱，笼罩着这平谧如镜的海水，许多远山和飞鸟被它盖上一层面网，都现出梦境的依稀隐约，它把天和海联成一气，你仿佛伸一只手就可握住在天上浮游的仙子。你的四围全是广阔、沉寂、秘奥和雄伟，你见不到人世的鸡犬和烟火。你究竟在人间还是在天上，也有些犹豫不易决定。这不是一种极愉快的经验么？

这两种经验的分别完全起于观点的不同。在前一种经验中，海雾是实用世界中的一片段，它和你的知觉、情感、希望以及一切实际生活需要都连瓜带葛地固结在一块，成了你的工具或是你的障碍。你的全部实际生活逼得你不得不畏危险，逼得你不得不求平安，所以你不得不讨厌这耽误程期带危险性的海雾。换句话说，你和海雾的关系太密切了，距离太接近了，所以不能用“处之泰然”的态度去欣赏它。在后一种经验中，你把海雾摆在实用世界以外去看，使它和你的实际生活中间存有一种适当的“距离”，所以你能不为忧患休戚的念头所扰，一味用客观的态度去欣赏它。这就是美感的态度。

二

“距离”含有消极的和积极的两方面。就消极的方面说，它抛开实际的目的和需要；就积极的方面说，它着重形象的观赏。它把我和物的关系由实用的变为欣赏的。就我说，距离是“超脱”；就物说，距离是“孤立”。从前人称赞诗人往往说他“潇洒出尘”，说他“超然物表”，说他“脱尽人间烟火气”，这都是说他能把事物摆在某种“距离”以外去看。反过来说，“形为物役”“凝滞于物”“名缰利锁”都是说把事物的利害看得太“切身”，不能在我和物中间留出“距离”来。

人们迫于生存竞争的需要，通常都把全副精力费于饮食男女的营求，这丰富华严的世界除了可效用于生活需要之外，便无其他意义，所以美感上的“距离”往往极难维持。一个海边农夫当别人称赞他的门前海景美时，常会羞涩地转过身来指着屋后的菜园说：“门前虽然没有什么可看的，屋后这一园菜却还不差。”我们大多数人谁不像这位海边农夫呢？一看到瓜果就想到它是可以摘来吃的，一看到瀑布就想到它的水力可以利用来发电，一看到图画或雕刻就估算它值多少钱，一看到美人就起占有的冲动。一般事物对于我们都有一种“常态”，所谓“常态”就是糖是甜的，屋子是居住的，女人是生孩子的之类的意义，都是在实用经验中积累的。这种“常态”完全占住我们的意识，我们对于“常态”以外的形象便视而不见，听而不闻。经验日益丰富，视野也就日益窄隘。所以有人说，我们对于某种事物见的次数愈多，所见到的也就愈少。

但是偶然之间，我们也间或能像叔本华所说的，“丢开寻常看待事物的方法”，见出事物的不平常的一面，于是天天遇见的、素以为平淡无奇的东西，例如破墙角伸出来的一枝花，或是林间一片阴影，便陡然现出奇姿异彩，使我们惊讶它的美妙。这种陡然的发现常像一种“灵感”或“天启”，其实不过是由于暂时脱开实用生活的约束，把事物摆在适当的“距离”之外去观赏罢了。我们在游历时最容易见出事物的美。东方人陡然站在西方的环境中，或是西方人陡然站在东方的环境中，都觉得面前事物光怪陆离，别有一种美妙的风味。这就是因为那个新环境还没有变成实用的工具，一条街还没有使你一眼看到就想起银行在哪里，面包店在哪里；一棵不认得的树还没有使你知道它是结果的还是造屋的，所以你能够只观照它们的形象本身，这就是说，它们和你的欲念和希冀之中还存有一种适当的“距离”。池塘中园林的倒影往往比实在的园林好看，也是因为存在“距离”的缘故。

艺术家和诗人的长处就在能够把事物摆在某种“距离”以外去看。他们看一条街只是一条街，不是到某银行或是某商店去的指路标；看一棵树只是一棵树，不是结果实的或是架屋造桥的材料。在艺术家的心目中，这个世界只是许多颜色、许多线形和许多声音所纵横组合而成的形象。我们一般人和科学家替这个世界寻出许多分别，定出许多名称，立出许多意义，来做实用生活的指导。艺术家们把这些分别、这些名称和这些意义都忽略过去，专以情趣为标准，重新把这个世界的颜色、形状和声音组合出条理来，另成一种较可满意的世界。他们把事物的价值完全换过，极平常的事物经过他们的意匠经营，可以变成很美的印象。莫奈(Monet)、凡·高(Van Gogh)诸大画家往往在一张椅子或是一只苹果中，表现出一个情趣深永的世界来。我们通常以为我们自己所见到的世界才是真实的，而艺术家所见到的仅为幻象。其实究竟哪一个是真实，哪一个是幻象呢？一条路还是自有本来面目，还是只是到某银行或某商店去的指路标呢？这个世界还是有内在的价值，还是只是人的工具和障碍呢？

三

就超脱目前实用的效果说，科学家也和艺术家一样能维持“距离”。科学家的态度纯是客观的，他的兴趣纯是理论的。所谓“客观的态度”就是把自己的成见和情感丢开，从“理论的”角度来看待事物。但是艺术家的“超脱”和科学家的“超脱”并不相同。科学家须超脱到“不切身的”(impersonal)地步。艺术家一方面要超脱，一方面和事物仍存有“切身的”关系。科学是一种最不切身的(就是说最重客观的)活动；艺术却是一种最切身的(就是说最重主观的)活动。我们在上章已经说过，观赏美的形象时须“失落自我”，何以现在又说艺术是最“切身的”活动呢？这两句话不但不冲突，而且归根到底还只是一句话，就是说，艺术不能脱离情感。情感是“切身的”，在美感经验中，情感专注在物的形象上面，所以我忘其为我。所谓“距离”是指我和物在实用观点上的隔绝，如果就美感观点说，我和物几相叠合，距离再接近不过了。

艺术是最切身的，是要能表现情感和激动情感的，所以观赏者对于所观赏的作品不能不了解。如果他完全不了解，便无从发生情感的共鸣，便无从欣赏。了解是以已知经验来诠释目前事实。如果对于某种事物完全没有经验，便不能完全了解它。庄子说：“瞽者无以与乎文章之观，聋者无以与乎钟鼓之声。岂惟形骸有聋盲哉？夫知亦有之。”生来没有恋爱经验的人读恋爱小说，总不免隔雾看花，有些模糊隐约。反过来说，我们愈能拿自己的经验来印证作品，也就愈能了解它，欣赏它。我们每读到好诗文时，就惊讶作者“先得我心”，觉得非常快慰。

所以亚里士多德说艺术的快感起于认识,起于发现“那就是那个”的感觉。希腊雕刻家造神像时,还是以凡人为模型的。但丁描写地狱,也还是拿我们的世界做蓝本的。凡是艺术作品都是旧材料的新综合,惟其是旧材料,所以旁人可以了解;惟其是新综合,所以见出艺术家的创造和实用世界有距离。比如“吹皱一池春水”一句词所用的字都是人人所认识的,“皱”和“春水”的景象也是人所常见的,不过把这六个字综合在一起却是冯延巳的新创。艺术能超脱实用目的,却不超脱经验。艺术家尽管自己不落到人情世故的圈套里,可是从来没有一个真正的大艺术家不了解人情世故;艺术尽管和实用世界隔着一种距离,可是从来也没有一个真正的大艺术作品不是人生的返照。观赏者的经验各各不同,了解的能力也不一致,艺术趣味的分歧也即由于此。

照这样看,在美感经验中,我们一方面要从实际生活中跳出来,一方面又不能脱尽实际生活;一方面要忘我,一方面又要拿我的经验来印证作品,这不显然是一种矛盾么?事实上确有这种矛盾,这就是布洛所说的“距离的矛盾”(the antinomy of distance)。创造和欣赏的成功与否,就看能否把“距离的矛盾”安排妥当,“距离”太远了,结果是不可了解;“距离”太近了,结果又不免让实用的动机压倒美感,“不即不离”是艺术的一个最好的理想。这个原理很重要,我们来把它详加研究。

莎士比亚写过一部关于夫妻猜疑的悲剧,叫做《奥瑟罗》(Othello)。假如一个人素来疑心妻子不忠实,受过很大的痛苦,他到戏院里去看演这部戏,一定比寻常人较能了解奥瑟罗的境遇和情感。戏中情节愈和他自己的经验相符合,他的了解也就愈深刻。照理,他应该是一个最能欣赏这部悲剧的人,但是事实往往不然。这种暗射到切身经验的情节最容易使他想起自己和妻子处在类似的境遇,忘记目前只是一场戏,忘记去玩索剧中人物的行动,他不是在看戏而是在自伤身世了。他固然也觉到很强烈的情感，但是这种情感起于实际上的猜忌，不是起于欣赏戏的美。他不能在自己和戏剧之中维持一种适当的“距离”，所以戏剧对于他由艺术品一变而为拨动猜忌的导火线。如果他能够维持“距离”，把剧中情节完全当作一幅画看，虽然拿自己的经验来了解它，却不因此触动自己的心事，借他人的酒来泄自己的闷，那么，以他来欣赏《奥瑟罗》，实在比寻常人较占便宜，因为他能了解寻常人所不能了解的纤微奥妙。不过在猜忌中看猜忌戏，不回头把自己的戏在心中复演一遍，却不是一件易事。《奥瑟罗》对于猜疑妻子的丈夫“距离”实在太近了。艺术的理想是距离近而不至于消灭。距离近则观赏者容易了解，距离不消灭则美感不为实际的欲念和情感所压倒。

欣赏者对于所欣赏事物的态度通常分为“旁观者”和“分享者”两类，“旁观者”置身局外，“分享者”设身局中（详见第三章），分享者往往容易失去我和物之间应有的距离。一个观剧者看见演曹操的戏，看到曹操的那副老奸巨猾的样子，不觉义愤填胸，提起刀走上台去把那位扮演曹操的角色杀了。一般人看戏虽不至于此，却也常不知不觉地把戏中情节看成真实的。有一个演员演一个穷发明家，发明的工作快要完成时，炉中火熄了，没有钱去买柴炭，大有功亏一篑的趋势，观众中有一个人郑重其事地捧一块钱去送他，向他说：“拿这块钱买炭去罢！”在一般演戏者看，扮演到使观众忘其为戏时，技艺已算到家了，但是观众在忘其为戏时便已失去美感的态度，像上文杀曹操和送钱买炭的人都是由美感的世界回到实用的世界里去了。看戏到兴酣采烈之际鼓掌叫好，一方面虽是表示能欣赏，同时却也已离开欣赏的态度而回到实用的态度。这都是“距离”的消失。

四

不但在欣赏方面有这种“距离的矛盾”，在创造方面也是如此。从一方面说，作者如果把自己的最切身的情感描写出来，他的作品就不至于空疏不近情理。但是从另一方面说，他在描写时却不能同时在这情感中过活，他一定要把它加以客观化，使它成为一种意象，他自己对于这情感一定要变成一个站在客位的观赏者，换一句话说，他一定要在自己和这情感之中辟出一个“距离”来，法国心理学家德拉库瓦(Delacroix)在他的《艺术心理学》里说：

感受和表现完全是两件事。纯粹的情感，刚从实际生活出炉的赤热的情感，在表现于符号、语言、声音或形象之先，都须经过一番返照。雷奴维埃(Renouvier)以为艺术家须先站在客位来观照自己，然后才可以把自己描摹出来，表现出来，这是很精当的话。艺术家如果要描写自己切身的情感须先把它外射出来，他须变成一个自己的模仿者。托马斯·曼(Thomas Mann)说：“生糙的热烈情感向来是很平凡的不中用的……强烈的情感并无艺术的意味。艺术家一旦还到人的地位来在情感中过活时，就失其为艺术家了。”

艺术家之所以为艺术家，不仅在能感受情绪，而尤在能把所感受的情绪表现出来；他能够表现情绪，就由于能把切身的情绪摆在某种“距离”以外去观照。所以通常所谓“主观的”“写自传的”艺术家实在还是客观的。我们普通人也常感到强烈的悲喜，常常告诉人说：“我可惜不是文学家，不然，我的经验可以写成一部极好的小说。”我们何以有情感而不能表现于艺术作品呢？就是由于不能在自己和自己的情感中留出“距离”来，不能站在客观的地位去观照自己的生活。凡艺术家都须从切身的利害跳出来，把它当作一幅画或是一幕戏来优游赏玩。这本来要有很高的修养才能办到。

五

懂得“距离”的道理，文艺上许多问题就可以迎刃而解了。

在近代文艺思想上，形式和内容的冲突是很剧烈的。一方面我们有浪漫运动所遗传下来的“为艺术而艺术”的口号。这个口号的涵义甚多，最重要的就是侧重形式而看轻内容，以为美仅在形式，而内容的好坏则无关紧要。另一方面我们又有弗洛伊德(Freud)派心理学者的文艺为欲望升华说，依这一说，文艺能感动人，就因为它能使隐意识中的欲望得到化装的满足。文艺既与欲望有关，就不能不与内容有关，假如许多作品之中不含有满足性欲“情意综”(complexes)的材料，它们的势力就决不至有那样广大。这两说都很言之成理，究竟谁是谁非呢？根据“距离”的原则说，它们都各走极端，艺术不能专为形式，却也不能只是欲望的满足。艺术是“切身的”，表现情感的，所以不能完全和人生绝缘。偏重形式的艺术总不免和人生“距离”得太远，不能引起观赏者的兴趣。但是美感经验的特点在“无所为而为地观赏形象”。无论是创造或是欣赏，我们都不能同时在所表现的情感中过活，一定要站在客位把这种情感当作一幅图画去观赏。如果作者写性欲小说，读者看性欲小说，都是为着满足自己的性欲，那就和为着饿去吃饭，为着冷去穿衣一样，只是实用的活动而不能算是美感经验了。艺术的内容尽管有关性欲，可是我们在创造或欣赏的那一顷刻中，却不能同时在受性欲冲动的驱遣，要在客位把它当作形象看。弗洛伊德派的错处在把艺术和本能情感的“距离”缩得太小。

六

在近代文艺运动中写实主义和理想主义的争执也颇激烈。写实主义偏重模仿自然，要在实际生活中寻材料，用客观的方法表现出来。它最忌讳掺杂主观的情感和想象。理想主义以为艺术和自然是相对的；它是人为的，创造的，虽拿自然做材料，却须凭主观的情感和想象加以选择配合；艺术要把自然加以理想化，不能像照相那样呆板。我们既明白“距离”的原则，这两派的争执也就不难解决了。艺术是一种精神的活动，要拿人的力量来弥补自然的缺陷，要替人生造出一个避风息凉的处所。它和实际人生之中应该有一种"距离"。主观的经验须经过客观化而成意象，才可表现于艺术。至于经验的选择也不免有意地或无意地受情感和想象的支配。所以严格地说，凡是艺术都必带有几分理想性，都必是反对极端的写实主义的。极端的写实主义在理论上很难成立。写实者也还是人而不是照相机，既然是人就无法把情感和想象完全丢开。所以写实主义根本不免带有若干理想主义。一般写实派作者的弊病在把"距离"摆得太近，甚至于完全失去"距离"。比如戏剧家把目前群众正闹得很热烈的问题做题材，来编一部剧本，他也许因此博得很大的欢迎，但是观众的浓厚的趣味是以目前问题为主而不是以剧本为主，他们的活动仍然是实用的而不是美感的。作者在实际生活中虽是得到一场胜利，在艺术上却不一定成功。

我们天天看得见的事物比较难以引起美感，就因为它和我们的"距离"太近，所带的实用的牵绊太多。比如一幅写实派的描写巫峡或是西湖的画，在没有见过巫峡或西湖的人们看，总带有若干美的意味，但是在西湖或巫峡的本地人看，它的趣味就不免比较淡薄些。这就因为距离的远近不同。写实派的作品通常都把"距离"摆得太近，容易引起关于实际生活的联想，以至扰乱美感，但是这种作品未始不可以被人看成理想的。同是一个作品，在熟悉内容的人看是写实的，在未曾经过其中情节的人看却是理想的；在拘泥实际的人看是写实的，在能超脱的人看则可以变成理想的。一般人常从道德的观点批评艺术家，说某人的作品淫秽，某人的作品伤风败俗，其实真正艺术家偶尔用淫秽的材料时，往往并不想到它在实际上是否淫秽，只把它当作一幅画看。一般人看到淫秽的形象便想到淫秽的事实，拨动淫秽的念头，就由于不能在艺术品和实际生活之中保存应有的"距离"。

写实派的弊病在"距离"不及，理想派的弊病则在"距离"太过，纯任理想而藐视现实，结果往往不是空疏，就是荒渺无稽，使人无法了解，所以不能引起兴趣，打动情感。理想主义的最普遍的毛病是普泛化(generalisation)和抽象化(abstraction)。关于这两种写法，布洛曾经说过一段很精当的话：

普泛化和抽象化的作品缺点在应用的范围太空泛，不能引起人们的切身的情趣；它太少个别事物的具体性，应用到一切人都没有什么差别。它想取悦于一切人，结果却是不能取悦于任何人。欧几里得几何学中的公理不属于任何人，就因为一切人都要承认它是真的。像爱国、友谊、爱情、希望、生和死一类的普泛的概念对于张三、李四和对于我都是一般的痛痒。我或则不能感到它们和我有什么切身的关系，或则虽然能够感到切身的关系，它们又很明显地具体地变成我的爱国、我的友谊、我的爱情、我的希望、我的生和死。一个公理或是一个普遍的理想，因为是从普泛化来的，对于我的“距离”太远了，使我完全不能具体地领略它；倘若我能够具体地领略它，我又落到实际生活里去，它和我的“距离”又太近了，因此，理想派艺术的弊病就在它的距离本来太过，在应用到各个人身上去时又嫌不及。

七

理想主义和写实主义对于“距离”一个是太过，一个是不及。凡是艺术都要有几分近情理，却也都要有几分不近情理。它要有几分近情理，“距离”才不至于过远，才能使人了解欣赏；要有几分不近情理，“距离”才不至于过近，才不至使人由美感世界回到实用世界去。我们在上文说过，凡是艺术都要带有若干理想性，都是反写实主义的。这并非说现实界的东西绝对不能拿来做艺术的材料。现实界的事物虽然和实用的关联太密，“距离”太近，但是经过艺术家的剪裁，它也可以落到适宜的“距离”上面。英国诗人济慈(Keats)所作的《圣亚格尼斯的前夕》,是写一对情人在夜间私奔的故事。它的题材是一股极热烈的爱情,并且有描写肉体美的地方,“距离”似乎太近了,可是济慈把背景写得非常阴冷,以一件人间性极重的事摆在一个超人间性的轮廓里,便成一幅清幽严肃的图画,不至叫读者引动性欲的凡念。这是一个善于制造“距离”的好例。《西厢记》写张生初和莺莺定情的词是:“软玉温香抱满怀,春至人间花弄色,露滴牡丹开。”这其实只是说交媾,“距离”再近不过了。但是王实甫把这种淫秽的事迹写在很幽美的意象里面,再以音调很和谐的词句表现出来,于是我们的意识遂被这种美妙的形象和声音占住,不想到其他的事,自然也有人读这几句词因而动淫欲的,这是由于他们自己的艺术的趣味薄弱,错处并不在王实甫。概括地说,韵文比散文“距离”较远,所以许多很淫秽的事表现于散文仍然是近于淫秽,表现于诗词就比较“雅驯”些;许多很悲惨的事表现于散文仍然是近于悲惨,表现于诗词就比较和平些。“关雎乐而不淫,哀而不伤”,也就是因为这个道理。同是描写淫秽事迹的文字,上文所引的《西厢记》词句就比《水浒》里潘金莲和西门庆的故事以及《红楼梦》里秦钟和智能、宝玉和袭人、贾琏和鲍二家的一类故事比较地不露痕迹些,虽然这几段散文也算是艺术上的杰作了。《红楼梦》所写的全是儿女私情,可是作者要把它摆在“金玉姻缘”这个神秘的轮廓里面,《列那狐的故事》是讽刺中世纪封建制度中人物的,可是作者要把它摆在动物界的轮廓里;《格列佛游记》是讥诮英国政治风俗的,可是作者要把它摆在大人国和小人国的轮廓里,用意都在制造“距离”。莎士比亚的悲剧中情节本来大半都极悲惨,例如哈姆雷特的饮鸩,麦克白的暗杀,朱丽叶的惨死,如果在实际生活中发生,一定使人毛骨悚然。可是摆在艺术的炉中炼过,本来的辣性也就消净了(参见第十六章)。

艺术家的剪裁以外,空间和时间也是“距离”的两个要素。愈古愈远的东西愈易引起美感。这和旅行家到新地方容易见出事物的美是一个道理。比如卓文君的私奔，海伦后的潜逃，在百世之下虽然传为佳话，在当时人看，却是一种秽行丑迹。当时人受种种实际问题的牵绊，不能把这桩事情从极繁复的社会习惯和利害观念中划出，专当作一个意象来观赏。我们时过境迁，所以比较自由，能够纯粹以美感的态度对付它。艺术是有时间性和空间性的。同是一个作品，在某一时代中因为“距离”太近，看起来是写实的，过一个时代因为“距离”较远，实际的牵绊被人遗忘了，所留的全是一幅图画，就变成富于浪漫色彩的作品。荷马的史诗是一个好例。文艺好比老酒，年代愈久，味道愈醇。但是时空的“距离”如果太远，我们缺乏了解所必需的经验和知识，也就无从欣赏。极古的作品要有注解，有时虽有注解，我们仍然嫌它艰晦。现在一般人读《楚辞》或阮籍《咏怀诗》就不免有些费解了。地方色彩过重的作品也是如此，要真正了解外国文学往往是一件极难的事。所以同一作品，就内容说，当时人和本国人比后世人和外国人欣赏较易；就实际的牵绊容易压倒美感态度说，当时人和本国人却也比后世人和外国人欣赏较难。初读外国诗的人往往觉得字字珠玑，极平常的字句也似乎有很大的价值；可是下过几十年功夫之后，外国诗的情感和音节终于仍有不可彻底了解的地方，这就是由于“距离的矛盾”。

八

各种艺术的性质不同，“距离”也生来就有远近。“距离”最近的是戏剧，因为它用极具体的方法把人情世故表现在眼前。这最容易使人离开美感世界而回想到实用世界，所以戏剧家想出许多方法来把“距离”推远，从前人做戏剧大半取时代很远的材料。近代作者才取现代社会问题入剧本，但是仍采用种种方法使它和现实界不相混淆。美国奥尼尔(Eugene O'Neill)的《奇怪的插曲》(Strange Interlude)里面的角色，在台上凭着旁人把自己的心中隐事低声说出，是一个好例。古希腊和中国旧戏的角色往往戴面具或穿高跟鞋，表演时用歌唱的声调。一般戏台都和观众隔开。这都是推远“距离”的方法。造形艺术中以雕刻的距离为最近，因为它表现立体，和实物几乎没有分别。历来雕刻家也有许多推远“距离”的方法。埃及雕刻往往把人体加以抽象化，不表现个性。希腊雕刻大半只表现静态，近代雕刻家才逐渐在线纹和姿势上暗示运动，但是多数人仍主张运动的暗示应减至最低限度。雕像的体积往往比实物大或小，通常都安置在台座上面。这都是为着避免过于近似实物的毛病。图画只能表现平面，所以“距离”较大。西方古代画艺和中国的一样不用远近阴影，对于形象也只求神骨的妙肖而不求骸体的逼真。中世纪的东欧派和波斯艺术家把人物的形象加以不自然的延长或缩短，作为建筑帐幕的装饰。近代画的技巧日渐进步，写实的色彩也逐渐浓厚，画家的目的几乎不外在引起幻觉，于是画艺的“距离”便日渐由远而近了。

九

艺术和实际人生之间本来要有一种“距离”，所以免不了几分形式化，免不了几分不自然。演戏用歌唱的声调，雕刻用抽象化的人体，图画改变人物的本来面目，诗用音韵，都是因为这个道理。近代技巧的进步逐渐使艺术逼近实在和自然，这在艺术上不一定是进步。中国新进艺术家看到西方艺术的技巧很完善，画一匹马就活像一匹马，布一幕月夜深林的戏景就活像月夜深林，以为这真是绝大本领，拿中国艺术来比，真要自惭形秽。其实西方艺术本来固然有长处，中国艺术本来也固然有短处，但是长处并不在逼近自然，短处也并不在不自然。西方艺术的写实运动从文艺复兴以后才起，到19世纪最盛。一般人仍然被这个传统的写实的习惯固囿住，所以皇家学会派的画家大半还在“妙肖自然”方面下功夫。但是现代真正的艺术家却是向一个新方向走。这个新方向完全是反写实主义的。后期印象派(post-impressionism)的大师塞尚(Cezanne)是最好的代表。看他的作品,你绝对看不出写实派的浮面的逼真,第一眼你只望见颜色和形体的谐和的配合,要费一番审视,才能辨别它所表现的是一片崖石或是一座楼台。他们的理想是要使造形艺术逼近音乐,完全在形式方面见出美来,不带"表意的成分"。在学理方面,贝尔(Clive Bell)的名著《艺术论》是值得注意的。这种反写实的运动发生之后,学者对于从前诸名家的作品也逐渐加以新评价。从前人只知推重16世纪的意大利派,现在许多学者却把中世纪的拜占庭(Byzantine)派和意大利的原始派(primitifs)的作品看得更珍重。从此可知西方人已逐渐觉悟技巧的进步和艺术的进步是两件事了。

从欧洲艺术的新倾向看,我们觉得在这里应该替中国旧艺术作一个辩护。骂旧戏拉着嗓子唱高调不近情理的人们,如果看到瓦格纳(Wagner)的歌剧,也许便恍然大悟这种玩艺儿原来不是中国所特有的。如果他们再稍稍费点功夫研究古希腊的剧艺,也许便知道戴面具、打花脸、穿高跟鞋,也不一定是野蛮艺术的特征。在图画雕刻方面,远近阴影原来是技巧上的一大进步,这种技巧的进步原来可以帮助艺术的进步,但是无技巧的艺术终于胜似非艺术的技巧。中世纪诸大教寺的雕像的作者原来未尝不知道他们所雕的人体长宽的比例不近情理,然而他们的作品并不因此而失其价值。就技巧论,现在一个普通的学徒也许比乔托(Giotto)还更高明,但是乔托的作品终于不朽。中国从前画家本有"远山无皴,远水无波,远树无枝,远人无目"的说法,但是画家精义并不在此。看到吴道子的人物或是关仝的山水而嫌他们不用远近阴影,这种人对于艺术只是"腓力斯人"(Philistines)而已。

总之,艺术的某种习惯既然造成很悠久的历史,纵然现代的时尚叫我们觉得它有些离奇，它自己却未尝没有存在的理由。本章所说的“距离”就是它的存在的理由之一。戏剧的化装，雕刻的抽象化，图画的缺乏远近阴影，诗的音韵之类，都可以叫我们把日常实用世界忘去，无沾无碍地来谛视美的形象。

注释

本章第八节中谈到的“造形艺术”，西文原为 plastic art，通常译作“造型艺术”，其实起于误解。该词原义侧重制造“形象”而没有制造“典型”的意思。本文集一律改用“造形艺术”。（1981 年 7 月读校样时写）

（选自朱光潜《文艺心理学》（第二版），合肥：安徽教育出版社，2006：11—27）

胡经之　文艺美学

·作者简介·

胡经之，1933年生于无锡。1952年考入北京大学中文系，攻读文学专业。毕业后曾入中国人民大学马列主义研究班，不久，又回北京大学攻读副博士研究生，师从杨晦学习文艺学，又随朱光潜、宗白华研习美学，有志于融文艺学、美学为文艺美学。1960年年底研究生毕业，留北京大学任教，讲授文学概论、文艺美学等课程。1982年始，在国内率先招收文艺美学专业的硕士生，先后培养了文艺美学硕士十余人，这些人后成为国内文艺美学学科发展的重要力量。1992年获国务院授予的“突出贡献”证书，终身享受国家特殊津贴。1993年，和暨南大学饶芃子教授合作，向国家学位委员会申报建立华南地区的第一个文艺学博士点，获得国务院的批准成为深圳大学第一个博士生导师。自1994年始，致力于培养文艺美学博士生，先后招收十余人。主要作品包括《文艺美学》《文艺美学论》《胡经之文丛》《文艺学美学方法论》等。其中《文艺美学》融美学、文艺学为一体，开拓文艺美学新学科，成为国内不少高校文艺学研究生的教学用书。

· 阅读参考 ·

《文艺美学》一书从审美角度研究艺术活动、艺术文本以及艺术接受。本书选择了胡经之对审美体验中的“兴”与“移情”的比较阐述。他认为，“兴”与“移情”既有相似的一面，又有若干差异。中国的“兴”的特点之一是感兴起情，即审美主体以自身原有的心态模式与景物对应，激发起情感。“兴”还有直觉性的特征，其分为初级直觉和高级直觉。前者指情与物初步相契，后者指审美体验能力强的人在感物的瞬间立刻达到“神游式的超越”，产生灵感，触物兴怀而吟出千古绝唱。在西方，立普斯“审美移情说”的核心思想是审美主体对客体的“生命灌注”。主体不是与对象对立的、实用的自我，而是在对象之中的、观照的自我。胡经之认为，“兴”的感物起情与移情说的生命灌注对象而情感化有相似之处，它们都是主客体相交和情感投射。但是胡经之也指出这两个概念有区别，例如移情说强调的是人投射感情的主体能动性，而“兴”关注人与物的互动和交流。

· 原文 ·

“兴”与移情

我们在审美体验这一动态过程中拈出“兴”与“移情”来进行比较，其实是颇费踌躇的。简单地说，它们的“可比性”并不大，但虽不大，因都与激发创作者与欣赏者的情感，对主客体之间的审美活动的发生和进行有着相似的功用，所以就依这点儿“相似”，把它们放置一处，稍作比较。

“兴”，在中国是个含义十分丰富，而又歧义颇多的概念。从《周礼》，汉儒解经，经钟嵘、刘勰、朱熹、李仲蒙，及至后世王夫之、闻一多、朱自清，对“兴”的注释，时有推进。到了现代，研究者对这一范畴发生了更大的兴趣。陈世骧就专门写过一篇《原兴：兼论中国文学特质》。叶嘉莹在其《迦陵论诗丛稿》《王国维及其文学批评》的专著中，都反复提到要深入研究中国诗歌“兴”的兴发感动作用。周英雄在他的近著《结构主义与中国文学》中提出“兴”的应用是研究中国诗词的核心问题的观点。

“兴”在汉代经学家那里主要有两种意思，一是认为是《诗经》的一种表现手法，如毛亨；二是认为“兴”是一种“譬喻”，如郑玄。到了齐梁时，刘勰《文心·比兴》说，“比显而兴隐”。钟嵘则认为“兴”即“文已尽而意有余”。至宋，朱熹认为“兴者，先言他物以引起所咏之词也”。李仲蒙则把赋、比、兴看作是表现感情的三种手法。后世中外学者对“兴”也颇多歧义。概括地说，古往今来对于“兴”意的看法有如下四种：

1. “兴”就是感兴起情，就是以兴启首发端之意。法国的 D. 霍尔兹曼（D. Holzman）也持这种看法，他认为孔子的“兴于诗”“指的是‘发端’”[1]。

2. “兴”是感物兴情，由景到情。法国的韦利持相同看法，他认为，“兴”是“激发人们的情感”[2]。法国的理雅各稍有不同，他认为，“兴”是“感发人们的意志”[3]。

3. “兴”，被视为诗教的方法（孔颖达）。徐复观《释诗的比兴——重新奠定中国诗的欣赏基础》同意此说，并进一步指出，以“见今之失”或“见今之美”分比兴是不行的。

4. “兴”是隐喻的形象，“比显而兴隐”，有隐喻“无迹可求”甚至“诗无达诂”之意。

这些看法都有某方面的正确性。但“兴”作为中国美学中的审美体验的重要范畴其精义尚待进一步发掘。有人认为中国的“比兴”就是中国美学的“移情说”[4]。其实,“兴”与“移情”既有相似的一面,又有若干差异。

中国的“兴”的第一个鲜明特点就是在于它是感兴起情。当审美主体面对其审美对象时,会因原有的心态模式与景、物对应,激发而勃然起情。刘勰《文心雕龙》说:“原夫登高之旨,盖睹物兴情。情以物兴,故义必明雅;物以情观,故词必巧丽。”明代的谢榛《四溟诗话》说:“凡作诗,悲欢皆由乎兴,非兴则造语弗工。……悲戚诗,兴中得者更佳。至于千言反复,愈长愈健,熟读李杜全集,方知无处无时而非兴也。”可见兴的“一情独往”,使主体的审美体验能突破景物的表面层次而进入较深层的审美体味。

“兴”的第二个鲜明特点是审美体验的初级直觉,有其感兴深拓性。当代著名美学家今道友信曾说,“兴”是一种情感的“兴腾”——“垂直地兴腾起来”,不需要各种关卡层次缓慢演进,而是带有一种“直觉性”,是“垂直地面向超越者”,“直观事物的内核”。今道友信还指出,孔子的“诗可以兴”的兴,有极其深刻的含义,指的是一种“精神觉醒”和对现实的“神游式的超越”[5]。我们认为“兴”有两个层次,一是诗人感物、触物而兴情,我们称之为初级的直觉或是情与物初步相契。其二是高级直觉,尤其是审美体验能力强的人(如敏感的艺术家),在感物的瞬间马上就达到了“神游式的超越”——达到灵感程度。所以不少的人触物兴怀而吟出千古绝唱。如陈子昂《登幽州台歌》:“前不见古人,后不见来者。念天地之悠悠,独怆然而涕下。”诗人登台,神思徜徉,极目四望,目击道存,于是兴发感动(怆然涕下),对宇宙时空永恒和个人的孤独获得强烈的审美体验。故而他那冲口而出的诗句,负荷了人类心灵的共感而千古感动人心。

"兴"第三个鲜明特点是具有审美体验第二层"神思"过渡和交叉的趋向。"兴"在起初主要是激发起作家的创作冲动,通过外物、景物抒发、寄托,表现情思。所以东方树说:"诗重比兴,兴则因物感触,言在于此而义寄于彼。……兴,最诗之要也。文房诗多兴在象外,长以此术求之,则成句皆有余味不尽之妙矣。"因此,兴可以因起初的勃发兴腾,上升到"神思",最后达到一种"兴会"(灵感)境界,这是向人类的深层心理的拓进,是诗歌生命力、表现力广阔驰骋的疆场,也是诗人们言情托意,感物兴怀的一种重要的方式。正是在这个意义上,我们说"兴"具有真正的美学价值,是诗词创作的不二法门,是写出具有自己独特个性(因每人触物感受绝不雷同)和永恒审美价值的艺术作品的"度人金针"。同时,沿着"兴"发展的轨迹溯流而去,在这寻根寻源的"反求工程"中,我们可以窥见中华民族远古族类审美体验,原始审美活动以及处于集体无意识的巫术图腾活动,从审美心理——审美体验的角度去探索人的审美的发生。这一切,构成了今日美学对"兴"的强烈兴趣,同时,也给研究者提出了严峻的课题。

西方所说的"移情",确乎与中国的"兴"有类似之处,具有某些可比性。这里,我们以"移情说"主要代表人物立普斯的观点为依据,进行些分析。

立普斯最著名的贡献是审美"移情说"。休谟和博克的"同情说",赫尔德的"美是在艺术对象和自然对象中生命与人格的表现说",以及浮龙·李(Vernon Lee)的"审美移情",巴希(Vietor Basch)的"同情"说和谷鲁斯(Karl Groos)的"内摹仿"说,对立普斯都产生过不同程度、不同方面的影响。他吸取了有用的成份而使移情说系统化了。

立普斯从三个方面界定了审美移情的特征:一是审美必须有对象,这对象不是与主体事物相对立的,而是一种体现,受到主体灌注生命的、活动而有力的、自我对象化了的形象;二是审美必须有主体,但绝不是与对象对立的、实用的自我,而是在对象里生活着的、观照的自我;三是主体与对象要有关系,有着主体生活在对象里,对象从主体受"生命灌注"从而表现了人的生命思想感的统一关系。总述三点,事实上移情作用就是主客体两个相关联的方面一次达成的特殊效果。他在《空间美学》中举了希腊建筑中道芮式石柱的观照为例:一方面仅从力量、运动、活动、倾向等方面来观照对象所引起的主体"耸立上腾""凝成整体"的感觉,这称为"机械的解释";另一方面是以人度物、化物成人的"人格化解释",造成一种身外物的自身类比。于是,本来相对立的主客体,在审美移情作用中得到了统一。同样道理,颜色获得了它们的性格和人格,音乐获得了它全部的表现力,人的肉体外貌成为了他们内心生命的表征。

中国美学的"兴"的感物起情,与移情说主体将生命灌注对象而情感化有某种相似之处;审美移情的主体生活在对象里,大有"情往似赠,兴来如答"的味道,这点又与兴的情感勃发、物我皆染上情感色彩十分相近;当"兴"达到高潮时,所呈现的物我一体,如李白"相看两不厌,只有敬亭山",又与移情论第三个特点"对象受到生命灌注"而表现了人的生命思想情感的统一关系暗合。这样看来,都是主客体相交,都是情感投射,都是表现为感情互置和兴奋。的确,中国的"兴"与西方的"移情说"有共"同"的一面。但深一层再细加分析,就会发现二者之间乃"同中有异"。

首先,立普斯的移情说是能动的主体,主动地将自身情感外射(Projekt);而中国的"兴"却强调体验、兴发,重物我的交流以及亲和感受性(Empfindung)。

其次,移情说过分强调主观性,对象的人格化;以人度物,化物成人,以"人格化解释",造成一种身外物的自身类比。而"兴"却重点在起兴,然后一情独往,超越物的现象,而体味到宇宙时空无限和自身的情怀。也就是说，“兴”的跨度更大，可从一物而至整个生命、世界、宇宙。

再者，移情说强调分析，推论出三大规律（整一律，多样统一律，主从律）。而“兴”却重在直观感物，重整体的功能，重由外向内的拓进，达到高的层次。

最后，移情说在立普斯《空间美学》中主要举出古希腊建筑的例子为自己理论的支点，所以是以一种“错觉”的“飞腾感”来说明移情；而“兴”却是面面观，视点是不固定的，是随情所至，“俯仰自得，游心太玄”，对万物及宇宙一视同仁，主客体相亲相近。

总之，“兴”与“移情”是同中有异、异中有同的，不能全然等同。

注释

[1][2][3] 见 D. 霍尔兹曼《中国文学入门》英文版。

[4] 林同华《美学漫谈》，第 175 页。

[5] 参阅[日]今道友信《东方美学》第三章。

（选自胡经之《文艺美学》，北京：北京大学出版社，1989：79—84）

六 读者与阅读：接受美学和读者反应批评

耀斯　审美经验与文学解释学

·作者简介·

耀斯(又译作尧斯或姚斯,1921—1997),德国文艺理论家、美学家,接受美学的主要创立者和代表之一。德国康茨坦斯大学文艺学教授。主要著作有《文学史作为向文学理论的挑战》《文学范式的改变》《审美经验小辩》《审美经验与文学解释学》等。其美学思想的发展分为两个时期:前期力图解决"文学史悖论",后期研究侧重于审美经验。耀斯在批判前人的基础上,力图建立较完善的文学史科学,批判将文学与社会历史分裂、对立的倾向,重建对文学的美学思考与历史思考,解决"文学史悖论"。接受美学是耀斯于 1967 年创立的。以往的文学和美学研究、创作,都是以作者—艺术家为中心,耀斯则主张根本性地、颠覆性地转向以读者—接受者为中心,因此称作接受美学。耀斯后期转向了对接受与接受史的核心问题——审美经验的研究。他认为,只有深入研究审美经验,才能推进接受美学的发展。

·阅读参考·

在《审美经验与文学解释学》中，耀斯运用严谨的解释学原理对审美经验进行诠释，并把对文学理论的研究推进为对艺术、美学乃至整个文化的反思。他探讨了审美经验理论的发展，并将审美认同界定为不同的层次：联想式、钦慕式、同情式、净化式和反讽式。在第一章中，他将审美经验创造性地区分为创作、感受、净化（生产的、接受的、交流的活动）三类。他认为，审美经验具有一种难以驾驭的性质，它能够使人忆起超感觉的意义，完善引发美感的外观，并且产生一种即刻得到满足的快感。这种难以驾驭的特性有两重作用，一方面逾越规范，另一方面也能使社会理想化，让人们忘记社会中实际的苦难。人们在审美享受时怀着一种特殊的激情，前反思的审美态度指向日常现实之外的另一个世界，并对其信以为真，但是这常常会损害审美期待。耀斯指出，只有在审美经验反思的层次上，"自觉地扮演旁观者的角色并且喜欢这一角色，才能从审美的角度来欣赏并且怀着喜悦的心情来理解他所认识到的或与自身有关的真实生活情境"。这样的审美经验既能保持旁观者的角色距离，又能对希望成为的人物作游戏式的认同，从而能够获得生活中无法获得的乐趣。

·原文·

1.1　审美经验的含义是什么？

上述这个问题开拓了一个新的研究领域，以下的阐述试图为这一研究领域勾勒出一个轮廓。史料中对审美经验诸形式的记载，远不如对诸如宗教或理论等日常生活的其他功能的记载多。为了尽可能全面地陈述这一论点，我们将不按年代顺序，从各个时期浩瀚的史料中撷取以下事例来加以说明。

当人们开始用表现自然的象征手法来装饰罗马式教堂的柱头时，克利佛的贝尔纳就在给男修道院院长威廉的一封信中抱怨说，现在的修士们喜欢阅读“大理石像”而不喜欢阅读“法典”。他们宁愿成天对着无数动物形象和神奇的野兽赞叹不已，而不愿意对上帝的手谕《圣经》沉思冥想[1]。对于被贝尔纳批评的那些修士们来说，呈现在他们面前的不仅是古代半人半马怪物一类的神奇之兽，而且还是并且主要是自然哲学家的神圣动物象征。这些兽和动物很久以来就被基督教的传统用于拯救史的象征论解释。这一点并不是为修士们辩解。正统古板的贝尔纳忽视了这些动物形象的精神意义，将它们与那些确属恶魔的荒诞不经的形象同样看待。他发觉他的教友们由于好奇而被引入歧途，他把这种好奇心解释为对丰富多彩的形象及形式的诧异。从虔诚而严肃的观点看，贝尔纳这里反对的是一种不合法规的好奇心。这种好奇心使得人们在欣赏象征性对象的同时，还沉湎于这些对象引起美感的诱人外观。贝尔纳的批评清楚地表明，即使宗教艺术也无法完全避免触发某种教条所不允准的审美态度。其实，从历史的角度看，在 12 世纪神学象征主义兴起的同时，人们在美术作品中发现了可见的大自然[2]。当然，这段故事只是偶然、间接地证明了这样的事实：审美兴趣不同于一般的好奇心，它不只是对新鲜事物的惊诧，更是一种类似发现新大陆式的新的观察方式。从宗教权威的观点看，审美经验总是而且必定会被怀疑有一种难以驾驭的性质：只要它被用来使人们忆起超感觉的意义，它同时也使引发美感的外观臻于完善，并产生一种即刻得到满足的快感。

审美经验的这种难以驾驭的性质具有一种奇特的两重性：它有

逾越规范的作用，但反过来，通过使社会状况理想化又起着使其改观的作用。为了引导人们忘却社会中的实际苦难，统治当局可以利用审美经验对于人们想象力所具有的力量，向不满于宗教安抚的人们提供审美快感所能给予的满足。另一位中世纪中期的人物让·德·格鲁希在他题为“音乐论”的文章中推崇武功歌，将其看作一种主要适于“普通的或年老的劳动者”在闲暇时聆听的史诗：当他们听到显贵们命运的坎坷曲折时，“他们就会心平气和地忍受自己的苦难，愉快地回去干活”[3]。在这段关于诗歌潜在用途的直言不讳的证词中（在今天，这可能会被称为“意识形态”）有一个观点也是很明显的，即吟诵史诗不仅能使人从日常苦难中得到解脱，而且还可以进一步加强对本民族的责任感。在亚里士多德净化说的这个中世纪变体中，审美快感以最习以为常的方式把摆脱日常生活压力与为未来而团结奋斗联系在一起。这恰恰不是由于头脑简单的公众在诗歌中看到自己的处境得到了改观，而是因为诗歌形成鲜明的对比，并由此提供了一条通往充满英雄业绩的虚幻世界的途径。正如达尼埃尔·普瓦利昂所指出的，“如果骑士梦想得到牧羊姑娘，那么，小小百姓也能梦想参加战斗，特别是当作者用那些代表本民族的战斗英雄的命运来打动他们的时候”[4]。

如果说公众在聆听诗歌或音乐、凝视“大教堂中图画圣经”的那些画面时，就能够逃脱那个愚昧的、被千古不变的教条统治着的封闭世界，那么，他们必然会怀着一种特殊的激情，体会到由一个幻想的英雄世界所引起的那种神魂颠倒的心境。不过，即使在我们这个时代，在日常现实之外去展现另外一个世界，也仍然是获得审美经验的最便利的手段。吉罗杜所叙述的一桩轶事就再清楚不过地证明了这一点：“他们把当时才 8 岁的父亲带到体育馆。台上有一架真的钢琴，他失望极了，失声大叫起来。”[5]与摹仿的或现实主义的美学相反，前反思的审美态度的期待并不指向与日常世界相似的东西，而是指向日常经验之外的东西。由于这一原因，台上的真的钢琴损害了审美期待，就好比孩童如果不知道戴小红帽的狼与动物园里的狼毫无共同之处这一著名论题，那么动物园中的狼就会损害他从天真烂漫的童话故事中得到的狼的概念。

只有在审美经验的反思的层次上，当人们自觉地扮演旁观者的角色并且喜欢这一角色的时候，才能从审美的角度来欣赏并且怀着喜悦的心情来理解他所认识到的或与自身有关的真实生活情境。威廉·布施有一首诗这样表达得自反思的审美经验这一问题："我们生活中的烦恼一旦被描绘出来就变得饶有趣味。"[6]这是在知识社会学中被称为"角色距离"的那种日常行为的审美变体。对处于任何社会的人来说，他之所以有可能与自己的行为拉开距离是基于这样的事实，即，即使在朴实的日常生活中，人也能选择多种不同的行为方式；他的各种角色各自都把对方看作相对的；通过隔断日常生活与其他有意义的活动领域（譬如梦幻、宗教、科学等）之间的联系，他就可以作为一个独立于角色之外的自我来体验自身[7]。除了这些可能性之外，审美态度还可以让人面对自己的角色，使他从通常所扮演的角色的束缚和成规中解脱出来。这种内心的距离起源于游戏的审美态度，这是一种以个人自由意志来处理原来必须一本正经地办理事情的能力。里尔克曾在他的诗歌中如痴如醉地描绘这样一种态度："我们暂时地超越自己的局限，举止行动全不顾有没有人鼓掌喝彩。"[8]

当角色距离的审美经验被运用于一种真实的生活情境，道德习俗或鉴赏力要求其完全认真地投入时，这种经验就可能非常突出而变成唯美主义。譬如，《伊森汉教堂祭台》这样一件作品，谁要是仅仅把它看作和解释为审美特征的载体，并且把使这一代表牺牲精神的艺术品显得惊人、残酷从而具有典型性的所有那些东西抽象化，那么，受到伤害的就绝不止宗教的虔诚情感了。这种态度即使是就对象本身所要求的理解来说也是不妥当的[9]。在《情感教育》中，福楼拜在他非英雄的主人公身上运用了引起非议的审美角色距离。福楼拜的同代人克尔凯郭尔把这种做法斥为唯美主义。弗雷德利克·莫罗完全是出于好奇心而在 1848 年革命高潮时期参加了巷战，却又保持着“游手好闲”的态度：“冲锋的鼓声敲响了。惨叫声清晰可辨，还有胜利的呼喊声。人群像潮水般席卷而来。弗雷德利克挤在两个密集人群的中间，一动也不动。他像着了魔似的欣赏着这一切。受伤的跌倒了，死去的手脚叉开躺在地上，看上去他们都不像是真的受了伤、真的死去了。他觉得好像是在观看一幕戏剧”[10]。这段描写之所以富有文学性，并不在于它所描绘的行为，而在于它的直截了当。因为人人都有过这种经验（只需想一想丧葬中所带有的那些喜剧因素），一旦当他自愿或不自愿地采取旁观者的审美态度时，任何角色的严肃性就即刻化为游戏。福楼拜的小说中把血迹斑斑的严肃历史变成“游手好闲者”观赏的景色这一情节乃是具有重大历史意义的事件的一个组成部分。通过弗雷德利克的审美观和他朋友们的政治行动，福楼拜用他隐晦的讽刺笔调描画出历史的第二手经验：如同那个唯美主义者仿效过了时的浪漫主义一样，革命者们也在模仿高于生活的 1789 年的样板。结果，文学对 1848 年革命失败的解释竟然与卡尔·马克思在《路易·波拿巴的雾月 18 日》中所作的分析不谋而合！

鉴于审美经验与现实之间存在着不可弥补的距离，所以，只有把审美经验当作其作用不断衰减的第二手经验，它才能变为可以触摸到的东西。当然，当它在引导具体经验、向第一手的生活实践传递行为规范或具体内容时，也可以为人们找寻到。在福楼拜的自传性中篇小说《十一月》中，青年福楼拜描述了由资产阶级阅读材料所传递的情感教育：“正是在书本中，我学到了原先想要体验的情感”[11]。卢梭在关于他和父亲挑灯夜读的文章中，也以同样的方式总结道："我对事物本身毫无了解，可是我对实际生活中的所有感情早已通晓。"[12]更早的埃拉斯慕斯的"经文转化为习俗"的公式就已经假定了审美经验可以提供的那种先期倾向。按照人文主义教育的格言，在需要传递正确的言语行为模式时，诗歌的想象力要比哲学的逻辑概念更受人欢迎[13]。最后，我再举一个中世纪的例子，它最为有力地说明了有关阅读向习俗的转化。以弗洛尔和布朗克弗洛为名的浪漫故事告诉我们，他们两人早在刚刚发育的少年时代便相互爱恋。然而，教会他们并磨砺情感的不是自然而是文化。他们如饥似渴地阅读了"异教书籍"，然后在放学回家的路上找到了爱情的欢娱[14]。

上述这些形式的颠倒是审美经验的一种病态的倒错。从阅读中获得的各种期待所遇到的却是一种异己的现实。诗歌中的纯粹的情感和热情无法在生活中实现，却只能保存在与日常经验相对立的空想的虚幻世界中。某些最为杰出的小说就是以这一现象为模本的。有关这一方面的情况只需提一下《堂吉诃德》和《包法利夫人》就足够了，这是小说阅读中两个最为著名的变态心理的例子。上述小说中两位主人公的相同之处在于他们的基本审美态度，即必须在一个平庸的现实世界中实现他们的一个充满意义但已过时的世界的理想，这一充满意义的世界全靠他们的想象来支持。他们之间的区别在于："拉曼夏的最后一位骑士"用叨叨不休的解释和喜剧方法来解决文学与生活的矛盾，而那个生不逢辰的浪漫者（波德莱尔很推崇她的赶时髦）则在平庸的环境中毁灭了。她孤独无援，不为人所理解。与此形成对比，歌德在他的《少年维特之烦恼》中向人们表明阅读所具有的交流情感的力量如何可以先于它的病态后果而存在。维特和洛蒂是在观察一场雷雨的时候，通过文学方式发现他们情感上的共鸣的："她抬头望望天空又望了望我，我看到她眼里充满泪水，她把手放在我的手上，说道——克罗普斯托克。”小说结尾时，这对伤感的恋人在阅读奥辛的作品之后又一次激动起来，双方进行了导致悲惨结局的仅有的一次拥抱。这重演了但丁作品中弗朗西斯卡和帕奥罗阅读朗斯洛故事时遭受厄运的悲剧。传染病似的“维特热”之所以变成众所周知的丑闻，并不完全是由于个人情感的叛逆。文学给生活带来这种出乎意料的严重后果，还由于宗教认同模式向审美认同模式的转化。“你，善良的灵魂，和他感受同一种冲动，用他的苦难安慰你自己；假如由于你的命运或者你的失败，你无法找到更为亲密的朋友，那就让这本小书成为你的朋友吧”[15]。

无论是正统的还是开明的批评家都批评那本世俗的《安慰书》中审美认同的诱惑力。因为，这本书不仅为一种与资产阶级社会秩序相对立的未经界定的审美认知提供了一种行为模式：“每一个少年男子都渴望像那样相爱，每一个妙龄女郎都渴望像那样被爱。”而且，它还安抚了由此诱发的不可实现的种种期望：“让这本小书成为你的朋友吧！”这种安慰在那以前还一直是宗教教诲的特权。不过，要不是歌德本人在该书第二版里告诫人们提防的那种幼稚的认同（“做个男子汉，勿学我的样”）使那种仅有诗歌才能表达的经验迸发出来，这种幼稚的认同终将是无关紧要的，也不会被提到文学接受的各个层次上。即使在那些微不足道的与可爱而又落难的主人公进行幼稚的认同的形式中，审美经验作为一种启示性力量也是非常有效的，因为它以范例的形式向读者表明，人类的激情是个性的一个显著特点。这一点正与海尔莫斯·普莱斯奈的观点吻合。普莱斯奈认为，无论生物学还是经验心理学都不足以探究人的激情。他是把它作为处在奇特境遇中的人所特有的动机加以探究的。他认为精神分析学至多不过提供一种浮浅的认识，对于这种现象的原由和本质只有诗歌才能加以阐明[16]。审美经验揭示并表达了内心激情的个体化形式。所以，它远远超出了西格蒙德·弗洛伊德所描述的那种做白日梦者的审美认同。弗洛伊德描述道,那种和想象中的主人公命运保持相当距离的人找到了生活拒绝给予他的东西。然而,正如安德烈·裘利斯举假面舞会为例所证明的那样,“向上的”认同不是审美经验可能采取的唯一方向。游戏的审美经验教我们“把另一种生活置于我们的生活的近旁,把另一个世界置于我们的世界的近旁”[17]。就假面舞会来说,它导致对三种类型角色的偏爱:骑士、牧人和小丑。“我们的一些客人寻求似乎高于或者低于社会的东西,其他的人则寻求游离于社会之外的东西”[18]。文学传统的三种重要类型就植根于这样三种不同的审美认同倾向:英雄式的、田园式的和流浪汉式的。它们满足了人们变成另外一个人的强烈欲求,所以它们比随意扮演的角色要高明。随意扮演的角色不能把人们带进一个理想的世界,人们也丝毫不能把他们原来的自我带进这个世界[19]。

欧内斯特·布洛赫把审美经验的揭示性质视为空想的先兆,把它称为“想象力的期待”,以便把它与弗洛伊德的白日梦那种仅是幻觉的性质相区别。他的例子是布伦塔诺的《瓦杜兹》和默里克的《奥不列特》这两部作品。作品中令人神往的诗情画意,作为在那个熟悉的世界以外的东西在儿童时代的梦幻中就已经出现了。但是,它之所以能够从白日梦转变为诗歌,就因为它具有“预示可能的现实的严肃性”,并且以语言形式表达人们所憧憬的事物[20]。这种期待性的审美经验在文学中表现为“肖像恋爱”这一主题。最为著名的例子是莫扎特《魔笛》中的咏叹调《这幅画令人销魂》所产生的音乐升华现象。它使塔米诺爱上了帕米娜,可他从未亲眼见过这位心上人。对布洛赫关于图朗道特主题所作的解释,我们还可以加上一个中世纪的变体,即对心上人产生的梦幻形象往往只是来自别人对她的赞美或者仅仅提及她的姓名。正是“远距离相爱”使得乔弗利·路得尔成为有着最纯真渴望的诗人，这种渴望在非现实中得以实现；诗歌传说还超出了这种不相协调的渴望，乔弗利最后漂洋过海到了的黎波里。当他在那里快要死去的时候，他所爱慕的人的化身走上前来，与他作第一次也是最后一次的拥抱[21]。

就其似非而是的特征来说，行吟诗歌中这一浪漫主义的“典型”是一种审美经验的最完美的表达。这种审美经验巧妙地采用了歌颂上帝恩慈的保罗式定理：“看似一无所有，实则拥有一切。”审美经验逐渐把世俗的这一“似乎”推向深入，以致只有在弥留之际，期望才能与真实相遇臻于完美，否则就一定会大失所望。堂吉诃德对杜尔西内娅的完美爱情天长地久是因为他自始至终没有找到过她。在普鲁斯特的长篇小说《追忆逝水年华》中，每当期待的东西得以实现，爱情之火总会熄灭，而当嫉妒使人想象心上人为他人所占有时，爱情重又萌发。因此，普鲁斯特的《追忆逝水年华》同时也是这样一个地方，审美经验的期待方向改变了审美经验本身：被现实的无可弥补的缺陷所阻滞的期待可以在过去的事件中得到实现。这时回忆的净化力量有可能在追求美的过程中弥补经验中的缺憾。不妨说，审美经验在乌托邦式的憧憬中和在回忆的认识中都是同样有效的。它不仅设计未来的经验，而且保存过去的经验，以使那本不完美的世界变得完美。假如没有诗歌和艺术的光辉来美化过去的经验并垂诸青史，这经验就将在人类发展的进程中始终湮没无闻。

上述初步的考察已向我们表明审美经验的一些结构特征，它们主要通过交流和接受的态度诸方面表现出来。在转向讨论审美经验的生产方面以前，有必要将我们初步的讨论作个小结。在接受这方面，审美经验与日常世界的其他活动的不同处在于它特有的暂时性：它使我们得以进行“再次观察”，并通过这种发现来给我们的现实以满足的快乐；它把我们带进其他的想象世界，由此适时地突破了时间的樊篱;它预期未来的经验,由此揭示出可能的行动范围;它使人们能够认识过去的或者被压抑的事情,由此使人们既能保持奇妙的旁观者的角色距离,又能与他们应该或希望成为的人物作游戏式认同:它使我们得以享受生活中可能无法获得或者难以享有的乐趣;它为幼稚的模仿以及在自由选择的竞赛中所采用的各种情境和角色提供了具有典型性的参照系。最后,在与角色和情境脱离的情况下,审美经验还提供机会使我们认识到,一个人的自我的实现是一种审美教育过程。

注释

[1] 人们去观看如此众多而各异的大理石雕像,而不去阅读书本,他们通过注视这些独特的东西而不是通过沉思上帝的法则来把握整体。

[2] 参阅 M. D. 凯努:《12 世纪神学》(巴黎,1957 年);以及汉斯·罗伯特·耀斯:《中世纪文学的衰落和现代化,1956—1976 年论文集》,慕尼黑,1977 年,第 177 页以下。

[3] “还有,这种音乐应该给那些老人、工人和虚弱的人在工作之余聆听,以便让他在听到别人的悲苦和不幸后较为易于持续他们的生活,并更有活力地投入工作。”摘自 J. 沃尔夫的《约翰尼斯·德·格罗歇奥的音乐理论》,载《国际音乐协会论文合订本》第 1 卷,第 90 页。

[4] 达尼埃尔·普瓦利昂:《武功歌还是史诗?》,载《语言和文学专论》,第 10 期,第 2 号,斯特拉斯堡,1972 年,第 7—20 页。

[5] 转引自阿瑟·尼桑:《文学和读者》,巴黎,1959 年,第 19 页。

[6] A. 阿德勒(1975 年)用这一理论作为他的新探索的基本依据。这一新的探索不再把旧的法国叙事诗解释为历史的模仿,相反,阿德勒采纳了这样一个观点,即叙事诗可以把一种情况极度强化,从而得以认识某个问题及得到可能的解答。

［7］ 根据T.洛克曼:《人格同一性、社会角色及角色的距离》,载《诗学和解释学》第8期。

［8］ 摘自《死亡的经历》,载《新诗》。

［9］ 此说根据W.普拉承顿茨的说法;见第3期《诗学和解释学》,第604页。

［10］《情感教育》,安东尼·戈德史密斯的英译本(纽约,杜登出版社),第268页。

［11］《十一月》,R.杜麦斯尼尔编(摩纳哥,1946年),第70—71页。

［12］《忏悔录》,让-雅克·卢梭的英译本(伦敦,登特,1960年)。

［13］ 此说根据D.哈特的观点,参阅《语文学和实用哲学》(慕尼黑,1970年)。

［14］ 此书催促着他们;

我予他们以互爱之念。

他们一起朗读并学习,

开始理解爱恋的快乐。

在他们从学校回家的路上,

相互亲吻并拥抱。

(第229—234行)

［15］前言的结尾。克罗普斯托克的这一段落出自6月16日的信函。

［16］引自普莱斯奈:《本能和激情》,载《墨丘利》第25期,1971年,第307—315页。

［17］引自裘利斯:《文学讽刺题材的改编——骑士、牧人和小丑》,载《德国哲学文集》第6期(1923/33年),第293页。

［18］《德国哲学文集》第6期(1923/33年),第287页。

[19]“裘利斯以扮演荷兰干酪或十颗心的人们为例阐明这一点。在化装舞会上，不可能整夜扮演这些角色。而且由于这些角色丝毫不能引起令人向往的世界的联想而显得荒唐可笑。”

[20]布洛赫(1959 年)第 1 卷，第 108—109 页及第 21 章：“迷人的白日梦：帕米娜或作为爱情许诺的图画。”

[21]参见 L. 斯毕策尔(1959 年)，他表明行吟诗歌的意义是奥古斯丁诗句的倒转：“别离开家，真理常驻于你的灵魂中。”

(选自耀斯《审美经验与文学解释学》，顾建光、顾静宇、张乐天译，上海：上海译文出版社，2006：1—10)

伊瑟尔　文本与读者的相互作用

·作者简介·

伊瑟尔(1926—2007),德国文学理论家,接受美学的重要理论家之一,也是康斯坦茨学派的代表人物之一。生于萨克森州的马利恩贝格,卒于康斯坦茨。1953年获博士学位。1956年起执教于符尔茨堡大学。1963年任科隆大学英语文学和比较文学教授。1966年转至康斯坦茨大学。其1969年的力作《文本的召唤结构》与耀斯的《文学史作为向文学理论的挑战》一文同为接受美学的奠基之作。伊瑟尔的另一代表作是《阅读活动:审美反应理论》。他的理论被称为"阅读现象学"。其研究的重点是文学作品的文本与读者的关系和相互作用,以及读者在接受过程中的能动作用。

·阅读参考·

作为接受美学的创始人之一,伊瑟尔将注意力转向文本与读者的关系,强调阅读文学作品的关键在于作品结构与其接受者之间的相互作用,因此需要研究读者对文本的反应。关于作品和文本的关系,伊瑟尔指出,文学作品有艺术和审美两个极点,艺术的极点是作者的文本,审美的极点通过读者的阅读而实现。要把握作品必须考虑作者的创作技巧和读者的阅读心理之间的联系,伊瑟尔的目的就是探索二者相互作用的基本状况。他指出,读者和文本的交流是一个动态变化的过程,文本的被隐部分刺激读者的思维,促使其弥补空域,而其思维既受文本显露部分的制约,又能够改变显露部分。空域如何发生,又怎样控制读者的阅读行为?伊瑟尔指出,空域能使文本中相互作用的各部分组成一个参照域面,而读者能够在这些相互作用部分之间建立明确的联系。明确的联系建立后,具备有形结构的参照域面随之形成,读者在这一片刻集中注意的主题会变为背景,然后读者会被引向新的主题。

·原文·

文本与读者的相互作用[1]

阅读任何文学作品,关键在于作品结构与其接受者之间的相互作用。艺术的现象学理论往往把人们的注意力吸引到这一事实:研究文学作品不仅要考虑实际的文本(text),而且应以相等的精力去探索对文本作出反应时所产生的行为,其原因就在于这种相互作用。文本只提供"程式化了的各方面"[2],后者促使作品的审美对象得以形成。

我们可以从中归纳出文学作品有艺术的和审美的两个极点:艺术的极点是作者的文本,审美的极点则通过读者的阅读实现。显然,鉴于这种极性,作品本身既有别于文本,又不同于文本的现实化,而必须被置于二者之间的某一点。它的特征毫无疑问应该是真实的,因为它既不能被降低到文本中的现实,也不能被缩小为读者的主观态度。

而正是从这种真实性中，作品才得到了动力。当读者接触到文本提供的一系列景象，把这些不同的景象与形状相互联结起来时，他便使作品同时也使自己处于运动状态。

假如作品的实际位置在文本与读者之间，这一位置的再现当然是二者相互作用的结果。因此，把注意力完全集中在作者的技巧上，或读者的心理上，都无助于揭示阅读过程。这并非否定两个极点各自的重要性——简单地说，假如看不到二者之间的联系，就无法把握实际作品。我们可以运用单一的分析，但这种方法只是在二者处于传达者与接受者的关系时才有意义。在这种条件下才能预测一种共同规则，使精确的交流得以发生，因为信息的传递总是单一的。然而，在文学作品中，传递信息的方式有两种，即，读者通过组合“接受”信息。其间并没有共同的规则——至多只能说，共同规则可以在整个过程中产生。从这一假设着手，我们应该去探寻一种结构，以便对相互作用的各种基本状况作出描绘。只有这样，对作品中潜在的效果才谈得上有所领悟。

描述二者的相互作用并不容易，这多少是因为文学批评很少遵循一定的准则。当然，分析交流过程中的两个伙伴，即文本与读者，比起分析二者之间发生的行为较为容易。不过依然应该看到，有些条件在一般情况下能够控制相互作用，其中无疑有适合于读者—文本这一特殊关系的。如果对交流的结构做些心理分析，对由此显露出来的相互作用的种种类型做些简单的考察，或许能使这些类型之间的异同趋于明显。我们可以借助塔维斯托克派（Tavistock School）的理论发现，把这一问题移到中心位置[3]。

R. D. 莱恩在估计人与人之间的关系时说：“我或许不会像他人看待我那样看待自己，但我总以为他们采取了独特的方式，而我又总是以实际或虚设的观点、需要以及其他与我相关的态度在行事”[4]。所以，他人对我的看法谈不上“精纯”，只是理解的结果。这种对理解的需求来自人与人之间的经验结构。只要能理解人与人之间的行为，就会得到交往的经验；不过，我们自己对他人如何体验我们却毫无所知。

莱恩在《感受的策略》一书中继续展开这一思路。他说：“我无法知道你对我的感受，你也无从了解我对你的感受。我不可能感受到你的感受。你不可能感受到我的感受。我们彼此都是无形的人，所有人之间都是如此。所谓感受是某人对他人产生的隐匿性。”[5]然而正是这种隐匿性构成了人们之间关系的基础——莱恩称之为“无物”（no-nothing）[6]。“那真正的‘之间’（between）是无法用任何出现在二者之间的事物来命名的。之间本身即无物”[7]。因为我们好像知道同伴对我们的感受，并由此作出反应，所以，在人与人之间的关系中，我们依赖的正是这种“无物”；我们不断地就他们的观点形成自己的看法，进而开始行动，好像这些看法实际存在似的。这样，交往的基础在于我们不断地填补自己感受中的主要缺口。因此，动态的双向相互作用只是由于我们无法感受到对方的感受才会产生。而这种隔阂反过来又成为相互作用的动力。理解——这一基本要求就从中产生，并对整个相互作用的过程作出调整。没有哪种感受不带先入之见，换言之，不可能有精纯的感觉，所以，每种感受只是在经过处理后才有意义。可以说，双向作用的出现并不是自然而然的，而是基于某种理解的行为，后者将包括对他人的看法，当然也包含了对自己的估计。

阅读过程的相互作用与社会中任何相互作用的形式明显不同，主要由于阅读时不存在面对面的情景[8]。一篇文本不可能适合所有的读者。双向作用的两方难以相互感受；为了确认他们之间的不可感受的距离缩小了多少，他们可以相互提问。但读者永远无法从文本那里得知自己对它的看法是否精确。此外，双向作用是为特殊目的服务的，因此经常具有可变性，后者的作用犹如第三个相关的位置（tertium comparationis)。文本—读者的关系并不受制于哪种观点;恰恰相反,文本中能对相互作用作出调节的规则是零散不全的。首先必须重新组织这些规则,或者,在多数情况下,在树立任何观点之前,重新安排其结构。于是,以上的条件和意图体现了文本—读者关系与社会伙伴的双向作用关系之间的两大差别。

看来,正是这种不确定性和限定了的意图造成了文本—读者的相互作用,这又与双向作用有着密切联系。我们知道,社会交往起源于人们之间无法相互感受,而不是源于共同的环境或撮合同伴这一习俗。环境和习俗调节着克服隔阂时所采用的方式,但隔阂却从不可感受性而来。结果,隔阂成为交往的基本诱因。与此相似,这种隔阂,即文本与读者之间的基本不对称导致了阅读过程中的交流;共同环境和共同理论的缺乏与"无物"相对应,造成了人们之间的相互作用。不对称和"无物"都是空域(blank)的不同形式。空域是不明确的,但它有组合能力,构成所有相互作用的过程。动态的双向作用以及实际联系的出现会引起另一行为,消除文本—读者之间的不平衡。这便是为什么在涉及环境和共同理论时总得把先决条件界定清楚的原因。不过,文本与读者之间的不平衡是模糊的,而正是这一不确定性增加了各种交流的可能性。

要指望文本与读者的成功交流,文本必须通过某种方式控制读者的行为。控制既不能像面对面的情景那样具体,也不能像社会规则那样确定。确定的社会规则是为调节社会内部的相互作用而制定的。然而,能动的主导方式应该推动并控制阅读过程中的交流。我们不能把这种控制理解为一个于交流过程之外发生的明确的整体。尽管它通过文本得以施展,却并不在文本之中。V. 伍尔芙评论 J. 奥斯汀的小说时对此作过透彻的解释:

因此，作为一个女性，J. 奥斯汀的感情比表面显示的更为深沉。她促使我们去填补作品中的空白处。她所提供的显然只是一些琐碎小事，但它们却组成了一些事物，在读者的头脑里扩展。其形式构成了最有生命力的生活场景。人物始终受到重视。……机智多变的对话总使我们处于焦虑的悬念之中。我们的注意力一半集中在目前状态，另一半则被吸引到将来。……确实，在这部以下层生活为主要描写对象的未完成作品里，处处体现了 J. 奥斯汀的伟大动人之处[9]。

从浅显细小的情节中遗漏的事物，即对话中产生的空隙——这正是要读者以揣度去填补的地方。他被牵涉到事件中，以提供未言部分的意义。所言部分只是作为未言部分的参考而有意义；是意指而非陈述才使意义成形、有力。而由于未言部分在读者想象中成活，所言部分也就"扩大"，比原先具有较多的含义：甚至琐碎小事也深刻得惊人。V. 伍尔芙谈到的"有生命力的"生活"形式"并不显露在印刷后的纸张上，乃是文本与读者相互作用后的产物。

文学中的交流是一个被置于动态并受到调节的过程，其动力不是一种既定法则，而是一种处于内在与外在、隐蔽与显露之间的，既能控制又能扩张的相互作用。被隐部分刺激读者的思维，这思维又受显露部分的控制；当内在部分被揭示后，外在部分随后也得到转换。只要读者弥补了隔阂，交流便即刻发生。隔阂本身的功能就像是一个枢轴，整个文本—读者的关系围绕其转动。于是，文本中结构上的空域促使读者按文本的范围开始形成观念。不过，文本系统中还有一处能使文本与读者相聚。它被阅读中产生的各种否定打上标记。空域和否定各自以不同的方式控制着交流过程：空域为情景之间的联结留有余地，使读者对这些景象和情状作出调整，换言之，它们诱导读者在文本中进行基本活动。各种否定形态激发起明确的、为人们所熟悉的因素或知识，目的是剔除它们。然而被剔除的成分依然可见，于是使读者对熟悉、明确的因素及知识的态度有所改变，换句话说，他是被领到一个与文本相关的位置的。

为了突出交流过程，我们将把讨论限定在空域如何发生，同时又怎样控制读者的行动这一范围。空域指的是文本中各不同部分和形状应该互有联系，尽管文本自身未作如此说明。空域是文本中不易察觉的联结点，它们在划出各个部分的要点和场景时，也在怂恿读者形成自己的看法。结果，当各个要点和场景被联结后，空域也就“消失”了。

要想把握住无形结构，即那个调整，而不是组成各部分间的联系，甚至是意思的无形结构，我们必得记住各种不同的形式。在阅读过程中，文本的各个部分就是通过这些形式呈现在读者所持的观点面前的。其中最基本的形式通过故事情节得到表现。情节线索会突然断开，或朝始料未及的方向发展。一个叙述部分围绕着某特定人物，然后突然通过新的人物得以继续。突兀的转变通常由新的章节表示，因此有明显的痕迹；然而，段落的目的与其说为了分割，不如说是暗中要读者找出缺少的环节。此外，在每次有机的阅读中，作品场景只有某些部分呈现在带有不定观点的读者眼前。

为了更完整地认识其中的含义，我们应该牢记，叙述体式的文本由许多场景组成。它们概括了作者的观点，也为读者复原其形状提供了途径。一般说来，叙述中有四种主要场景：叙述者的，人物的，情节的，以及虚设读者的。其中尽管有主次之别，却没有一种能与文本的含义一致。后者必须通过读者在阅读中不断对它们进行交织之后才能产生。随着文本中每一场景的进一步细分，必然会引起空域的增多。于是，叙述者的场景便经常被分为潜在的作者部分以及与此相对应的作为叙述者的作者部分。主角的场景可以与配角的场景相对。

虚设读者的场景又可分为他应有的明确位置和这位置要求他采取的模糊态度两种。

由于读者的观点游走于各个部分之间，在阅读的时间流（time flow of reading）中不断转变的观点会把各个部分缠绕在一起，进而构成一个总体场景。其中的每一场景不但有助于打开其他场景的视野，而且对理解作者想象中的对象也有帮助。因此，文本中的单个场景无法与想象中的对象相提并论，前者只是后者的一个方面。对象自身是作品各部分相互联系的产物，其结构的形成在很大程度上受到诸多空域的控制和调节。

为了解释这一运动过程，首先应对空域的功能作系统的描述，然后试图举例加以说明。阅读时间流中，各场景的组成部分开始聚集，显得不同于先前的部分。所以人物、叙述者、情节与虚设读者等场景的各组成部分不仅被列入等级的顺序，而且相互反映。空域作为各部分之间的空间使这些部分得以联结，于是为读者的游动观点组成一幅幻景。只要有两个以上相互联系相互影响的位置（position），就足以构出一个参照域面（referential field）——理解的过程各不相同，但在所有的过程中，它是最小的组合单位[10]，也是游动观点的基本组合单位。

空域在结构上的第一个特征在于它能够使文本中相互作用、相互反映的各部分组成一个参照域面。这样，域面中呈现出来的各部分在结构上有着相等的价值。经过联结，各部分之间的异同更为明显，引出有待解决的紧急情况。因为就像安海姆在涉及面较广的著作中指出的，“第三维数的作用之一就是解决事物在第二维数中遇到的麻烦”[11]。参照域内的各部分具有一个共同框架之后，第三维数出现。这共同的框架使读者将各种异同联系起来，最后把握各种作为联系基础的形态。但这一框架也是一个空域。它要求通过形成一个观点得到填充。看来，读者观点这方面的空域好像已经移动了位置。开始时，它是各部分场景之间的空白空间，暗示其可联性，进而把它们组成许多相互影响的反映体。但随着可联性的出现，空域作为包容这些相互作用部分的未成形框架，使读者得以在它们之间建立一种明确的联系。从这一位置的变化中，我们已经能够推断，空域在所有行为中行使着重要的控制权，而这些行为是出现在游动观点的参照域之内的。

现在我们谈谈空域的第三个，也是最有决定性的功用。一旦各部分之间建立起明确的联系，一个构成特定阅读过程、具备了有形结构的参照域便随之形成。我们知道，通过使一个观点在各部分场景间往返游动，各部分就会在参照域内进行组合。每一特定的阅读片刻中，观点所集注的某个部分会形成一个主题。这一片刻得到的主题成为背景，在它的衬托下，下一个部分开始具有真实感，以此类推。某个部分形成主题后，先前一部分与它在主题上的联系[12]不复存在，而转到次要的，不具有主题性质的位置。读者往往占据这一位置，由此把注意力集中在新的主题性的部分。

在这种联系下，把次要的或平面的位置界说为空白（vacancy）而不是空域或许更合适些；空域指文本中暂缓的可联性，空白指变动观点的参照域中的非主题性部分。由于空白决定了读者对新主题的态度，新的主题反过来又决定他对先前主题的态度，这些空白便是建立审美对象所需要的重要引导途径。不过，这些修整并非为原来的文本所固有，它们将通过读者观点的形成而实现。因此，这些空白通过互相修整，使读者把这些部分组成一个域面，使各个域面形成自己的位置，确定每一位置与阅读进程中前后位置的关系。阅读进程最后通过整个变化着的主题与背景的关系，把各场景置于文本的审美对象之中。

让我们举例说明在变动观点的参照域中空白是如何激发并控制

各种情感活动的。我们先看一下菲尔丁的《汤姆·琼斯》，尤其是其中人物部分，比如主角与配角的场景。菲尔丁通过保存并组合18世纪流行的思想体系和社会体系，把它们作为控制小说关键人物的规则，实现了刻划人类本质这一目的。一般而言，这些规则是按较为明显的对立矛盾的形态安排的；奥尔沃西（仁慈）与斯夸尔·韦斯顿（激情）相对；这种现象也体现在两个教师斯奎尔（事物的永久合理性）和瑟肯（人类思想乃罪恶的渊薮）身上。他们同时又与奥尔沃西相对立，等等。

这样，在单个情景中，主角与主张宽容的道德、正统的神学、自然神论哲学、18世纪人类学及那个世纪贵族统治的规则联在一起。人物场景中的对立和差异引起联结点的出现，后者使主角与规则相得益彰，单个情景也通过联结点组成一个参照域。主角的行为无法纳入规则，规则却通过情景的顺序缩小到人类本质的具体表现。不管如何，这已经要求读者自己作出评判，因为文本很少提供类似的综合，尽管它们在主题—背景的结构中有所预示。主配角之间不断产生的差异导致了一系列位置的变化，每一主题失去了相应的联系，但依然在背景中影响并界定后来的主题。无论什么时候，主角触犯规则——他时常如此——所引起的情景可由一到两种不同的方式来判断：或者规则严厉地控制人类本性，在这种场合，我们便从主角的立场去观察主题；或者这种触犯说明人性的不完善，在这种情况下，规则便决定了我们的观点。

以上两种情况有相同的结构，即两个相互作用的位置转化为一个明确的意思。对那些代表某一规则的人物，尤其是奥尔沃西、斯夸尔·韦斯顿、斯奎尔和瑟肯来说，解释人类本质用的是同一个原则，因此所有与这一原则相悖的可能性都被否定了。不过，当被否定了的可能性影响事件的发展，使原则性暴露出其局限时，规则便以不同的面目出现。人性中显而易见的消极因素似乎在与此原则对抗，对其局限性表示出相应的怀疑。

由于这种规则否定了其他可能性，它实质上引起了人性的多样化。这种多样化以明确的形式表明规则是对人性的限制。现在，读者的注意力不在规则所代表的人与物，而是集中在遭它排斥的事物身上。因此，从那些被规则否定了的可能性所遮蔽的事物中，包括人性整个范围的审美对象开始产生。这样，规则本身的功用已经改变：它们不再作为 18 世纪思想界盛行的调整者，却意味着被它们压制的人类经验之总和。其原因在于，身为严格的原则，它们不能容忍任何修正。

任何时候，只要规则是突出的主题，而主角的场景仍是决定读者观点的背景，这类转变就会发生。然而一旦主角成为主题，而配角的规则修正读者的观点，他好意的自发性便弱化了冲动的本性。于是，主角的位置也已改变，因为它不再是我们判断规则的出发点；相反，我们看到，再好的意图如果失之慎重，也会付诸东流，假如自发性想获得自我保存，它必须谨慎行事[13]。

由主题—背景相互影响而产生的转换是与参照域内空白的变化着的位置紧密相连的。一旦主题被把握，为先前部分的边缘位置所限定，反馈就必然产生，接着倒过来修正读者观点所要发挥的主要作用。相互转换具有诠释的性质，尽管我们自己没有意识到观点的变动和相互制约所引起的欣赏过程的变化。在这意义上，空白把游动观点的参照域变成了一个自我调节的结构，也证明后者是文本与读者相互作用之间最重要的环节，并使文本各部分的相互转换避免过于武断。

归纳起来，虚构式文本中的空域诱导了读者的组建行为。文本场景与场景各部分之间的联系表现出来的悬宕说明，需要有个对应物使各部分转为相互反映的事物，后者进而把读者游动的观点组成一个参照域。域内参差不齐的各部分场景之间发生的紧张状态被主题—背景结构所瓦解。这个主题—背景结构使读者的观点通过其立足点占据那无主题的位置，集中于作为主题的某一部分，并加以把握。这些无主题的位置仍在背景上衬托出新的主题，制约并影响着这些主题，同时也受到它们的反影响。因为只要每个主题隐入后继主题的背景里面，空白便即刻转移，使相互转换得以发生。由于空白的结构为阅读时间流中的位置顺序所决定，读者的观点不可能随意发展；无主题的位置总是从有所选择的理解这一角度发挥作用。

需要强调以下两点：(1)为了解释文本与读者相互作用时所围绕的枢轴，我们对空域结构的叙述是抽象而略呈理想化的；(2)空域的结构特征各不相同，又互相吻合。读者填补文本中的空域，然后建立参照域面；其中出现的空域又以主题—结构的方式被填补；各并列主题与背景中产生的空白由读者的立足点占据，由此出发，各种相互间的转换引出审美对象。概括后的结构特征使空域迁移他处，以便使判断进入变化中的空白，后一步乃需读者的组建行为来完成。从这层意义上看，变化中的空域画出了受自我调节过程引导的游动观点所要经过的途径，而在这个自我调节过程中，空域结构的各种特征互相交织。

现在，我们需要更精确地界定读者介入文本的实际含义。假如上述行为大部分是由于空域才产生的，那么，介入指的不仅仅是要求读者使文本中的位置“内在化”，而且指诱引他促使这些位置相互作用并转化。结果，审美对象出现了。空域的结构组织了这一介入，同时显示出这一结构与阅读主体之间的密切联系。皮亚杰的论断十分适合于这种联系：“简而言之，主体活生生地存在着，因为结构的运动本身就是它的基本特征。”[14]虚构文本中的空域是典型的结构；其功能包括激发读者进行有组织的思维，后者使文本中各个位置的相互作用成为有意识的行为。在阅读时间流中，变动的空域导致一系列相互冲突、相互制约的意象。被丢弃的意象在后继意象上打下印记，尽管后者旨在解决前者的不足。从这点看，众意象在一个过程中相互攀附，而正是通过这一过程，文本的意思才在读者的想象中获得生命力。（程介未译自《文本中的读者》，S. R. 苏勒曼与 I. 克罗斯曼编，普林斯大学出版社，1980）

注释

［1］本文一些观点的详细阐述，可见我的《阅读行为：审美反应理论》（约翰·霍普金斯大学出版社，巴尔的摩，1978）一书。——原注。

［2］见《文学的艺术作品》，罗曼·英加登著，G. 格拉博韦克茨译（伊万斯顿，Ⅲ，1973），第 276 页起。——原注。

［3］见《人与人之间的理解：研究理论与方法》，R. D. 莱恩和 H. 菲利普森著（纽约，1966）。

［4］同上书，第 4 页。

［5］《感受的策略》，莱恩著（哈蒙茨沃斯，1968），第 16 页。

［6］同上，第 34 页。

［7］同上。

［8］另见《相互作用的仪式：论面对面的行为》，E. 戈夫曼著，（纽约，1967）。

［9］《普通读者：第一辑》，V. 伍尔芙著（伦敦，1957），第 174 页。在这层意义上，伍尔芙对自己小说中人物塑造的评论也很值得注意。她在日记中写道："我在兴奋地考虑阅读与写作问题，因而没有时间描绘我的计划。我应该细细谈论《小时》以及我的发现：怎样在人物背后挖掘出美丽的洞穴——我认为那便是我所期望的；人性、幽默、深度。问题在于这些洞穴应该联接起来，立即显示出各自的本来面目。"

(《作家日记：V. 伍尔芙日记摘选》，L. 沃尔夫编，伦敦，1953，第60页。)

[10]《意识的领域》，A. 古维奇著(匹兹堡，1964)，第309—375页。

[11]《艺术心理学试论》，R. 安海姆著(柏克莱与洛杉矶，1967)，第239页。

[12] 关于变化中的关系和被放弃了的主题关系这一问题的讨论。见《关系问题》，A. 许茨著，A. 贝耶尔译(莱因河畔法兰克福，1970)，第104页、145页起。

[13]《汤姆·琼斯》(Tom Jones)，菲尔丁著，卷三，第七章；卷八，最后一章(伦敦，1962)，第92，427页。

[14]《结构主义》，J. 皮亚杰著，L. 哈夫林格译(奥尔滕，1973)，第134页。

(选自伊瑟尔《二十世纪西方美学名著选(下)》，蒋孔阳主编，上海：复旦大学出版社，1988：507—518)

费什　读者中的文学：感受文体学

·作者简介·

费什（1938—　），当代读者反应批评的重要理论家。他生于美国罗德岛，1959 年毕业于费城宾夕法尼亚大学，1962 年以博士论文《约翰·斯克尔顿的诗》获耶鲁大学博士学位，曾执教于杜克大学等美国高校。费什出版有《为罪恶所震惊：〈失乐园〉中的读者》（1967）、《这门课里有没有文本？：解释团体的权威》（1980）等。费什的读者反应批评在西方产生了较大影响，他的“意义即事件”“解释团体”“反理论”等提法都具有独特的内涵。

·阅读参考·

《读者反应批评：理论与实践》是费什的一本论文集，其中《读者中的文学：感受文体学》一文较为集中地体现了他的文学批评观，即所有文学作品在某种意义上都不能排除读者的参与，因此文学分析的客体应是读者的阅读体验，而不是文本本身。本书选择其中一个小节，题为“感情谬误之谬误”，在这一部分费什表达了对一些异议的看法。他强调了文本的客观性是一种幻象，书并不是一种静止不动的客体，在阅读过程中，读者和书一起运动着，阅读作为一种活动才是客观的存在。因此文学分析应该引向行为的原发地，即阅读经验中读者主动的意识。费什指出，阅读是一个事件，对于读者的理解而言，语言的深层结构和表层结构都很重要。费什所称的读者是具有一定思维能力和知识的理想化的读者，他们拥有理解文本所需要的语言能力和文学能力。这种读者既不是抽象的，也不是现实生活中存在的，而是混合型的。每个人都可以成为这样有知识的读者，他们的知识是由各自的政治、文化、文学等基本因素决定的。

· 原文 ·

感情谬误之谬误

在本节之前，我曾讨论了把注意力的中心放在读者而不是作品本身的分析方法，我将在本篇论文的最后部分针对此方法所持的若干明显的异议表明我的看法。当然，其中最主要的一种反对意见是情感批评使读者远离了“事物本身”的整体性，从而只专注于研究处于变化中的各种类型的读者对作品所产生的不完整的印象。这种观点涉及了论题的多方面，因此，对其所作出的回答也必须不是单一的。

首先，我希望，我在前面对一些例句的分析也有助于回答被批评者指责为印象主义一类的问题，如果有什么必须说明的话，我认为，这一分析方法所必须的以及由此产生的千差万别，即使对于具有高度分析能力和鉴赏趣味的人也不会失去其吸引力。其主要原因在于在使用反应这一批评术语时，我不仅涉及“眼泪，针刺般的感觉”（tears, prickles）和“其他心理征兆”[1]，而且还把参与阅读过程中的所有一切极其微妙精细的思维活动亦纳入其中，诸如完整思想的形成，使判断行为得以实现(或者作出判断后又感到遗憾)，逻辑顺序的承前启后及形成；也包括由于我强调阅读经验中所承受到的愈来愈大的压力，从而使对一个词或一个短语所作的可能性的反应受到限制等。

不过，另一主要问题仍有待回答：如果读者的反应能以某种程度的精确性被加以描述，为何要对这些反应花费笔墨，因为文本的客观性如触摸一件实体垂手可及(诗歌本身作为一种特殊批评标准对象已倾向于消失)。对这个问题我的回答并不深奥。文本的客观性是一种“幻象”(illusion)，而且是一种危险的幻象；恰恰是因为作为实体，它的客观性无庸置疑。这是一种具有自足性和完整性的幻象。一行字、一页书是一种确实的存在——可以被触摸，被拍照，或者放置一旁——它似乎成了我们与之(it)相联系的一切价值和意义的唯一贮藏库(我原本不打算在这儿使用代名词“it”，但正是“it”以一种方式说明我的观点)。这自然是指隐藏在“内容”(content)一词中的那未能言明的、并不能确定的内含，是一行字、一页书或一本书所能容纳(contains)的一切。

活动艺术(kinetic art)的突出优点(在我看来)在于，它迫使读者意识到，“它”(it)是一个并非固定不变的客体——在这个意义上，这个“客体”与其说存在着倒不如说什么也不是——因此，读者同时会意识到自己也在相应地处于变化之中。活动艺术由于不愿处于静止状态，也同样不让读者静止，因此拒绝对它作出静态解释的任何企图。在其活动过程中，活动艺术所要求于观察者的不是其他而是使它现实化。文学是一种活动艺术，但是它表现出的具体存在形式却妨碍我们把它的实质看得一清二楚，尽管我们确实已经对这种实质有所感受。随手可及的一本书，在书架上确实存在；还有图书馆目录上的书名——所有这些客观事实都会使我们容易把它看成是一种静止不动的客体。

而且把一本书放下时，我们会忘记在读这本书时，它(it)却在一直运动着(翻动书页，一行一行字在眼前消失)，于是我们也就忘记了我们(we)同它一起在运动着。

认为"诗歌本身，作为一种特殊判断标准倾向于消失"的这种批评观使这种忘记经验发展成为一条规则；把时间经验转移为空间经验；它可以向后运动，在瞬间便可把读者只能逐一地、逐时地了解到的(如果他真能如此)的一切(一句话，一页，一部作品)置于眼底。这是一种把作为人工制造物的作品(artifact)的有形存在的各方面纳入自己研究领域的批评观。这种批评方法在作品的有形范围内，界定出开始、中间以及结尾部分；发现它们的频率分布，寻找意象模式，用图解的方式确定其层面的复杂性(当然是立体的)。这样做时，这种方法甚至并不考虑以上诸因素同它们表现出的情感力量之间的关系(如果确有这种关系存在)。这种批评之所以受到质疑在于它关注的是什么东西成为作品的一部分，而不是作品置身于什么之中。它是一种"客观性"的批评，但其客观性却迷失了方向，因为它完全忽视了阅读作为一种活动才是一种真实的客观存在。对行为本身以及正在发生的事所进行的分析才具有真正的客观性，因为它承认流动性，即意义经验的"运动性"，也因为这种分析引导我们通向行为的原发地——阅读经验中读者主动而且一直在活动着的意识。

但是这个读者是谁？我在谈"读者"的反应时，是否果真仅是谈我自己，使我成为千百万人中并不是我的任何一个读者呢？对这个问题的回答是既肯定又否定的。我们之中的任何两个人就反应机制而言，绝不可能完全相同。在这个意义上的所谓反应，当然是指作为读者的我的反应；但也有人说，由于每个具体的个人都同另一个人截然有别，不可能有完全相同的、一致的反应。因此，我对作品的反应便只能是我的而不能代表任何其他特定的读者。正是基于此，这种方法同现代语言学，特别是“语言能力”(linguistic competence)，即“有可能对每一个说话者所共同运用的语言体系加以规范化的观点”[2]不谋而合。这种规范倘若果真可行，必将是一种或多或少同内在机制相一致的“能力模式”，其内在机制允诺我们去处理(理解)和制造那些我们以前从未遇到的句子。就此而言，它将是一种空间模式，能够说明一种已经存在着的规则体系，确实可能使任何实际的语言经验纳入其体系。

对我来说，这种模式的重要之处在于它同具体的反应问题密切相关。倘若使用同一语言的人遵守一套每一个人都使之内在化了的规则体系，那么，在这种意义上，每个人的理解力就将趋于一致。这就是说，理解会在讲这种语言的人所共同接受的规则体系范围中进行。然而，这些规则又制约着语言生产品——它们在“正常”“异常”“不可能”之类的话语之间确立设置界限——也必然会限制反应的区域甚至方向；它们将在某种程度上作出可以预料的或者规范的反应。所以，我们对语言学著作中所使用的这种惯用语：“每一个讲本国语的人都会明白……”并不陌生。

对反应所产生的“有界定作用”的另一限制是继卡兹(Katz)和弗多尔(Fodor)之后，由罗纳尔德·沃德霍(Ronald Wardhangh)进一步提出的，被称之为“语义能力”的东西。所谓“语义能力”不应仅被看成是一套抽象的规则，而是决定选择乃至反应的可能性的语言经验的储藏库。沃德霍这样认为：一个讲话人的语义知识，同他所具有的句法知识相比，决不是杂乱随意的……因之，有必要考虑为语义知识设计出在形式上同样可适用于体现句法特点的一套规则。这一套规则应该怎样组成，它所要确切说明的问题在很大程度上仍尚未明确。这套规则最低限度应该阐明某种规范的特点，不只是某种语义知识，还要包括在设想的情势下，这种语言的设想使用者可能表现出的语义知识——简言之，这一套规则所要给予说明的将会是一整套与英语语义相关的事实，是所有讲英语的人业已内在化了的，而且能够在新的组合中借助于解释性的文字得出某种结论的语义知识。一个人听到或阅读一个新的句子时，正是依赖于他的句法和他的语义知识，他才能明确这个句子的意义。语义知识使他知道每一单个的词汇意义何在，如何使这些意义组合在一处，使之彼此和谐共存。（第 90 页）

随之而至的描述可以被认为是对这种体系的说明。使用该语言的人已经将这套体系内在化，而且借助语义知识对句子作出解释。（第 92 页）

沃德霍承认“随之而至的描述”与其说是同业已内在化的这套体系等同，倒不如说与之相似更为合适；但他却坚持说“真正重要的是贯穿于全部努力中所涉及的若干原则，这一原则应当以一种尽可能明晰的方式将一个成熟的听者或读者在其理解过程中所必须的语义知识具体化。而这种知识正是读者理解这一实际行为的基石”（第 92 页）（有趣的是，这种原则颇能说明威罗姆·燕卜荪在《复杂词汇的结构》一书中显然不能系统化的观点）。语义和句法这两种系统知识的互相渗透，也自然会使反应的范围有可能受到限制（即使之成为可以预料的而且规范的），因此，批评家（正像我已经这样做的那样）能够对所有具有这两种能力的人所等同适用的阅读经验加以描绘。但问题在于，目前我们还未能确定这些系统。句法模式正在构建之中而语义模式很难认为已经被创立。（事实上，我们所需要的并不只是一种模式，而是若干模式，因为“一个成熟的……读者，在理解过程中所必需的语义知识在不同的年代和时期并不相同”[3]。）不过，我们知识的匮乏不应该阻碍我们在目前了解的知识的基础上去进行大胆的或许是冒险的分析。

我曾经在前面这样描述我的方法：“当词语在具体的上下文中承

前启后出现时，就读者对词语所做出的逐步反应进行分析。”现在务必清楚指出的是，这些不间断逐步产生的反应发生在这些（或其他）“有制约性的”和有组织作用的能力机制内。这些能力机制应该在实际的语言经验获得之前形成。继诺姆·乔姆斯基[4]之后，大多数心理学家和心理语言学家都强调理解的过程并不只是以线形（一次性）的方式进行的[5]。这一观点正如沃德霍指出的那样，这“句子并不仅仅是由从左向右的成分所组成的”。他继而说，“句子之所以能被理解并不是把第二个词的意义同第一个词的意义相加，第三个词的意义同第一、第二个词的意义相加，如此下去而得到的”。（第 54 页）简言之，在句子本身之外的某种东西，或者说某种存在于句子的参照系统（frame of reference）之外的东西必定在对读者的按词与词的连接顺序经验起着调整作用。[6]在我的分析方法中，时间流（temporal flow）是由读者自己所具有的一切知识，以及他的能力所控制和组织的。词语从左到右连接成一条具有时间意义的词语线，它们同读者的上述知识能力会相互作用，正是基于这种种考虑，我才能够描绘和表现这种不间断的反应。

不过，仍需指出的是，我认为反应，特别是意义反应所确定的范畴已超出了转换语法学家所能同意的界限。他们认为，理解是深层结构的一种感受功能。在一些语言学家的著作里，有一种倾向已初露端倪——把表层结构，即具体句子存在的形式——贬低为一种毫无价值可言的外壳，或者说覆盖物，视为应该被割去的，或者刺透，甚至扔掉的一层赘生物，其目的是为了保护表层结构之下的内核（深层结构）。于是，乔姆斯基把表层结构描绘成“引入歧途的”（就理解而言）和“不能表示意义和信息的”[7]观点便不难理解，而且他还坚持认为（最近已有所改变）只有深层结构才能决定意义。沃德霍也同样写道，“每一表层结构之所以能被解释必须参照其深层结构”，（第 49 页）而且，倘若

“句子的表层结构为这个句子的解释提供线索，这种解释本身得依赖于对这些线索的正确处理，以便对深层结构中的各种成分及相应关系进行重新组织”。这样一来，所谓“正确处理”——进入深层结构，从中提炼出其深层意义(extraction of deep meaning)——便成了唯一的途径，所以凡有碍于这种进入深层结构行为的因素虽然可以被考虑，但却不起决定性作用。毕竟，线索有时候不能指明正确方向因而会导致“错误”。“例如，有时我们在会话和文本中期待着某些词语的出现，但结果却发现这种期待令人失望；有时我们并不把某个句子读完，因为我们以为我们已经知道将如何结束……许多学生在阅读中之所以犯错误，也正是因为他们在对句子的这种处理过程中采取了不适当的策略”。(第137—138页)然而，就我对阅读的理解而言，这些错误也就成了语言意义的一部分。当然，深层结构理论家们会拒绝承认，意义的歧义可以在表层形式(结构)中寻觅。正是基于此，理查德·奥赫曼(Richard Ohmann)的著作在我看来不无缺陷，他确实重视时间流，但是时间仅仅是因为它有助于他能在时间流之下发现深层结构——所以，他才认为，深层结构才真正着实重要。

当然，最关键的词是经验。沃德霍认为，阅读(一般意义上的理解)是一种去芜求精的过程，“要求读者的是从他面前的书页中获取意义”。(第139页)对我来说，阅读(一般意义上的理解)是一个事件，其中的每一部分都不能被抛弃。在这个事件发生的过程中，深层结构对于意义的具体化(或者说实现)至关重要，但它并不能代替其他作用，因为，我们并不是仅仅从深层结构而是根据及时地展开的表层结构与不断地检查表层结构这两种行为之间的关系来理解的；后者有助于我们对深层结构自身所揭示的东西加以反映(通常要依靠表层结构)；当这种过程最后结束，这一深层结构被认识时，一切“错误”——由于还缺乏完整的论据，对于未能具体化的深层结构所作出的论断——绝不能被忽视。这些错误作为经验已经发生；它们已经在读者的思维行为中存在，所以便具有意义（显然，我们对“Nor did they not perceive the evil plight”这一句的阅读经验便是如此）。

这一切最终又回到了先前的那个问题：谁是读者？显然，在我的分析方法中，这个读者是具有这样一种思维能力的人，是一个理想的，或理想化的读者，同沃德霍所说的“成熟的读者”或者弥尔顿所称的“有资格的读者”（fit reader），有某种相似之处。或者按照我的术语，这种读者是有知识的读者。他们须符合以下要求：（1）能够熟练地讲写成作品文本的那种语言；（2）充分地掌握“一个成熟的……听者在其理解过程中所必需的语义知识”，包括词组搭配的可能性、成语、专业以及其他方言行话之类的知识（亦即作为适用语言的人和作为语言的理解者所具有的经验）；（3）文学能力。这就是说，作为一个读者，他在将文学话语的特性，包括那些最具有地方色彩技巧（比喻等手法）以及全部风格内在化的过程中，具有丰富的经验。如果承认这一理论，那么其他批评派别所关注的一些问题——风格体裁、规范性、知识背景等——必然会在潜在的和可能的反应的意义上被重新加以界定。由此出发，将有助于理解读者所期望的有关“史诗”这一概念的意义和价值以及使用古语或其他诸如此类的问题。

这样一来，我所说的接受这些反应的读者便是某一类有知识的读者，既不是抽象的，也不是现实生活中存在的，而是一种混合类型的读者——这种读者（比如我）应竭尽全力成为有知识的读者。这就是说，有若干理由使我能够把我的反应看成是“这类”读者的反应，因为这些反应是由置身于我自身之上的约束所限制的，而正是基于这种方法的可能性和实施行为才使我感受到某些约束：（1）自觉地努力以便成为有知识的读者，使我的思维（头脑）成为特定的文本所能激起的（潜在的）反应的贮存库；（2）尽可能不断地压制我的反应中的那些带有个人的、异质性的，或者本世纪70年代特色的因素。简言之，有知识读者的行为在某种程度上，必然会受到把他作为一个控制物的这种方法的限制。如果我们每个人都善于作出反应，而且不去自觉意识，在适用这种方法的过程中，便都可以成为有知识的读者，也必定更加自信地成为我们自身阅读经验的报道者。

自然，有人会指出，迄今为止我还没有对唯我论(solipsism)这一指责作出回答，只不过在对一种唯我论的程序进行阐述而已；但是这一种指责无足轻重，如果未能提出另一种更好的方法模式。现在常被提出的一种方法是把作品当作一种实在的客体；但是正如我在前面所阐述过的那样，其客观性是一种非真实的、给予假象的自我证实。我想要说的是，我情愿肯定一种已被承认的但却是被制约的客观性，而不要那种最终仅成为幻象或假象的客观性。

我的方法在应用过程中显然具有鲜明的历史感。批评家的责任不仅仅是作为一个有知识的读者，而应该代表众多有知识的读者，他们之所以有知识是由他们各自的政治、文化和文学等基质诸因素所决定的。对弥尔顿和惠特曼来说，能够被称为他们作品的有知识的读者必定会有所区别，虽然惠特曼的有知识的读者未必不能理解弥尔顿。有知识的读者所具有的这种多元基质表明，他们的审美观千差万别，或者说没有同一规范的审美观。一种能够对反应作品(有结构意义的)描述的分析方法本身便确立了一种操作标准。现在的问题并不是这种方法到底有多少优点，而在于这种方法如何运作；而问题和答案取决于局部条件，包括反映地方特色的局部文学价值观念。

由此而引起的一个问题是把读者的这种有差异的文学观念，作为可能引起反应的基础。如果一个读者并不赞同一部作品所要表述的要旨，他是否有可能对作品作出充分反应？韦恩·布思曾经这样提出问题："然而严肃的天主教徒或者是坚定的无神论者，不论他们是如何敏感，如何宽容不变，在学问上如何孜孜不倦，而且对于弥尔顿的信仰观如何理解，他们是否真的可能像一个弥尔顿的同时代的人或者同弥尔顿有等同信仰的，而且是有同样智力和敏感力的人那样去欣赏《失乐园》呢?”[8]我的回答是否定的。有一些信仰不可能在突然间改变或出现。这是否意味着由于《失乐园》所要求的是局限性较为狭窄的(即“合适的”)读者，所以《失乐园》的价值并不那么重要呢?除非我们会赞同这样一种普遍永久性的审美观，其审美价值因某种方式同读者的数目密切相关，要求读者能够不受制于局部关系，具有最充分地感受作品的经验;否则，以上观点便无法成立。我的方法并不承认这样的审美观，因而也否定由此来确立其价值。事实上，我的分析方法并不以评价为宗旨，而倾向于对作品进行描述。由此出发，我们便很难断定，对作品描述的结论是这部作品比另一部作品好，或者甚至作出某一作品是否好坏的判断。最重要的一点在于，我的这种方法拒绝把文学作品本身作为文学来评述，也不允许认为文学作品同广告、布道文，或者宣传品，甚至“娱乐性作品”毫不相干。文学作品作为一种报告，其目的在于描述一种(非常复杂的)刺激——反应关系，并不为我们提供区分文学效果或其他效果的手段。也许对于区分其相互关联各组成部分是个例外;在我看来，没有任何人会接受这样一种“秘方”，并试图以此来区分文学的论点。一些人会认为，这似乎正是我的方法的致命性局限。这一看法非常及时，因为，在我看来，我们很久以来都一直在试图得出一种区分文学和普通语言的结论，但并未取得令人注目的进展。如果我们明白“语言”、语言的组成因素，以及语言的作用，我们就会更好地理解与语言类似或接近于它的其他范畴。我的方法并不以试图推断文学的优越性作为出发点，也不以肯定其优越性作为终结。在我看来，这一事实正是它理应备受重视的最有说服力的一个方面。

这并不意味着，我不进行任何评述，为分析之用而选择的文本本身足以表明我自己持有严格的等级观念。一般说来，我所感兴趣的是那种使读者用自己习以为常的思维模式和信仰模式也难以可靠地理解的作品。我认为，在这种选择的基础上有可能建立一种价值标准——并以此为尺度得出结论；最难以确定的文学经验将是最好的经验（也许，文学之所以是文学正在于它困扰我们个人的以及在语言上的自信感）——不过，使用这种标准的结果将反映个人的心理需要，并不反映一种普遍存在的审美趣味。

对我的方法另外所持的三种不同看法也值得一提，在我上课时，也常常有人提出来。如果我们把文学的或者其他种类的话语，当作达到某种目的的手段，这岂不是太过于强调作品的生产者——作者的自觉控制的能力了吗？我倾向于用未经证明的假定来回答这个问题，有意地选择那些最足以表明控制作用的文本（我明白，这种选择原则上对于精确分析学批评家来说毫无意义，实际上，也不可能）。如果确实要我作答，暂时撇开我本人对这种分析方法的使用不谈，我认为，这种分析方法既不必设想事先会有某种控制，也不必作出有何种意图的假定。我们能够分析某种效果，但往往并不关心这种效果的发生是否偶然或有意（不过，当我读笛福的作品时，我却总是不免用这种方式去思考）。除非作品本身就已经作出了这一意向性陈述（如“证明上帝对人类的态度和作为正确”）。在这种情况下，由于要求读者作出某种期待，这种意向性陈述也就成了读者经验的一部分。这当然并不意味着陈述性意向可以被相信，或者可以成为某种解释的根据，不过仅仅表明，陈述性意向正如文本中的其他成分一样，要求读者作出某种反应，所以像其他成分一样应该被读者加以考虑。

第二种反对意见也以问题的形式提出：如果阅读经验存在着某种程度的一致（共同）性，为什么如此众多的读者，其中一些人同样具有知识，却仍然各持己见为不同的解释而彼此争论不休呢？这个问题在我看来似乎无的放矢。文学上的许多争论并不在于否定反应本身，而是在有关这种反应对另一种反应的问题上未能达到共识。对一部作品来说，有知识的读者所能得到的反应（或者说，在读这部作品时他所遇到的情况）会在阅读同一作品的另一个读者身上发生，二者的反应有所不同，但这种变异本身却无关宏旨。只有当读者成为文学批评家，判断行为比阅读经验更为重要时，分歧才会发生。在这种情况下，解释行为常常同阅读行为脱节，以致阅读行为（就时间观念而言，它最先发生）很难不被忽视。C. S. 刘易斯（Lewis）的观点似乎是个例外；但他却恰好证实了我的这一原则及观点。他这样解释同 F. R. 利维斯（Leavis）的分歧："我们读《失乐园》，他和我并非没有看见同样的东西，但他看见的而且为之厌恶的正是我所看见而且喜爱的。"

第三种反对意见更见现实性：在对阅读经验进行分析时，我们何时才能把握住要点？我的回答是我们永远办不到。也就是说，一旦我们朝着这个目的行进时，我们所承受到的压力（心理上的）就会变得让我们难以忍受。把握要点是另外一种批评模式所追求的目标，这种批评对于语境意义的提取，话语即贮存库置信不疑。把握要点所实现的只是一种大多数文学作品故意要去扼杀的需要（如果我们足够宽容大度的话），这是一种倾向于简单化和封闭式的需求[9]。应该阻止这种把握要点的企图，而我的这一方法将有助于读者去抵制这种需要。

注释

［1］威姆萨特和比尔兹利：《词语之偶像》，第 34 页。

［2］沃德霍：《阅读：语言学视角》（纽约，哈可特，布拉斯，世界出版公司，1969 年版），第 60 页。

［3］这就是说，这两种能力颇不相同，一种在人类历史进程中始

终不变，而另一种则在历史进程的每一时期表现出差异。

［4］乔姆斯基(Noam Chomsky，1928—　)，美国语言学家，转换和生成语法的奠基人之一。——译注

［5］乔姆斯基：《句法结构》(黑格：莫顿，1957 年版)，第 21—24 页。

［6］参见沃德霍《阅读》第 55 页："句子中本身有一'深层'，这正是语法模式如短语结构模式和生成—转换模式所要试图表达的。这些模式说明，如果从左到右的原则同句子处理有关，那么，这种原则极其复杂，因为它要求处理进程同时在若干层面上发生，其中许多相当抽象，如语音学、笔迹学，结构的或语义的层面就是如此。"

［7］乔姆斯基：《语言与思维》(纽约，哈可特，布拉斯和世界出版公司，1968 年版)，第 32 页。

［8］韦恩·布思：《小说修辞学》(芝加哥大学出版社，1961 年版)，第 139 页。

［9］费什认为，文本作为一种客体并不是自给自足的，意义就是一种阅读经验，须依赖于有知识的读者的参与，所以文本所传达的信息，或亦即意义应该是开放的，而不是封闭的，不能简单作出结论。——译注

(选自费什《读者反应批评：理论与实践》，文楚安译，北京：中国社会科学出版社，1998：157—169)

七 感知经验与语言生成：

跨文化文学心理与语言观

钱锺书　通感

·作者简介·

钱锺书(1910—1998),原名仰先,字哲良,后改名锺书,字默存,号槐聚,曾用笔名中书君。江苏无锡人。中国现代作家、文学研究家,与饶宗颐并称“南饶北钱”。1929年,钱锺书考入清华大学外国语言文学系。1935年,与杨绛结婚。1937年,以《十七十八世纪英国文学中的中国》一文获牛津大学艾克赛特学院副博士学位。1941年,完成《谈艺录》《写在人生边上》的写作。1947年,出版长篇小说《围城》。1958年,创作的《宋诗选注》列入中国古典文学读本丛书出版。1972年3月,开始写作《管锥编》。1976年,其参与翻译的《毛泽东诗词》英译本出版。1982年,创作的《管锥编增订》出版。钱锺书对中国的史学、哲学、文学经典等领域有深入的研究,同时不曾间断过对西方新旧文学、哲学、心理学等的阅览和研究。他的《谈艺录》《管锥编》《宋诗选注》等在国内外学术界都享有很高的声誉。

· 阅读参考 ·

《七缀集》是包含了钱锺书比较文学研究成果的一部论文集，书中广泛比较对照了中外文学和文化，探讨文学创作及翻译的规律，论述精辟，语言生动。本书选择了其中的《通感》一文。在《通感》中，钱锺书从宋代词人宋祁的“红杏枝头春意闹”一句中的“闹”入手，旁征博引，分析其艺术特色，说明这是一种典型的“通感”或“感觉挪移”的艺术表现方式。此文证明了在日常生活经验里，视觉、听觉、触觉、嗅觉、味觉往往可以打通，这些广泛见于古今中外的各种理论著作和艺术呈现中。

· 原文 ·

通　感

中国诗文有一种描写手法，古代批评家和修辞学家似乎都没有理解或认识。

宋祁《玉楼春》有句名句：“红杏枝头春意闹。”李渔《笠翁余集》卷八《窥词管见》第七则别抒己见，加以嘲笑：“此语殊难著解。争斗有声之谓‘闹’；桃李‘争春’则有之，红杏‘闹春’，余实未之见也。‘闹’字可用，则‘炒’[同‘吵’]字、‘斗’字、‘打’字皆可用矣！”同时人方中通《续陪》卷四《与张维四》那封信全是驳斥李渔的，虽然没有提名道姓；引了“红杏‘闹春’实未之见”等话，接着说：“试举‘寺多红叶烧人眼，地足青苔染马蹄’之句，谓‘烧’字粗俗，红叶非火，不能烧人，可也。然而句中有眼，非一‘烧’字，不能形容其红之多，犹之非一‘闹’字，不能形容其杏之红耳。诗词中有理外之理，岂同时文之理、讲书之理乎?”也没有把那个“理外之理”讲明白。苏轼少作《夜行观星》有一句:“小星闹若沸”，纪昀《评点苏诗》卷二在句傍抹一道墨杠子，加批:“似流星!”这表示他并未懂那句的意义，误以为它就像司空图所写:“亦犹小星将坠，则芒焰骤作，且有声曳其后。”(《司空表圣文集》卷四《绝麟集述》)宋人常把“闹”字来形容无“声”的景色，不必少见多怪。附带一提，方氏引句出于王建《江陵即事》。

晏几道《临江仙》:“风吹梅蕊闹，雨细杏花香。”毛滂《浣溪沙》:“水北烟寒雪似梅，水南梅闹雪千堆。”马子严《阮郎归》:“翻腾妆束闹苏堤，留春春怎知!”黄庭坚《次韵公秉、子由十六夜忆清虚》:“车驰马骤灯方闹，地静人闲月自妍”;又《奉和王世弼寄上七兄先生》:“寒窗穿碧疏，润础闹苍藓。”陈与义《简斋诗集》卷二二《[舟抵华容县]夜赋》:“三更萤火闹，万里天河横。”陆游《剑南诗稿》卷一六《江头十日雨》:“村墟樱笋闹，节物团粽近”;卷一七《初夏闲居即事》:“轻风忽起杨花闹，清露初曦药草香”;卷七五《开岁屡作雨不成，正月二十六日夜乃得雨，明日行家圃有赋》:“百草吹香蝴蝶闹，一溪涨绿鹭鸶闲。”范成大《石湖诗集》卷二〇《立秋后二日泛舟越来溪》之一:“行入闹荷无水面，红莲沉醉白莲酣。”陈耆卿《篔窗集》卷一〇《与二三友游天庆观》:“月翻杨柳尽头影，风擢芙蓉闹处香”;又《挽陈知县》:“日边消息花争闹，露下光阴柳变疏。”赵孟坚《彝斋文编》卷二《康[节之]不领此[墨梅]诗，有许梅谷者仍求，又赋长律》,“闹处相挨如有意，静中背立见无聊。”《佩文斋书画谱》卷一四释仲仁《梅谱·口诀》:“闹处莫闹，闲处莫闲，老嫩依法，新旧分年。”从这些例子来看，方中通说“闹”字“形容其杏之红”，还不够确切;应当说:“形容其花之盛(繁)。”“闹”字是把事物的无声的姿态说成好像有声音的波动，仿佛在视觉里获得了听觉的感受。马子严那句词可以和另一南宋人陈造也写西湖春游的一句诗对照:“付与笙歌三万指，平分彩舫聒湖山。”(《江湖长翁文集》卷一八《都下春日》)“聒”是说“笙歌”，指嘈嘈切切、耳朵应接不暇的声响；“闹”是说“妆束”，相当于“闹妆”的“闹”，指花花绿绿、眼睛应接不暇的景象。“聒”和“闹”虽然是同义字，但在马词和陈诗里分别描写两种不同的官能感觉。宋祁、黄庭坚等诗词里“闹”字的用法，也见于后世的通俗语言，例如《儿女英雄传》三八回写一个“小媳妇子”左手举着“闹轰轰一大把子通草花儿、花蝴蝶儿”。形容“大把子花”的那“闹”字被“轰轰”两字申说得再清楚不过了，这也足证明近代“白话”往往是理解古代“文言”最好的帮助。西方语言用“大声叫吵的”“砰然作响的”(loud, criard, chiassoso, chillón, knall)指称太鲜明或强烈的颜色[1]，而称暗淡的颜色为“聋聩”(la teinte sourde)，不也有助于理解古汉语诗词里的“闹”字么？用心理学或语言学的术语来说，这是“通感”(synaesthesia)或“感觉挪移”的例子。

在日常经验里，视觉、听觉、触觉、嗅觉、味觉往往可以彼此打通或交通，眼、耳、舌、鼻、身各个官能的领域可以不分界限。颜色似乎会有温度，声音似乎会有形象，冷暖似乎会有重量，气味似乎会有体质。诸如此类，在普通语言里经常出现。譬如我们说“光亮”，也说“响亮”，把形容光辉的“亮”字转移到声响上去，正像拉丁语以及近代西语常说“黑暗的嗓音”(vox fusca)、“皎白的嗓音”(voce bianca)，就仿佛视觉和听觉在这一点上有“通财之谊”(Sinnesgütergemeinschaft)。又譬如“热闹”和“冷静”那两个成语也表示“热”和“闹”、“冷”和“静”在感觉上有通同一气之处，结成配偶，因此范成大可以离间说：“已觉笙歌无暖热。”(《石湖诗集》卷二九《亲邻招集，强往便归》)[2]李义山《杂纂·意想》早指出：“冬日着碧衣似寒，夏月见红似热。”(《说郛》卷五)我们也说红颜色“温暖”而绿颜色“寒冷”，“暖红”“寒碧”已沦为诗词套语。虽然笛卡尔以为我们假如没有听觉，就不可能单凭看见的颜色(par la seule vue des couleurs)去认识声音(la connaissance des sons),但是他也不否认颜色和声音有类似或联系(d'analogie ou de rapport entre les couleurs et les sons)[3]。培根的想象力比较丰富,他说,音乐的声调摇曳(the quavering upon a stop in music)和光芒在水面荡漾(the playing of light upon water)完全相同,“那不仅是比方(similitudes),而是大自然在不同事物上所印下的相同的脚迹”(the same footsteps of nature,treading or printing upon several subjects or matters)[4]。这算得哲学家对通感的巧妙解释。

各种通感现象里,最早引起注意的也许是视觉和触觉向听觉的挪移。亚里士多德的心理学著作里已说:声音有“尖锐”(sharp)和“钝重”(heavy)之分,那是比拟着触觉而来(used by analogy from the sense of touch),因为听、触两觉有类似处[5]。我们的《礼记·乐记》有一节美妙的文章,把听觉和视觉通连。“故歌者,上如抗,下如坠,止如槁木,倨中矩,句中钩,累累乎端如贯珠。”孔颖达《礼记正义》对这节的主旨作了扼要的说明:“声音感动于人,令人心想其形状如此。”《诗·关雎·序》:“声成文,谓之音。”孔颖达《毛诗正义》:“使五声为曲,似五色成文。”《左传》襄公二九年季札论乐,“为之歌《大雅》,曰:‘曲而有直体。’”杜预《注》:“论其声。”这些都真是“以耳为目”了!马融《长笛赋》既有《乐记》里那种比喻,又有比《正义》更简明的解释:“尔乃听声类形,状似流水,又像飞鸿。泛滥溥漠,浩浩洋洋;长瞻远引,旋复回皇。”“泛滥”云云申说“流水”之“状”,“长瞻”云云申说“飞鸿”之“象”;《文选》卷一八李善注:“瞻,视也。”马融自己点明以听通视。《文心雕龙·比兴》历举“以声比心”“以响比辩”“以容比物”等,还向《长笛赋》里去找例证,偏偏当面错过了“听声类形”,这也流露刘勰看诗文时的盲点。《乐记》里“想”声音的“形状”那一节体贴入微,为后世诗文开辟了途径。

白居易《琵琶行》有传诵的一节:“大弦嘈嘈如急雨,小弦切切如私语，嘈嘈切切错杂弹，大珠小珠落玉盘。间关莺语花底滑，幽咽泉流冰下难。”它比较单纯，不如《乐记》那样描写的曲折。白居易只是把各种事物发出的声息——雨声、私语声、珠落玉盘声、鸟声、泉声——来比方“嘈嘈”、“切切”的琵琶声，并非说琵琶大、小弦声“令人心想”这种和那种事物的“形状”。一句话，他只是把听觉联系听觉，并未把听觉沟通视觉。《乐记》的“歌者端如贯珠”，等于李商隐《拟意》的“珠串咽歌喉”，是说歌声仿佛具有珠子的形状，又圆满又光润，构成了视觉兼触觉的印象。近代西洋钢琴教科书就常说弹出“珠子般的音调”(la note perlée, perlend spielen)，作家还创造了一个新词“珠子化”，来形容嗓子(une voix qui s'éperle)[6]，或者这样描摹鸟声：“一群云雀儿明快流利地咭咭呱呱，在天空里撒开了一颗颗珠子。”(Le allodole sgranavano nel cielo le perle del loro limpido gorgheggio.)[7]“大珠小珠落玉盘”是说珠玉相触那种清而软的声音，不是说“明珠走盘”那种圆转滑溜的“形状”，因为紧接着就说这些大大小小的声音并非全是利落“滑”顺，也有艰“难”涩滞的——“冰泉冷涩弦凝绝”。白居易另一首诗《和令狐仆射小饮听阮咸》“落盘珠历历”，或韦应物《五弦行》：“古刀幽磬初相触，千珠贯断落寒玉”，还是从听觉联系到听觉，把声音比方声音。白居易《小童薛阳陶吹觱栗歌》“有时婉软无筋骨，有时顿挫生棱节。急声圆转促不断，轹轹辚辚似珠贯。缓声展引长有条，有条直直如笔描。下声乍坠石沉重，高声忽举云飘萧”，这才是“心想形状”，《乐记》的“上如抗，下如坠，端如贯珠”都有了。元稹《元氏长庆集》卷二七《善歌如贯珠赋》详细阐发《乐记》那一句：“美绵绵而不绝，状累累以相成。……吟断章而离离若间，引妙啭而一一皆圆。小大虽伦，离朱视之而不见；唱和相续，师乙美之而谓连。……仿佛成像，玲珑构虚。……清而且圆，直而不散，方同累丸之重叠，岂比沉泉之撩乱。……似是而非，赋《湛露》则方惊缀冕；有声无实，歌《芳树》而空想垂珠。”元稹从“累累贯珠”联想到《诗·小雅》的“湛湛露斯”，思路就像李贺《恼公》的“歌声春草露，门掩杏花丛”。歌如珠，露如珠（例如唐太宗《圣教序》：“仙露明珠，讵能方其朗润”；白居易《暮江吟》：“可怜九月初三夜，露似真珠月似弓”），二者都是套语陈言，李贺化腐为奇，来一下推移（transference）：“歌如珠，露如珠，所以歌如露。”逻辑思维所避忌的推移法，恰是形象思维惯用的手段[8]。李颀《听董大弹胡笳》：“空山百鸟散还合，万里浮云阴且晴”，也是“心想形状如此”；“鸟散还合”正像马融《长笛赋》所谓“鸿引复回”。《乐记》：“上如抗，下如坠”，就是韩愈《听颖师弹琴》：“浮云柳絮无根蒂，天地阔远随飞扬。……跻攀分寸不可上，失势一落千丈强。”“抗、坠”的最好描写是《老残游记》第二回王小玉说鼓书那一段：“渐渐的越唱越高，忽然拔了一个尖儿，像一线钢丝似的，抛入天际。……那知他于那极高的地方，尚能回环曲折。……恍如由傲来峰西面，攀登太山的景象，……及至翻傲来峰顶，才见扇子崖更在傲来峰上，及至翻到扇子崖，又见南天门更在扇子崖上，愈翻愈险。……唱到极高的三四叠后，陡然一落，……如一条飞蛇在黄山三十六峰半中腰里盘旋穿插。……愈唱愈低，愈低愈细。……仿佛有一点声音从地底下发出，……忽又扬起，像放那东洋烟火，一个弹子上天，随化作千百道五色火光，纵横散乱……”[9]这样笔歌墨舞也不外“听声类形”四字的原理罢了。

好些描写通感的词句都直接采用了日常生活里表达这种经验的习惯语言。像白居易《和皇甫郎中秋晓同登天宫阁》：“清脆秋丝管”（参看《霓裳羽衣歌》：“清弦脆管纤纤手”），贾岛《客思》：“促织声尖尖似针”，或丁谓《公舍春日》：“莺声圆滑堪清耳”，“脆”“尖”“圆”三字形容声音，就根据日常语言而来。《儿女英雄传》第四回：“唱得好的叫小良人儿，那个嗓子真是掉在地下摔三截儿！”正是穷形极致地刻划声音的“脆”。王维《过青溪水作》：“色静深松里”，或刘长卿《秋日登吴公台上寺远眺》:“寒磬满空林”和杜牧《阿房宫赋》:“歌台暖响”,把听觉上的“静”字来描写深净的水色,温度感觉上的“寒”“暖”字来描写清远的磬声和喧繁的乐声,也和通常语言很接近,“暖响”不过是“热闹”的文言。诗人对事物往往突破了一般经验的感受,有深细的体会,因此推敲出新奇的词句。

[……]

按逻辑思维,五官各有所司,不兼差也不越职,像《荀子·君道篇》所谓:“人之百事,如耳、目、鼻、口之不可以相借官也。”《公孙龙子·坚白论》说得更具体:“视不得其所坚,而得其所白者,无坚也。拊不得其所白,而得其所坚者,无白也。……目不能坚,手不能白。”一句话,触觉和视觉是河水不犯井水的。陆机《演连珠》第三七则明明宣称:“臣闻目无尝音之察,耳无照景之神。”《文选》卷五五刘峻注:“施之异务。”然而他自己却写“哀响馥若兰”,又俨然表示:“鼻有尝音之察,耳有嗅息之神。”“异务”可成“借官”,同时也表示一个人作诗和说理不妨自相矛盾,“诗词中有理外之理”。声音不但会有气味——“哀响馥”“鸟声香”,而且会有颜色、光亮——“红声”“笑语绿”“鸡声白”“鸟话红”“声皆绿”“鼓[声]暗”。“香”不但能“闹”,而且能“劲”。流云“学声”,绿阴“生静”。花色和竹声都可以有温度:“热”“欲燃”“焦”。鸟语有时快利如“剪”,有时圆润如“丸”。五官感觉真算得有无相通、彼此相生了。只要把“镂冰丝红纷绿闹”对照“裁红晕碧,巧助春情”(欧阳詹《欧阳先生文集》卷一《春盘赋》题下注韵脚),或把“小星闹如沸”“明星切切如私语”对照“星如撒沙出,争头事光大”(卢仝《月蚀诗》),立刻看出尽管事物的景象是相类的,而描写的方法很有差别。一个不“施之异务”,只写视觉本范围里的印象;一个“相借官”,写视觉不安本分,超越了自己的范围而领略到听觉里的印象。现代读者可能把孟郊的“商气洗声瘦”当作“郊寒岛瘦”特殊风格的例子,而古人一般熟悉经、子,会看出这句里戛戛独造的是“洗”字，不是“瘦”字。声音有肥有瘦，是儒家音乐理论的传统区别。《礼记·乐记》：“肉好顺成和动之音作。”郑玄注：“‘肉’，肥也。”又：“曲直繁瘠，廉肉节奏。”孔颖达疏：“‘瘠’谓省约。……‘肉’谓肥满。”《荀子·乐论篇》里有大同小异的话。《乐记》另一处：“广则容奸，狭则思欲”，郑玄注：“‘广’谓声缓，‘狭’谓声急。”“广”“狭”和“肥”“瘠”都是“听声类形”的古例。

通感很早在西洋诗文里出现。奇怪的是，亚里士多德的《心灵论》里虽提到通感，而他的《修辞学》里却只字不谈。古希腊诗人和戏剧家的这类词句不算少[11]，如荷马那句使一切翻译者搔首搁笔的诗：“像知了坐在森林中一棵树上，倾泻下百合花也似的声音。”（Like unto cicalas that in a forest sit upon a tree and pour forth their lily-like voice.）[12]16、17 世纪欧洲的“奇崛（Baroque）诗派”爱用“五官感觉交换的杂拌比喻”（certi impasti di metafore nello scambio dei cinque sensi）[13]。19 世纪前期浪漫主义诗人也经常采用这种手法，而 19 世纪末叶象征主义诗人大用特用，滥用乱用，几乎使通感成为象征派诗歌的风格标志（der Stilzug, den wir Synaesthese nennen, und der typisch ist für den Symbolismus）[14]。英美现代派的一个开创者庞特鉴于流弊，警戒写诗的人别偷懒，用字得力求精确（find the exact word），切忌把感觉搅成混乱一团，用一个官能来表达另一个官能（Don't mess up the perception of one sense by trying to define it in terms of another）；然而他也声明，这并非一笔抹煞（To this clause there are possibly exceptions）[15]。像约翰·唐恩的诗：“一阵响亮的香味迎着你父亲的鼻子叫唤”（A loud perfume…cryed/even at thy father's nose）[16]，就仿佛我们诗人的“闹香”“香声喧”“幽芳闹”；称浓烈的香味为“响亮”，和现代英语称缺乏味道、气息的酒为“静默”（silent），配得上对。帕斯科里的名句：“碧空里一簇星星啧啧喳喳像小鸡儿似的走动”(La Chioccetta per l'aia azzurra/va col suo pigoliò di stelle)[17],和我们诗人的“小星闹如沸”“几个明星切切如私语”也差不多了。

18世纪的神秘主义者圣马丁(Saint-Martin)说自己曾“听见发声的花朵,看见发光的音调”(I heard flowers that sounded and saw notes that shone)[18]。象征主义为通感手法提供了深奥的理论根据,也宣扬神秘经验里嗅觉能听、触觉能看等(l'odorat entend, le toucher voit)[19]。把各种感觉打成一片,混作一团的神秘经验,我们的道家和佛家常讲[20]。道家像《庄子·人间世》:“夫徇[同‘洵’]耳目内通,而外于心知”;《列子·黄帝篇》:“眼如耳,耳如鼻,鼻如口,无不同也,心凝形释”,又《仲尼篇》:“老聃之弟子有亢仓子者,得聃之道,能以耳视而目听。”佛书《成唯识论》卷四:“如诸佛等,于境自在,诸根互用。”“诸佛”能“诸根互用”,等于“老聃”能“耳视目听”。从文人中最流行的佛经和禅宗语录各举一例。《大佛顶首楞严经》卷四之五:“由是六根,互相为用。阿难,汝岂不知,今此会中,阿那律陀无目而见,跋难陀龙无耳而听,殑伽神女非鼻闻香,骄梵钵提异舌知味,舜若多神无身觉触。”释晓莹《罗湖野录》卷一《空空道人死心禅师赞》:“耳中见色,眼里闻声。”唐初释玄奘早驳“观世音菩萨”是个“讹误”译名(《大唐西域记》卷三“石窣堵波西渡大河”条小注),可是后世沿用不改,和尚以及文人们还曲解“讹误”,望文生义,用通感来弥缝。释德洪《石门文字禅》卷一八《泗州院旃檀白衣观音赞》:“龙本无耳闻以神,蛇亦无耳闻以眼,牛无耳故闻以鼻,蝼蚁无耳闻以身,六根互用乃如此!”,尤侗《西堂外集·艮斋续说》卷一〇:“予有赞云:‘音从闻入,而作观观;耳目互治,以度众难。’”许善长《碧声吟馆谈麈》卷二:“‘音’亦可‘观’,方信聪明无二用。”和尚做诗,当然信手拈来本店祖传的货色。例如今释澹归《遍行堂集》卷一三《南韶杂诗》之二三:“两地发鼓钟,子夜挟一我。眼声才欲合，耳色忽已破。”又如释苍雪《南来堂诗集》卷四《杂树林百八首》之五八：“月下听寒钟，钟边望明月。是月和钟声，是钟和月色?”明、清诗人也往往拾取释、道的余绪，作出“诸根互用”的词句。张羽《静居集》卷一《听香亭》：“人皆待三嗅，余独爱以耳”；李慈铭《白华绛跗阁诗》卷巳《叔云为余画湖南山桃花小景》：“山气花香无著处，今朝来向画中听”；郭麐《灵芬馆杂著》续编卷三有一篇《听香图记》；这些就是“非鼻闻香”。钟惺《隐秀轩诗》黄集二《夜》：“戏拈生灭后，静阅寂喧音”，这就是“耳视”，“音亦可观”，只因平仄声关系，改“观”字为“阅”字。阮大铖《咏怀堂诗集》卷三《秋夕平等庵》：“视听一归月，幽喧莫辨心”；王贞仪《德风亭初集》卷三有一篇《听月亭记》；这又是“耳目内通”，“目听”了。

庞特对混乱感觉的词句深有戒心，但他看到日文(就是汉文)“闻”字从“耳”，就自作主张，混鼻子于耳朵，把“闻香”解为“听香”(listening to incense)，而大加赞赏。近来一位学者驳斥了他的穿凿附会，指出“闻香”的“闻”字正是鼻子的嗅觉[21]。清代文字学家阮元《揅经室一集》卷一《释磬》早说：“古人鼻之所得、耳之所得，皆可借声闻以概之”[22]。我们不能责望庞特懂得中国的“小学”，但是他大可不必付出了误解日语(也就是汉语)的代价，到远东来钩新摘异，香如有声、鼻可代耳等在西洋语言文学里自有现成传统。不过，他那个误解也不失为所谓“好运气的错误”(a happy mistake)，因为“听香”这个词儿碰巧在中国诗文里少说也有六百多年来历，而现代口语常把嗅觉不灵敏称为鼻子是“聋”的。英国诗人布莱克(William Blake)曾把“眼瞎的手”(blind hand)来形容木钝的触觉，这和“耳聋”的鼻子真是天生巧对了。

注释

[1] 参看布松纽(C. Bousono)《诗歌语言的理论》(*Teoria de la*

expresion poética)第 6 版(1976)第 1 册 240—242 页关于“叫吵的颜色”那个词语的阐释(“Colores chillones” es concretamente una sinestesia etc.)。

[2] 参看《管锥编》(三)375—377 页。

[3] 笛卡尔(Descartes)《答第二难》(*Réponses aux secondes objections*),《著作与书信》(*Oeuvres et lettres*),《七星丛书》本 372 页。

[4] 培根(Bacon)《学术的进展》(*Advancement of Learning*)第 2 卷第 5 章,《人人丛书》(Everyman's Lib.)本 87 页。

[5]《心灵论》(*De Anima*)第 2 卷 3 章,《罗勃(Loeb)古典丛书》本 115 页。

[6] 布吕诺(C. Bruneau)《法语小史》(*Petite histoire de la langue francaise*)第 2 册 198 页引。

[7] 贝利(F. Perri)语,普罗文扎尔(D. Provenzal)《形象词典》(*Dizionario delle immagini*) 23 页引;参看同书 138 页(D'Annunzio)、746 页(Gentucca)、944 页(Mazzoni,Paolieri)相类的引语。

[8]《吕氏春秋·察传》早说:“故狗似玃,玃似母猴,母猴似人,人之与狗则远矣!”参看《墨子·小取》论“推”,刘昼《刘子·审名》;又罗斯达尼(A. Rostagni)《亚里士多德〈诗学〉:导言·文本·诠释》(*Poetica: introduzione testo e commento*)2 版《导言》78—79 页论“科学的三段论”(sillogismo scientifico)和文学的“想象和感性简化二段论”(entimema immaginativo e sensitivo)。

[9]《老残游记》第二回还提到一个“湖南口音”的“少年人”赞叹王小玉说书,“旁边人”听了说道:“梦湘先生论得透辟极了!”那个湖南人是武陵王以慜,他的《檗坞诗存》卷七《济城篇》就叙述王小玉鼓书的事,但并无“听声类形”的描摹。

[……]

[11] 详见斯丹福特(W. B. Stanford)《希腊比喻》(*Greek Metaphor*)47—62页。

[12]《伊里亚诗》第3卷152行,《罗勃(Loeb)古典丛书》本第一册129页。

[13] 费莱罗(G. G. Ferrero)选注《马利诺及其同派诗选》(*Marino e i Marinisti*)《导言》12页引弗洛拉(F. Flora)语。

[14] 凯塞(W. Kayser)《欧洲的象征主义》,见《旅行讲学集》(*Die Vortragsreise*)301页。

[15] 庞特(Ezra Pound)《回顾》(*Retrospect*),见《舞曲与分门》(*Pavannes and Divisions*),诺普夫(A. Knopf, 1918)版101页。

[16] 约翰·唐恩(John Donne)《香味》(*The Perfume*),《诗集》牛津版76页。

[17] 帕斯科里(G. Pascoli)《夜里的素馨花》(*Il Gelsomino notturno*),《全集》蒙达多利(Mondadori)版1058页。意大利诗文里常用"闹哄哄"一类的字眼(rumore,ronzlo)形容繁星,参看《形象词典》,875页(Greppi)、876页(Moscardelli)、879页(Ceccardi)。

[18] 恩德希尔(E. Underhill)《神秘主义》(*Mysticism*)12版7页引。

[19] 参看谢里斯(R. B. Chérix)《波德莱亚〈恶之花〉诠释》(*Commentaire des"Fleurs du mal"*)31—36页,又注[1]所引布松纽书第1册361页起对神秘宗大诗人(San Juan de la Cruz)的语言的分析。

[20] 参看《管锥编》(二)136—140页。

[21] 迈纳(E. Miner)《英美文学里的日本传统》(*The Japanese Tradition in British and American Literature*)134页。

[22] 参看《管锥编》(三)370—371 页。

(选自钱锺书《七缀集》,北京：三联书店,2002：62—76)

顾明栋

诗性无意识：跨文化诗学的理论基石

·作者简介·

顾明栋（1955— ），字泽木，出生于江苏射阳，芝加哥大学文学博士，美国得克萨斯大学达拉斯分校中国文学和比较文学教授，英国《泰晤士报》世界大学排名学术声誉评议人之一，美国《诺顿理论与批评选》特别顾问，负责推选中国第一位文艺理论家（李泽厚）进入世界权威的文论选。研究方向为英美文学、西方文论、比较诗学、中国思想及中西文化比较研究。主要学术著作有《中国阅读理论：走向诠释学与开放诗学》《中国小说理论：一个非西方的叙事系统》《原创的焦虑：语言、文学、文化研究的多元途径》《汉学主义：东方主义与后殖民主义的替代理论》《中西语言、诗学、美学批评视界的融合》等。

·阅读参考·

诗歌是人类共有的文学体裁和文化现象，那么什么是人类诗歌语言和思想的共通之源？在本文中，顾明栋从弗洛伊德和拉康等思想家的理论出发，提出“诗性无意识”的概念，用以描述和解释人类语言产生之前的前语言阶段的心理特征和表意机制。本书引用了其中一部分内容。顾明栋指出，诗性无意识是一种以记忆和意象为词语总汇，以无意识的运行规则为语法，在人类的语言产生之前的原始语言，其原型和工作原理仍然存在于现代人的梦境之中，并有遗迹反映在古老的语言如古代汉语和以古汉语创作的中国古诗之中，在现代派和后现代的诗歌中也有表现。由于它遵守的仍然是前语言的表意法则，因而可以说是人类通用的语言。这种语言有着不为种族、语言、文化、传统所限制的意指法则和表意原理，因而可以说是一种超文化的普遍诗学。

· 原文 ·

诗性无意识：跨文化诗学的理论基石

不同民族和文化传统的人们都有创作诗歌的动力和欣赏诗歌的能力，即使是使用不同语言的人们，也能理解和欣赏以另一种语言创作，后被翻译成自己母语的诗歌。那么，人们不禁要问：是什么使得人们能够理解和欣赏在不同文化背景下产生出来，并以不同于自己母语的外国语言而创作的诗歌的呢？换言之，什么是人类诗歌共通之源呢？对此问题，可以有多种多样的解释，但笔者认为，也许有一个终结的答案，它既能解释创作诗歌的动力，也是理解和欣赏诗歌的根源。这种超越人种、民族、文化和语言障碍的终极答案与人类的最深层的心理结构有关，它植根于人类的无意识。但它既不完全是弗洛伊德的无意识概念，也不完全等同于荣格的集体无意识[1]，而是一种基于人类在产生语言之前的前语言心理表现能力和理解能力，笔者将其称为

“诗性无意识”(Poetic Unconscious)。

[……]

综合弗洛伊德、荣格、拉康和西尔曼等思想家的观点，笔者认为，无意识和诗性无意识一体同源，但表现形式不一样。无意识的表现形式是本能欲望的产生和寻求满足的过程中出现的种种生理和心理现象，而诗性无意识则是本能欲望在寻求满足的过程中由于受到超我的压制而出现升华，并通过语言形式转换成可以感知的诗意表现。在无意识和诗性无意识之间存在着表达的沟壑，从弗洛伊德的无意识理论到笔者所说的诗性无意识的转换需要语言理论的媒介，特别是索绪尔和雅可布森的语言学理论。拉康将弗洛伊德的无意识理论和索绪尔的语言学理论相结合，完成了使无意识从象征模式到语言模式的转换。笔者在本文中试图完成无意识向诗性无意识的转换，为建立跨文化的诗学奠定一块基石。

笔者的核心观点是，诗性无意识是一种以记忆和意象为词语总汇，以无意识的运行规则为语法，在人类的语言产生之前的原始语言，其原型和工作原理仍然存在于现代人的梦境之中，并有遗迹反映在古老的语言如古代汉语和以古汉语创作的中国古诗之中，在现代派和后现代的诗歌中也有表现。由于它遵守的仍然是前语言的表意法则，因而可以说是人类通用的语言。这种语言有着不为种族、语言、文化、传统所限制的意指法则和表意原理，因而可以说是一种超文化的普遍诗学。本文将沿着拉康的思路，以弗洛伊德的释梦方法，结合古汉语的意指原理和中西诗歌的表意分析，探索“诗性无意识”的特征、表意机制和内在逻辑。

一

维科(Vico)说过，语言的发展跟随表达能力的发展，同时他觉得，越是具有清晰表达力的语言越是缺乏诗意：“神的语言几近无声，只有微弱的表达力;英雄的语言是无声与表达的均衡融合;人类的语言几乎是全面的表达,与无声的状态几乎无缘。”[2]维科所说的神显然不是神学意义的神明,而是柏拉图所说的使得诗人迷狂的艺术之神。神的语言为何无声?因为它是人类形成现代意义所说的语言之前的语言。在维科列举的三种语言中,人类的语言就是日常的普通话语;英雄的语言是诗人的语言;神的语言是诗人内心无以言表的激情,亦即所谓创作冲动,也就是柏拉图所说的“神性迷狂”(divine madness)之源。它存在于无意识领域,实际上就是无意识的表达方式,其表达机制的结构系统就是无意识的语言。无意识的语言是诗性无意识的表达机制,对无意识的语言的探索也许可以为我们提供了解诗性无意识的启示。

柏拉图说诗人情不自禁地挥毫作诗是因为神灵附体而陷入一种迷狂。这一说法很有诗意,但在无神论的理性思考中显然没有多少说服力,后人转而代之以由无意识驱动的创作动因。那么,无意识的创作动因是如何产生的呢?海德格尔有一句名言:“语言是存在之家。”这句名言说明了语言对主体存在和社会存在的决定意义。拉康则更进一步声称,语言不仅先于主体存在并决定了主体思维发展的走向,而且使主体从一出生起就沦为语言的奴隶[3]。沿着这一思路,拉康挑战笛卡尔的名言“我思故我在”(cogito ergo sum),认为情况刚好相反“我思故我不在”(I think where I am not),并提出截然相反的论断“我不思故我在”(I am where I do not think)[4]。拉康的论断代表了从海德格尔到福科以降的后结构主义和后现代主义理论家们的一个核心论点:主体是话语构建的结果,支配人们思考的不是主体,而是语言,换句简明易懂的话说,不是人用语言思考,而是语言在替人思考。虽然有人把这种贬低主体作用的理论视为“反人文主义”也许言过其实,但把主体视为语言的奴隶和思维的玩偶也有走向另一个极端之嫌。

诚如诺曼·霍兰德(Norman Holland)所言,无论后结构主义和后现代主义理论家们如何把语言的作用夸大,最终都无法消解主体在思考和表达方面的主导作用,控制思维的决定因素是自我,而不是语言[5]。但拉康的新海德格尔主义却可以说明诗歌无意识如何产生创作灵感并驱动创作活动,解释柏拉图的神灵附体说。驱使诗人情不自禁创作的不是什么缪斯,而是外部世界刺激了主体,引发了诗歌无意识中表现机制的一系列以话语为媒介的心理活动,包括自由联想和能指在意指链上的不断滑动[6],以寻找实现欲望的对象。

诗歌无意识有什么特征呢?释梦、艺术和汉字的构成可以给我们一些启发。达尔文曾经引用让·保罗(Jean Paul)的一句话,“梦是无意识的诗歌”。笔者对汉诗与英美现代诗歌的比较研究而获得的洞见似乎可以颠倒这一说法:“诗歌是有意识的梦。”依笔者之见,诗歌,尤其现代派及后现代诗歌是有意识的梦。换句话说,诗歌是诗人有意识地使用了无意识语言的表达。著名心理学家罗伊克罗夫特(Charles Roycroft)曾指出:“关于梦的临床证据以及诗歌想象力的文学证据告诉我们,梦境及诗歌中看似新异的形象并非无中生有,而是源于外在物体产生的支离破碎的映象以及对这些映象的重组。”[7]英美现代派作品在诗歌中所使用的原材料和梦境中的细节如出一辙。无论对梦境进行肢解或将实物重组为梦境,还是现代派诗人将人类的生活分解为片段并产生新的形象,其方法大致相同。弗洛伊德称这一过程为凝缩,柯勒律治(Samuel Taylor Coleridge)称之为“第二想象”,“通过溶解、扩散、消散以便于再造”。汉语诗歌如此,庞德、艾略特、威廉斯以及其他现代派诗人的作品也如此。庞德的《诗章》以及艾略特的《荒原》便是精湛的例子。

虽然弗洛伊德认为梦的语言与人类语言的表达紧密相连,但他和其他许多思想家们一样认为,不同语言的梦遵循的是不同的语言法则:“确实,梦与语言表达是如此紧密相关,弗兰茨真的说过,每一种语言都有其独特的梦语。一般说来,没有可能把梦翻译成一种外语。”[8]如此一来,梦的机制和运行怎样才能帮助我们了解无意识的语言,这是本文探讨的关键之处。虽然我们承认“梦是无意识的诗歌”,但诗歌却是有意识的梦,以有心而为的诗歌之创作规律为指导去探索无意识之梦,可以深入了解诗歌无意识的规律。

众所周知,梦者并非用我们日常话语将自己的幻想呈现给别人,而是通过非话语的各种意象表达意义。梦的语言不是使用文字,而是使用视觉的和听觉的形象,这点刚好与无意识的运作方式相似。由于无意识语言并不遵循日常用语的句法规则,梦者只能创造意象碎片并使这些意象在时空上相互关联。因此,梦境更接近流动的图片(类似电影)而非文本。英美现代派诗人或许从汉诗视觉性及汉诗编排中获得创作灵感,但本质上,他们回应了现代社会的呼声。20 世纪之交,随着《梦的解析》这一巨著的发行,弗洛伊德将其无意识的发现公之于世。某种意义上,英美现代主义的产生是现代诗人对弗洛伊德无意识理念的回应。的确,现代主义的诗歌特别强调文学的视觉效果。正如梦和现代派诗歌一样,诗歌无意识的一个特征就是视觉表征,汉诗的视觉特征也是如此。

诗歌无意识的视觉特征与汉诗的视觉特征相吻合,但视觉性并非汉诗的唯一特性。作为一种文字艺术形式,它只具备时间艺术的特质。通过整合时空艺术的典型特征,汉诗成为电影及电视发明前的一种多媒体艺术。费诺罗萨充分总结了汉诗的优点,“汉诗的独特之处在于它融合时空两种艺术元素。同时有着绘画的生动性以及声音的流动性。某种意义上,汉诗又比两种艺术更为客观,更为生动”[9]。汉诗在表达方式上更接近于电影。随着现代科技的进步,电影成为捕捉现代社会精神和节奏的最有效媒介。谢尔盖·爱森斯坦声称自己在研究了汉字以后才萌生灵感发明了电影蒙太奇技术，这也并不是偶然[10]。正是汉字及汉诗的多媒介性激发了现代派诗人的遐想。虽然诗歌不敌其他多媒体艺术，但是，现代主义者仍竭尽全力追求多媒体效果。现代主义和后现代主义诗歌接近梦境或者多媒体艺术，在这个意义上，这些诗歌的表征形式和梦的运行机制极为相似。

现代之前，也许使用语言、音乐和表演的戏剧可能是唯一可以称得上多媒体艺术的艺术。其实，事实并非如此，还有一种无意识的多媒体形式，即梦。笔者冒昧地指出，梦是所有艺术形式——诗歌、小说、音乐等时间艺术，或油画、舞蹈、雕塑、摄影等空间艺术以及戏剧及电影等多媒体艺术——的原型。实际上，创造性来源于梦幻，如莎士比亚、布莱克、叶芝、王尔德、瓦列里和瓦格纳等创造性的作家，尼采、弗洛伊德、荣格、卡西尔与拉康等思想家，弗莱、巴比特、兰塞姆、特利凌和雅各布森等批评家都认同梦幻和创造性的内在联系。尼采尤甚，他写道，"对路克勒丢思来说，只有在梦境中才能看见的那些美轮美奂的神仙会向人类显现，伟大的雕塑家菲迪亚斯在梦中看见超凡入圣的绝妙身体。同样，如果有人问古希腊诗人诗歌创作的玄妙所在，他们也会直指梦幻"[11]。他极为欣赏理查德·瓦格纳戏剧中的一句戏词，"我们所阅读的所有诗歌都是真实的梦的解析"[12]，他相信梦幻不仅仅是造型艺术，而且是众多诗歌创作的先决条件[13]。现代主义和后现代主义诗歌试图表达梦境或者多媒体艺术，在这个意义上，这些诗歌的表征形式和梦的运行机制相似。电视和电影的流行不仅是视觉的回归，更是对所有艺术本源的回归。

中国汉字的构成原则，中国古典诗歌中字词诗行的并置，现代主义的并置技巧、表意方式、意象、客观对应物，以及整体隐喻的关键之处在于空间感以及不同元素之间的整体关系——这些是现代派意符作诗法（ideogrammic method）和其他后现代主义诗歌语言的核心，也或多或少反映了诗歌无意识的特点。里克罗夫特认为,这也是梦语解析的关键:"梦遵循象征准则,没有逻辑。议论性语言中,每个句子自成一体,其固定而约定俗成的意群已经为人们所接受,它们可以聚合形成新的整体意义。和议论性语言不同,梦语由转瞬即逝的单个意象组成,其含义源于这些意象在整个梦境中的相互关系。整体而言,整个结构就是梦者的整个思想或存在。"[14] 由弗洛伊德开创的梦的解析经过其他心理分析学者的发展,为解读不同语言的诗歌开辟了康庄大道。这是人文学者的循环解释圈,是社会科学家的阐释模式,或如诺曼·霍兰德(Norman Holland)所说,这是一种"整体分析"(holistic analysis)[15]。

诗歌的终极本源是无意识的机制,列维-斯特劳斯深受心理分析和索绪尔结构语言学的影响,同时又对拉康产生巨大影响,他认为,无意识具有规范和建构功能,能够依照自身规则组合情感、记忆和冲动等无言元素,而这些无言元素恰恰是诗歌创作的原材料。无意识是个有着特殊功能的机制,即赋结构以及规则予发乎外的诸如冲动、情感、表征和记忆等无言元素。因此,我们可以说记忆是人们的词库,储存的是人积累的词汇,可是,只有无意识依据自身规则组合这些词汇并最终形成语言,这些词汇的意义才得以实现[16],成为人们所说的诗歌。德里达赞同弗洛伊德的看法,认为构成梦境的词语不能被翻译成另一种语言,因为,词语的质地(materiality)正是翻译所要抛弃的,抛弃词语的质地是翻译的动力,但是,一旦词语的质地被重新恢复,翻译就变成了诗歌[17]。

那么,词语的质地是什么呢?无意识的自身规律又是什么呢?它同诗歌无意识的关系是什么样的呢?拉康认为,弗洛伊德在《梦的解析》一书中全篇讲的都是"话语的字母"(letter of discourse),而"话语的字母"就是索绪尔语言学所说的能指(signifier),梦的工作原则就是语言学的意指和表现结构[18]。弗洛伊德的释梦理论发现梦遵循的是能指的规律(laws of the signifier)。根据拉康重读弗洛伊德的释梦理论得出的结论,笔者提出:诗歌无意识就是无意识通过梦的能指表达欲望的工作语言,简言之,诗歌无意识就是无意识的语言。

二

诗歌无意识是无意识的语言,可是,无意识看不见、听不着,怎样才能了解无意识的语言呢?其工作逻辑又是什么呢?弗洛伊德的释梦理论有一句名言:“梦的解析是通向大脑无意识活动之知识的康庄大道。”[19]通过释梦,弗洛伊德得出结论:无意识虽然显得凌乱不堪,毫无逻辑,但其实遵循着不可更改的规律。通过释梦,他还获得了无意识的表达机制,以及统帅各种表达技巧的主要原则。弗洛伊德的成功给我们的启示是,对梦的表达方式的探讨也是一条通向无意识语言的康庄大道。在这一点上,众多思想家和艺术家都发表过相似的看法。拉康就十分重视梦的表达和无意识之间的同源关系。梦的解析只是探索无意识的一条康庄大道,但不是唯一的道路。另一条大道是分析诗歌。因此,拉康也看重诗歌和梦境及无意识的关系,认为可以通过阅读诗歌去探索人们的无意识。他最欣赏的诗歌形式是乔伊斯(James Joyce)的名作《芬尼根的守灵》所展示的梦境的特质,在书中,文学片段与历史事件相结合,形成梦幻般的场景,作者关注的并非其内容,而是其中的无限能指。拉康认为,诗歌是梦境,诗人通过诗歌满足其无意识中的欲望。诗歌给予诗人的不是诗歌本身,而是大量的能指。通过这些能指,诗人试图勾勒自己的意义之谜,描绘一幅关于无意识欲望的复杂图画。在这个意义上,中国古典诗歌、庞德(Ezra Pound)的《诗章》、艾略特(T. S. Eliot)的《荒原》以及其他诸多现代派诗歌都触及梦幻机制,接近无意识理论。

无意识语言如何发挥意指和表征的功能?拉康受语言学的启发,

将梦中的形象视为能指，而能指是和欲望主题有关的符号，通过探索欲望的表现形式可以了解无意识的话语。他告诫人们不要回到“无意识是欲望的栖身之处”的错误观念。在《无意识中的字母代理或自弗洛伊德以降的理性》一文中，他提出了有关无意识的核心观念，即“心理分析在无意识中发现了语言的整个结构”[20]。他认为，如果弗洛伊德所说的无意识真的存在，一定是以语言的形式而非象征或直觉的形式发挥作用。拉康确信无意识类似语言结构，因此将无意识看作一种语言，“无意识是他者的话语”[21]。理解这门语言的关键在于遵循弗洛伊德在《梦的解析》一书中得出的洞见。他如此评价弗洛伊德所发现的无意识语言，“因此，《梦的解析》的每一页都是我所说的无意识话语，它存在于书中的一字一词，存在于该书的内质，弗洛伊德通过该书开辟了通往无意识的康庄大道”[22]。

与弗洛伊德相比，拉康并不重视本我、自我、超我三种形态，他聆听无意识的语言，强调无意识与语言的关系以及无意识与理性的关系。然而，在解析梦的过程中，拉康重申自己追随弗洛伊德的足迹。梦的语言不同于一般的语言，因为它缺乏日常语言的语法及逻辑规则。在这一方面，古汉语，尤其是汉语诗歌，与梦的话语有几分相似。之所以如此，是因为它缺乏严格的句法，逻辑松散，有着无尽的阐释空间。无论是弗洛伊德还是拉康都引用汉语和汉字为例说明梦的工作原理，这绝非偶然。由于弗洛伊德和拉康对古汉语及汉字的构成知之不多，他们只是偶尔引用汉语的例证支持自己的论点，并没有深入探讨汉语及汉字与无意识的联系。他们留下的空间正是笔者想要探索无意识和诗歌无意识的主要用武之地。

众所周知，古汉语和汉字具有不同于拼音文字语言的一些显著特点。因此，中国的古代文本，特别是古诗，保存了诗歌无意识的许多特征。其中之一就是字词的歧义与多义性。在语言的字词层面上，表音文字虽然也经常有歧义与多义的现象，但程度远不及表意的古汉语的字词。在古代文本中，这一特征就更为突出了，常常一个词并非总有一个明确的、固定的含义，而是通过联想能产生多种含义，其中有些相互兼容，而另一些则互相排斥。对以表音文字语言思维和创作的西方人来说，汉语的歧义常常令他们头痛不已。英国文艺理论家 I. A. 理查兹(I. A. Richards)在《孟子论思想》中就详述了汉语歧义而造成的种种令人头痛的困惑。歧义在强调精密与准确的法律文书中，是个致命缺点，但在诗歌创作中却是个优势，因为这样，最简单的语言就可以表达丰富的思想感情。诗人可以将多重含义浓缩成一个词，而读者不得不去推敲诗歌，以便获得符合自己的心态、想法，同时又最可能是诗人欲表达之意，当然，这也会出现在表音语言中，但没有表意语言的汉字那样简约而艰涩。有鉴于此，费诺罗萨(Ernest Fenollosa)认为汉字是诗歌的良好媒介[23]，出于同样的原因，庞德也十分赞同他的看法。受汉语的启发，庞德和他的同辈作家们共同倡导并推广被休·肯纳(Hugh Kenner)称之为“50 年重塑美国语言”的运动，“通过反思永久改变小说，尤其是诗歌”[24]。

归根结底，汉语的歧义与多义来自汉语表意的视觉性和简约性，而视觉性和简约性则来源于心理机制的简约性及灵活性。这些特性来自无意识，是不同语言的诗歌的共通之源。弗洛伊德对梦语的分析以及拉康的名言“潜意识就其结构而言颇似一种语言”为消除不同传统的诗歌之间的语言差异提供了深邃洞见。不同传统的诗歌有着不同的文化背景，使用不同的语言媒介，但同为人类，他们的心理机制有着共性，他们的诗性无意识简洁而优雅地传达超越时空及文化的最复杂和微妙的情感，说出或写出后便成了诗歌。

通过将弗洛伊德的无意识理论和索绪尔的语言学理论相结合，拉康完成了无意识从象征模式到语言模式的划时代转换。拉康的创举的一个关键环节得益于罗曼·雅各布森(Roman Jakobson)语言学理论。这个关键环节就是雅各布森提出"类似关系"(similarity)和"邻接关系"(contiguity),二者是人类语言,尤其是文学语言的基本表达形式,相当于修辞学的"隐喻"与"转喻"[25]。它们超越语言文化界限,和无意识的两个最基本的工作原理——"凝缩"与"移置"相对应,后者是弗洛伊德解析梦境时所得,乃梦境中无意识的工作原则。语言符号意指过程中,也得不断进行"凝缩"和"移置",正因如此,拉康才提出"心理分析在无意识中发现了语言的整个结构"的论断。因此,弗洛伊德的无意识语言不仅可以为现代主义作家对视觉艺术的兴致提供心理学根据,也可解释为中国诗歌能够催化英美现代派诗歌的原因,更让我们看到建构跨文化诗学的可能。

《梦的解析》是一部里程碑式的作品,在书中,弗洛伊德指出了梦与创作的关系,他认为,梦本身就是艺术作品。梦的运作和中国诗歌的创作机制以及现代主义作家的创新机制有着惊人的相似之处。首先,弗洛伊德强调梦的视觉性,所有的梦都呈现为视觉或听觉的意象,要理解梦,就必须先把这些意象转换成文字、概念和逻辑关系。如欲理解无意识心理过程,我们也必须把意象先转换成文字、概念。其次,解读中国古典诗歌又何尝不是如此?如果对弗洛伊德而言,从无意识、无意义到有意识、有意义必须经历从意象到文字的转换,那么,解读一首诗歌时,我们务必弄清诗歌中纷繁的意象,发现意象背后的主题。

梦的语言如同原始人的绘画,直接反映自然世界,原始人的绘画是人类的原始语言,梦的语言则是原始语言的核心。弗洛伊德将思维分成两种:视觉思维(visual thinking)和言语思维(verbal thinking)。视觉思维就是用图像作为媒介进行思维,而不是用语言进行思维,由于其不完全能变成有意识的形式,因而在某种意义上比语言思维更接近无意识过程[26]。原始的思维是一种视觉思维，而不是言语思维。语言的产生可以说是从视觉思维向言语思维转变的结果。视觉思维是自然的思维，人类从一开始就不断把逻辑和秩序强加于自然的思维，天长日久，人类的语言，尤其是字母的语言就越来越远离自然。但视觉思维仍然存在于艺术思维之中，特别是绘画和诗歌保存了这种思维的特征，人们称其为“形象思维”。中国古诗突出意象，有时一首抒情小诗完全由意象构成，只有极少的语法要素，因此反而保留了原始语言的模仿性，贴近梦的语言和无意识的语言。中国古诗的表达媒介古汉语本身有形，又缺乏严谨句法，使得中国古诗更接近诗歌无意识的表达方式。庞德就从汉字的构成原则中悟出其著名的表意文字作诗法（ideogrammic method），这一被称为英美现代派诗歌的主要诗法原则在本质上基于汉字的表意方式。在此，笔者将通过分析证明，创造汉字的六书完全契合梦语的运作原则。

根据许慎（58—147）的《说文解字》以及后世学者的研究，“六书”分别为：1. 象形，用线条描摹事物的主要形体特征，形成的文字代表具体事物。2. 指事，用一种既存符号，加在独体象形字的某个部位，构造有着新意的新词。3. 会意，把意义可以相互配合的两个或两个以上的独体象形字结合起来，构造新词，其意来自构成部分的有机结合。4. 形声，用一个字作形旁，表示意义类别，用另一个字作声旁，表示读音，构造一个有新意的新词。5. 转注，指同一部首的字可以互相解释，使部首有了新的意思。6. 假借，借用已有的字，表示同音而不同义的字[27]。象形、指事、会意、形声基于图像表征，是造字法，而转注和假借不是造字法，而是用字之法。“六书”造字原则可以产生庞德想要获得的诗意效果，其中包括叶维廉所总结的“共时、叠化和视觉清晰”的诗效[28]。

在《梦的解析》中，弗洛伊德列出梦的机制如何在大脑中为了逃避检察官(censorship)的审查而扭曲心理内容、产生图像般的梦幻画面的各种技巧，以及统帅这些技巧的四种主要原则，即凝缩(condensation)、移置(displacement)、表征考量(consideration of representability)和润色加工(secondary revision)[29]。比较一下，我们不难发现“六书”无不契合弗洛伊德的技巧和原则。“象形”类似于梦中意象，复制又同时扭曲现实事物主要形体特征，以取得表征的可能。许慎写道：“仓颉之初作书，盖依类象形，故谓之文……文者，物象之本。”[30]“指示”类似于梦中对意象进行扭曲而达到某种目的的象征。许慎指出：“指事者，视而可识，察而可见，上下是也。”[31]马叙伦在综合了关于这一原则的各种阐释之后指出，“指事的字，是‘加物于象形之文’，来指明物体上发生的现象”[32]。这一做法正合梦境的扭曲。“会意”类似于梦的凝缩，并置相关元素，表达抽象意义。恰如许慎指出：“会意者，比类合谊，以见指撝，武信是也。”“形声”也利用并置，只是并置者乃声音和图像元素。许慎指出：“形声者，以事为名，取譬相成，江河是也。”对诗歌而言，“会意”与“形声”最为有用，亦为庞德表意文字作诗法之精髓所在。“六书”中“转注”与“假借”利用的是移置。正如许慎指出：“转注者，建类一首，同意相受，考老是也。”“转注”类似梦的移置机制，将心理能量从一个无法表达的物体移置到另一个与所要表达的物体有相似之处的物体，从而达到表达的目的。“假借”则类似于梦境中借助同音而产生的联想，用一个同音字代表另一所要表达的字。正如许慎指出：“假借者，本无其字，依声托事，令长是也。”为使表达可能，“六书”每一个方法都用到了梦的表征考量和润色加工原则。

弗洛伊德坚持把梦境中的“文字”看成“具体事物”。此观念不仅将梦境与绘画相联系，而且与原始的象形文字，甚至是像汉语这样的表意文字相联系。在梦境中，意象是自然的复写或象征，象形文字也是自然的复写或象征，表意文字保留了许多梦境意象的特征，这一点笔者已在上文予以阐述。中国古典诗歌的具象性还在于其多用实字来构建可以感知的自然意象，似乎对古代诗人而言，字词本身也成为具象。如同梦境中的象征，诗歌中的多数字词指代独立事物，创作诗歌时，诗人无需考虑词性，只需将它们如同真实事物一样并置。在诗歌中，一个字词的确切词性或者含义取决于与其他字词的关系。

由于古汉语有着丰富的形象、高度凝缩的句法结构和灵活的修辞手法，因而近似于梦语，也比字母文字更贴近无意识的语言。弗洛伊德注意到了这一点，他说："和汉语文本一样，梦中的象征往往有着不止一个意义，正确的解释要视情况而定。象征的含混和梦的特征紧密联系，甚至可以对梦进行'过度阐释'，简单的内容容纳了本质迥异的想法和愿望。"[33]在这一段话中，弗洛伊德以汉语为类比，解释为什么一个梦有着不同阐释。反过来，我们也可以说弗洛伊德展示了古汉语的内在诗性，揭示了中国诗歌激发英美诗人想象力的原因。弗洛伊德把梦中场景比作画谜（rebus），独特的视觉元素安排显得诗意十足："如此排列的文字不再荒诞，相反，形成的是美的极致，意韵的顶点。梦就是这样的画谜。"[34]

中国的古诗接近于梦幻语言，并非说它像梦呓般费解，而是说它与其悠远的过去有着从未间断的联系，因而保留了梦幻语言所共有的一些特点。梦幻语言极其含糊，中国诗亦然，尽管程度上轻微得多。因此，中国古诗中的词语可以有各种不同的解释，这或许是一种缺憾，但却被许多人证实是诗歌含义丰富之源，因为它使诗人能瞬间径直表达当下的个人体验，而不用将其付诸理性的逻辑分析。这一品质在很大程度上验证了众多诗人和学者们的断言：汉语是一种较其他语言更为优越的作诗媒介。费诺罗萨、庞德和一些汉学家都这么认为[35]。这也解释了为何中国诗歌对庞德而言具有经久不衰的魅力，为20世纪初的西方诗人们所神往。

注释

［1］C. G. Jung，*The Archetypes and the Collective Unconscious*，New York：Bolligen，1968，p. 43.

［2］Max Harold Fisch，*Oeuvres Choisies de Vico*，trans. J. Chaix-Ruy，Paris，1946，I：178.

［3］Lacan，*Ecrits*：*A Selection*，p. 148.

［4］拉康有一段绕口令似的话："我不在故我思，因此，我不思故我在……人们应该说的是：当我是思考的玩偶之时，我是不存在的；我不想到思考之时，我就想到了我的真实身份。"见 *Ecrits*：*A Selection*，p. 166。

［5］Norman Holland，*The Critical I*，New York：Columbia University Press，1992，pp. 107－113.

［6］Lacan，*Ecrits*：*A Selection*，p. 154.

［7］Charles Rycroft，*The Innocence of Dreams*，New York：Pantheon Books，1979，p. 38.

［8］Freud，*Interpretation of Dreams*，Standard Edition，London：Hogarth Press，1953，Vol. IV，p. 99，n. 1.

［9］Ernest Fenollosa，*Chinese Written Characters as a Medium for Poetry*，ed. Ezra Pound，San Francisco：City Lights Books，1936，p. 13.

［10］谢尔盖·爱森斯坦承认他是在研究表意汉字后才意识到电影蒙太奇手法中的语言可能性，详见他 1929 年写的《摄影与表意》。休·肯纳在其著作《庞德时代》中叙述了表意汉字对爱森斯坦的影响，见 Hugh Kenner，*The Pound Era*，Berkeley：University of California Press，1973，p. 162。

［11］ Friedrich Nietzsche, "The Birth of Tragedy from the Spirit of Music", in *Critical Theory Since Plato*, ed. Hazard Adams, San Diego and New York: Harcourt Brace Jovanovich, 1977, p. 636.

［12］ 该行来源于瓦格纳的一首诗,"我的朋友,这是诗人的创造/也是有待解析和注意的梦/相信我,人生的真正奇想/在梦中得到实现/我们阅读的所有诗篇/不过是梦的解析。"

［13］ Friedrich Nietzsche, *The Birth Of Tragedy From The Spirit Of Music*, quoted from *Critical Theory Since Plato*, edited by Hazard Adams, San Diego and New York: Harcourt Brace Jovanovich, 1977, p. 636.

［14］ Charles Rycroft, *The Innocence of Dreams*, p. 63.

［15］ Norman Holland, *The I*, New Haven and London: Yale University Press, 1985, p. 22.

［16］ Claude Levi-Strauss, *Structural Anthropology*, p. 203.

［17］ Jacques Derrida, "Freud and the Scene of Writing", in *Writing and Difference*, Chicago: University of Chicago Press, 1978, p. 210.

［18］ 拉康声称:"使我们得以阅读梦的语言学结构正是梦表达意义的原则。"*Ecrits: A Selection*, New York: Norton, 1977, p. 159.

［19］ Sigmund Freud, *Interpretation of Dreams*, New York: Avon Books, 1966, p. 647.

［20］ Jacques Lacan, *Ecrits: A Selection*, New York: Norton, 1977, p. 147.

［21］ Jacques Lacan, and Anthony Wilden. "The Function of Language in Psychoanalysis", in *Speech and Language in*

Psychoanalysis, trans., with notes and commentary by Anthony Wilden, Baltimore and London: The Johns Hopkins University Press, 1981, p. 27.

[22] Jacques Lacan, *Ecrits: A Selection*, p. 159.

[23] 参见 Ernest Fenollosa, *The Chinese Written Character as a Medium for Poetry*, ed. Ezra Pound, San Francisco: City Lights Books, 1936.

[24] Hugh Kenner, *A Homemade World: The American Modernist Writers*, London: Marion Boyars, 1977, p. xviii.

[25] Roman Jacobson, "Two Aspects of Language and Two Types of Aphasic Disturbances", in *Fundamentals of Language*, The Hague: Mouton, 1956, pp. 55 - 82.

[26] Freud, "The Ego and The Id", in *The Freud Reader*, ed. Peter Gay, New York: Norton, 1989, p. 633.

[27] 许慎:《说文解字》,上海:上海商务印书馆 1937 年版,第 15 卷上。

[28] Wai-lim Yip, *Ezra Pound's Cathay*, Princeton: Princeton University Press, 1967, p. 162.

[29] Sigmund Freud, *The Interpretation of Dreams*, trans., James Strachey, New York: Avon Books, 1965, pp. 311 - 73; pp. 526 - 546.

[30] 许慎:《说文解字》,第 15 页。

[31] 许慎:《说文解字》,北京:中华书局 1979 年版,第 314 页。

[32] 马叙伦:《中国文字之源流与研究方法之新倾向》,香港:龙门书店 1969 年版,第 29 页。

[33] Sigmund Freud, *The Interpretation of Dreams*, pp. 388 -

389.

[34] Sigmund Freud, *The Interpretation of Dreams*, p. 312.

[35] 比如,刘若愚在《中国诗学》中为汉语辩护说"(比起其他语言,)汉语更适合写诗",见 James J. Y. Liu, *The Art of Chinese Poetry*, Chicago: University of Chicago Press, 1962, p. 8.

(选自《北京大学学报(哲学社会科学版)》,2012(4): 44—58)

聂珍钊　论脑文本与语言生成

·作者简介·

聂珍钊(1952—　),湖北秭归人,1976 年毕业于华中师范大学英语系,1982 年毕业于华中师范大学中文系,1988 年破格晋升为副教授,1992 年破格晋升为教授,1993 年获国务院特殊津贴。曾先后担任浙江大学外国语言文化与国际交流学院教授,华中师范大学中国语言文学一流学科特聘教授,浙江大学世界文学跨学科研究中心主任,欧洲科学院(Academia Europaea)外籍院士,兼任中国外国文学学会副会长、国际文学伦理学批评研究会副会长、中美诗歌诗学协会副会长。创立文学伦理学批评,被美国人文与科学院院士、耶鲁大学讲座教授、《剑桥文学批评史》总主编克劳德·罗森誉为“文学伦理学批评之父”。其代表性学术专著包括《悲戚而刚毅的艺术家:托玛斯·哈代小说研究》《英语诗歌形式导论》《文学伦理学批评导论》等。其主持的项目包括国家社科基金重大项目“文学伦理学批评:理论建构与批评实践”,国家社科基金重点项目“文学伦理学与文本研究”,等等。

·阅读参考·

聂珍钊在文学伦理学批评的理论建构中首创了“脑文本”的概念，并阐述了其与心理语言生成和传播的关系。他指出，脑文本是存储在人大脑中的一种文本，而非语言。表现脑文本的两种基本方法是借助人的发音器官进行口头表达和借助符号进行书写。口头表达即语言表达，是人类传递信息和进行交流的最主要方法。通过符号表达即文本表达，是人类进行交流的次要方法。语言和文本可以互相转换，它们都是表达脑文本的方法。脑文本是语言生成的源头，保存在大脑中的脑文本经过发音器官转换成声音，即生成语言。所有的语言都是从脑文本转换而来的，都是脑文本的声音形态。

·原文·

论脑文本与语言生成

在文学伦理学批评视域下，“脑文本指以人的大脑为介质保存的记忆。脑文本是一种特殊的生物形态，是人的大脑以记忆形式保存的对事物的感知和认识”[1]。简而言之，脑文本（brain text）就是“存储在人的大脑中的文本”[2]。脑文本是一种文本而非语言，它存储在人的大脑中，因此脑文本的性质是私有性质（private property）的，不能与他人共有或共享。脑文本除了自己能够认识和理解外，其他人无法认识和理解。如果要让其他人接受和了解保存在自己大脑中的脑文本，就需要寻找把脑文本表达出来的方法。一般而言，借助人的发音器官进行口头表达和借助符号进行书写是表现脑文本的两种基本方法。

口头表达即为语言表达，早在书写符号创造出来之前，人类就通过口头表达进行交流。例如古代史诗，就是通过口头表达一代一代流传下来的。时至今日，口头表达仍然是人类传递信息和进行交流的最主要且最重要的方法。即使在科学技术非常发达的时代，人工智能也难以真正取代人类的口头表达。通过符号表达的方式即为文本表达。文本可以转换成语言，语言也可以转换成文本。无论语言或是文本，都是表达脑文本的方法。

一、人的发音器官与语言生成

口头表达是人类进行交流的方法，也是最基本最重要的方法。口头表达是通过人的发音器官进行的，人的发音器官是人在自然选择中进化的结果。如果没有发音器官，脑文本不能转换成声音，人无法进行自我表达，也无法相互交流。

人的发音器官是一个复杂的发声系统，由肺和气管、喉头和声带以及口腔、鼻腔和咽腔共同构成，按照功能可以分为动力、声源和调音三大区域。动力区由肺、横膈膜和气管组成。肺是呼吸气流的发音器官，通过呼吸产生的气流是语音的动力。肺部活动呼出不同强度的气流，通过支气管器官到达喉头，作用于声带、咽腔、口腔、鼻腔等发音器官，为发出声音创造条件。声源区由声带和喉腔组成。声带是发出声音的器官，位于喉腔中部，是两片左右对称和富有弹性的带状薄膜，由声带肌、声带韧带和粘膜三部分组成。发声时，两侧声带拉紧、声门裂变窄，甚至几乎关闭，由肺部呼出的气流经由气管不断冲击声带，引起振动，即发出声音。气流强度的大小控制声带松紧的变化，发出高低不同的声音。调音区由口腔、鼻腔和咽腔组成。口腔包括唇、齿和舌头，后面是咽腔，上通口腔、鼻腔，下接喉头。口腔和鼻腔靠软腭和小舌分开。软腭和小舌上升时鼻腔关闭，口腔畅通，发出的声音在口腔中共鸣。软腭和小舌下垂，口腔成阻，气流只能从鼻腔中发出，这时发出的声音主要在鼻腔中共鸣。如果口腔没有阻碍,气流从口腔和鼻腔同时呼出,发出的声音在口腔和鼻腔同时产生共鸣。

发音器官根据类型可以分为四个部分:(1)呼吸器官。它是发音的动力器官,主要由肺和有关呼吸肌群组成,通过呼吸产生振动声带发声的气流。(2)振动器官。它是发声的器官,主要由喉咙、喉头和声带组成,通过呼吸产生气流振动声带发声。(3)共鸣器官。它主要由喉腔、咽腔、口腔、鼻腔及胸腔组成。此外,胸腔、鼻腔也参与共鸣。共鸣器官的作用是加强和放大声波,美化嗓音,使其富有色彩。(4)吐字器官。它主要由口腔、舌头、软腭、嘴唇、下腭等组成,其功能是通过口腔的运动以保证吐字清楚,发音准确。

由此可见,人在自然选择中进化出来的发音器官不仅复杂,而且精巧,这为人通过发音器官发出声音以表达复杂的意义创造了物质条件。由于有了发音器官,人就可以通过发音器官发出各种不同的声音,并通过不同的声音表达不同的意义。

人的发音器官是能够发出声音的人体装置,是人用于发出声音的工具,其他动物由于缺少这个工具,因此不能像人一样发出能够表达复杂意义的声音。传统观点认为,人类在自然选择中进化出了发达的大脑和精巧的发音器官,因此人类的语言能力是进化的结果。但是也有科学家的研究发现,在动物界,恒河猴以及生活在亚洲和非洲的灵长类如旧大陆猴,在进化上同人类更接近的物种如黑猩猩,从解剖学上看都拥有和人类一样的发音器官,但是它们都不会说话,原因在于它们缺少传递语言信息的脑回路。因此有些科学家认为,人类独特的语言能力并非是由先进的发音器官决定的,而是源于大脑进化出来的特殊结构。

就人体生理结构来说,发音器官是为了发出声音而进化出来的人体器官。正是人拥有特殊的发音器官,人才能通过发音器官生成语言。人类的语言同其他动物通过发音器官发出的声音有着本质的不同。只有通过人的发音器官生成的、表达特定意义的声音才能成为语言，而动物通过发音器官发出的声音尽管也能表达某些特定的意义，但那不是语言而是叫声。例如鹦鹉和八哥能够模仿人类说话，即使在我们听来同人的说话相似但也不是语言。因此，发音器官是语言生成的先决条件，但是否能够发出声音或者发出类似人说话的声音，并非是语言的本质特征。只有保存在大脑中的脑文本经过发音器官转换成声音，语言才产生。判断声音是否为语言，关键在于语言是否从脑文本生成而来。所有的语言都是从脑文本转换而来的，都是脑文本的声音形态。

二、语言的生成过程

语言究竟是什么？目前有多种解释，如“语言是一种表达思想的符号系统”[3]，“语言是一种音义结合的符号系统，是人类最重要的交际工具和重要的思维工具”[4]，“语言是人类社会中一个最重要的工具或手段”[5]，“语言是人类最重要的交际工具，是意义结合的词汇和语法的体系”[6]，“语言是一种复杂的符号系统，是人类进行社会交际思维认知的工具”[7]，“语言是人类特有的交际工具和人类最重要的交际工具”，“语言不但是交际的工具，而且也是思维的工具”[8]。以上提到的种种观点，大体代表了目前有关语言定义的解释。

声音是由人的发音器官发出的。发音器官是特殊的人体装置，用来发出能够表达某种意思的声音。语言就是人的发音装置发出的特殊声音，但是声音并非等同语言。语言是同声音相关的另外的东西，是人用来表达意义和进行交流的媒介。

人的发音器官发出的声音和作为声音出现的语言是不同的。人的发音器官不仅可以发出我们称之为语言的声音，也可以发出非语言的声音。例如，人在不由自主中发出的咳嗽声、喷嚏声、打呼噜的声音，显然只是发音器官发出的声音而不是语言。为什么有的声音是语言，而有的声音不是语言？它们的区别在于，前者是人有意识地通过发音器官发出的能够表达意义的约定俗成的声音，而后者是某种刺激引起的本能反应导致人的发音器官不由自主地运动发出的声音。

尽管声音和语言都是人的发音器官运动的结果，但是声音同语言是两种不同的东西，是两个不同的概念。声音只是发音器官通过运动发出的不带主观意识的声响，这种声响在听者看来可能具有某种意义，如打呼噜表示睡眠，呓语表示梦境，但是发出声音的主体并不是有意为之。但是语言不同，它是人有意识地通过发音器官发出自己想要发出的表达某种意思的声音。声音的意义早已存在，只要这种声音出现，它所表示的意义也就随之产生。就语言而论，声音是意义的载体，是表达意义的方法。当意义被声音表达出来时，声音就变成了语言。

生成语言是发音器官的功能。发音器官既可以发出非语言的声音，也可以通过声音生成语言。但是，发音器官发出的声音不一定都是语言，只有源于脑文本的用于交流的有特定意义的声音，才是我们所说的语言。

人的发音器官是用来发出声音的人体装置，但是问题主要不在于发音器官能够发出声音，而在于为什么能够发出有意义的声音，即被我们称之为语言的东西。在传统上，我们通常把语言理解为口头说话，索绪尔将其称为言语。

无论是语言还是言语，尽管术语不同，它们都是通过人的发音器官发出的表达某种意义的特殊声音。因此，索绪尔把我们已经接受的约定俗成的语言这个术语分割为语言和言语，用言语取代我们传统上理解的语言，不仅无益于我们理解语言或言语，而且还造成了概念混乱。为了便于理解，我们需要回到传统的表述中去，用语言这个术语表示我们口头讲述的语言。我们需要厘清语言这个概念，即通过口头说的话就是口头讲述，就是语言。

无论是传统上对语言的理解，还是索绪尔关于语言的定义，都表明人的发音器官发出的声音同我们称之为语言的东西不是一回事，它们之间有着本质的区别。人的语言同声音密切相关，但语言不能等同于声音。那么，语言究竟是什么呢？这就需要讨论语言生成的问题。

语言是怎样生成的？这个问题是有关语言定义的关键问题，也是目前还没有在学术上解决的问题。在以往的研究中，我们把语言看成现实中存在的一种实体，看成交流的工具或者符号系统。我们往往误以为有一种存在于现实之中的具体的语言，所以努力去定义和阐释我们认定的这种语言。然而在现实中，我们又找不到已经存在的供我们使用的所谓语言实体。正是这种认识和现实的矛盾，才导致我们无法定义语言。

我们现在找到了无法定义语言的根本原因，就是我们忽视了语言生成的问题。语言的事实表明，语言不是先在的，而是生成的。语言不是像文字那样一种现实中的物质存在：当需要文字的时候我们就可以从字典中去寻找它们、使用它们。语言并不像文字那样预先存在于字典中，或存在于书籍中，或存在于碑刻中。更明确地说，语言在生成之前实际上并不存在。

语言不是预先存在的，而是实时生成的。由于语言是生成的，因此语言不是我们用于交流的工具，而是我们相互交流的方法。我们需要语言的时候，我们可以生成语言。当发音器官发出一连串表达某种特定意义的声音的时候，这就是语言的生成过程。在大多数情况下，人主要通过发音器官把保存在大脑中的脑文本转换成声音，进行交流。这种来自脑文本的通过发音器官发出的声音，就是生成的语言。例如，我们用声音向一个人提问："您从这部文学作品中得到什么启示？"我们的这个提问就是实时生成的语言，但它并不是预先存在的。

如果对方回答说:“我从作品中看到,一个人的自我选择正确与否,决定这个人的成功与否。”对方的回答也是实时生成的语言。再如,我们朗诵岳飞的诗歌:“怒发冲冠,凭栏处、潇潇雨歇。/抬望眼、仰天长啸,壮怀激烈。/三十功名尘与土,八千里路云和月。/莫等闲、白了少年头,空悲切!”朗诵这首诗的过程,就是从文本到语言的生成过程,朗诵的结果生成语言。但是,在问答之前或者朗诵诗歌之前,语言并不是预先存在的。在问答和朗诵之中,语言出现了,生成了。问答结束或朗诵结束,语言的生成过程也就结束。

在问答和朗诵中生成的语言,都源于脑文本。如果没有脑文本,发音器官无法进行声音的转换,因而也无法生成语言。同样,如果生成的语言没有通过记忆在大脑中保存下来,生成的语言也就随着生成过程的结束而消失了。如果生成的语言通过记忆保存在大脑中,仍然可以通过回忆并借助人的发音器官重新生成语言。现代科技可以利用电子技术保存语言。如果使用录音设备,生成的语言可以被录制下来,因此语言也可以像文字一样保存下来,并借助播放设备重新播放。但是我们也要注意到,即使我们用录音设备将语言录制下来,保存在某种介质中,但保存下来的仍然不是语言,而是保存的从语言转换而来的电子文本。

语言是实时生成的,只要人有意识地通过发音器官发出能够表达意义的声音,就能够生成语言。语言的生成需要三个方面的条件。一是发音器官。这是语言生成的先决条件,也是语言生成的物质条件。没有发音器官,语言就不可能产生。二是能够表达意义的声音。这是语言的载体。语言是通过人的发音器官生成的,以声音为载体并表达意义,因此语言从性质上说是一种声音形态。三是意义的来源。声音的意义可以来自文学作品的文本,或者来自其他形式的文本,但是从根本上说,声音的意义来源于脑文本。语言的生成,离开了以上条件中的任何一种，都不可能产生。

语言从声音转换而来，是人的发音器官在发声过程中生成的。语言生成的目的是为了传递信息和进行交流，因此语言以声音为媒介，它不仅同人的发音器官密切相关，而且也同人的听觉器官密切相关。离开了发音器官，语言不能生成；离开了听觉器官，语言不能用于交流。

由于声音是语言的媒介，因此语言只能在发音器官和听觉器官之间发生作用，并主要借助空气传播。发音器官生成语言，听觉器官接收语言。语言以声音形态表现出来的特性，是为了听觉器官的接收。语言的生成带有强烈的功利性。语言不是为语言讲述者生成的，而是为听者生成的。语言的生成也有其强烈的目的性，这就是传递信息和进行交流。语言的生成并非是为了自我欣赏，而是为了信息传递。在文字创造出来之前，语言是传递信息和进行交流的主要方法。即使文字被创造出来之后，语言也仍然是传递信息和进行交流的最重要方法。离开了语言，人类怎样生活是无法想象的。

听觉是听觉器官的功能，它的价值既在于接受信息，更在于接收语言。听觉是由耳、听神经和听觉中枢的共同活动完成的。耳是听觉的外周感受器官，由外耳、中耳和内耳耳蜗组成；外耳和中耳是传音系统，内耳是感音系统。外界声波进入外耳道，引起鼓膜振动，引起毛细胞发出神经冲动，使耳蜗神经纤维产生动作电位，传至延髓，再经中脑下丘到内侧膝状体，最后到大脑皮质的颞叶，形成听觉。听觉是为了接收发音器官发出的声音而进化出来的功能，没有发音器官，就不会进化出听觉器官，就不会有听觉。

一般认为，语言的生成仅仅同发音器官相关而同听觉器官无关，但这种看法是错误的。语言是通过发音器官生成的，但是离开了听觉器官，语言则无法生成。语言生成的目的是为了传递信息和交流，而这是通过听觉器官完成的。如果没有听觉器官，语言生成就失去了目的性。虽然一个人可能以自言自语的方式生成语言，但这种语言只能自我欣赏而不能发挥交流的作用。没有听觉器官，语言规则无法制定，语言交流无法完成。例如，聋人往往有一个特点，那就是他们往往有健康的、正常的发音器官但是听觉器官由于病患原因而听不见声音。因此我们发现，聋人由于听不见声音往往也不会说话。这说明，语言的生成是不能离开听觉器官的。

听觉对于语言还有另一个重要作用，就是把语言传送到听者的大脑，经过大脑的处理，声音形态的语言可以转换成脑文本，从而使语言以文本的形式保存下来。没有听觉，语言既不能传播，也不能保存。而且更为重要的是，没有听觉，语言就失去了生成的条件，就无法生成了。

三、脑文本与语言

语言不同于人的其他表达方式，它以发音器官和听觉器官为生成条件，以空气为传播媒介，是人类传播信息和进行交流的方法。语言不是预先存在的，而是根据语言规则因为需要而实时生成的。只要人的发音器官发出声音，就能够生成语言。语言以听者为对象，因此语言是为听者生成的。听觉器官是接收语言的工具。借助听觉器官，听者才能听到语言。语言是在传递信息和相互交流中实时生成的，这一点十分清楚。但是，语言是由什么生成的？这是有关语言生成的源头问题，需要我们研究和做出回答。

语言是通过人的发音器官实时生成的，那么人的发音器官为什么会生成语言？或者说，是什么经由人的发音器官生成语言的？实际上，这是有关语言生成的源头问题，也是不能不做出回答的问题。

语言生成的源头不是别的什么东西而是保存在大脑中的脑文本。人对事物的认识经过思维的过程形成思想，思想保存在大脑里就变成脑文本。思想与语言类似，也是实时生成的，因此思想只有转换成脑文本才能被保存下来。脑文本类似计算机的应用程序，它既是人的思想，也是主导人的思想和行为的指令。保存在大脑中的脑文本是看不见的，但它既可以通过人的意识自我显示，也可以通过声音或者符号表现出来。人的发音器官发出的有意义的声音，就是通过声音将保存在大脑中的脑文本表现出来。

表现脑文本的方法既有声音也有符号，但是通过发音器官发出声音表现脑文本是主要的方法。人的发音器官并不能自主地发出声音，它只是在接收到大脑的发声指令后才能发声以及按指令发出相应的声音。当人的大脑将发出什么声音的指令传送到人的发音器官，发音器官就开始运动，将保存在大脑中的脑文本转化成声音表达出来，生成我们所说的语言。

人的大脑中保存的脑文本是发声器官发声的资源，也是语言生成的资源。人的大脑把存储的脑文本输送到发音器官，通过发声的方法将其转换成声音，生成语言。人的大脑是智能化的，它不仅保存有丰富的脑文本，而且还能够通过思维不断产生新的脑文本，以方便表达和交流。人的大脑除了保存自我生成的脑文本外，还能够通过视觉器官和听觉器官把大量的书写文本或者语言转换成脑文本，保存在大脑中，通过这种方法不断地使脑文本得到补充和丰富。只要人的思维存在，只要人的视觉器官和听觉器官能够发挥作用，脑文本就会不断增加。只要发音器官接收到指令，所有保存在大脑中的脑文本都可以通过声音表达出来，生成语言。

从语言的生成看，语言从脑文本转换而来，因此语言是脑文本的声音形态。没有脑文本就没有语言，没有脑文本，发音器官就成了无水之源、无本之木，发不出有意义的声音，生成不了语言。脑文本既是语言的资源，也是语言的前身，语言的源头。

人的发音器官只是发出声音的装置,它之所以能够发出表达特定意义的被我们称之为语言的声音,是因为人的大脑中保存有脑文本。但是就人的发音器官而言,它并不能自主地发出声音,尤其是不能自主地发出我们称之为语言的声音。人的发音器官之所以能够发出声音,是因为发音器官接收到发出声音的指令,才能把脑文本转换成声音形态的语言。

人的发音器官可以因为某种刺激产生的应激反应而发出声音,例如恐惧中发出的惊叫、梦魇中发出的呼喊、无意识中发出的叫声等,不过这些声音都不是语言。由于发音器官只是发声的工具,因此不能自主生成语言。在现实中,我们也看到符合约定俗成的规则、能够表达意义和用于交流的语言通过发音器官表达。但是,这些语言都不是自主生成,而是从脑文本转换而来的。

脑文本是保存在大脑中的思想,它可能是一个完整的故事,也可能是某种思想的片断,甚至只是某个单一概念。脑文本不是语言,它只是保存在大脑中的以人的大脑为载体的生物性文本。在现有科学技术条件下,尽管利用某些先进设备可以监测大脑在思维过程中出现的脑电图变化,人机接口的研究也取得了重要进展,但仍然无法直接把保存在大脑中的脑文本提取出来,也无法像计算机一样使用U盘把脑文本拷贝出来。因此,人的发音器官的价值就凸显出来,它可以把脑文本转换成声音形态,生成他者可以理解的语言。

语言是脑文本在转换成声音的过程中生成的,是脑文本的声音形态。脑文本一旦转换成声音形态,其性质就发生改变,变成了语言。脑文本的形态变化,导致脑文本的性质改变,不仅语言如此,文字也同样如此。当脑文本以声音形态出现时,脑文本就变成以声音为特征的语言;当脑文本以符号形态出现时,脑文本就变成以符号为特征的书写文本。

脑文本的不同形态转换说明了脑文本同人类其他表达方式的区别。脑文本形态的转换，同其他物质的形态改变所导致的性质改变是一样的。以水为例：水可以在不同条件下发生形态改变，如水通过加热变成气态，通过降温变成固态。水的形态一旦发生改变，其性质也就发生改变，从水变成了蒸汽，或者变成了冰，而蒸汽或冰在性质上是不同于水的。尽管语言从脑文本转换而来，但是通过转换生成的语言变成了声音形态，其性质已经发生了改变，不再是文本了。

脑文本不仅可以借助发音器官将其转换成语言，而且还可以将其他形式的文本如书写文本、电子文本等转换成脑文本，继而将其转换成语言。不仅发音器官生成的语言是从脑文本转换而来的，而且其他表达形式如阅读、背诵、抄写、演说、对话、独白等也同样来源于脑文本。背诵或讲述一个书写文本，首先需要将书写文本转换成脑文本，然后才能背诵或讲述，生成语言并将书写文本表现出来。表面上看背诵或讲述的是书写文本，但实际上背诵或讲述的是脑文本。书写文本经过脑文本的转换然后再借助发音器官表达出来，其结果同样生成了语言。

脑文本可以借助声音将其转换成语言，语言也可以借助声音将其转换成脑文本。例如，游吟诗人将远古时代的英雄故事保存在大脑中，形成脑文本，当游吟诗人将英雄故事的脑文本演唱出来时，就生成了语言。当听者借助听觉器官听到讲述英雄故事的语言时，就将其转换成脑文本，保存在大脑里，然后听者就可以将他听来的同样的英雄故事借助声音表达出来。正是这种转换机制，以口头形式讲述的文学作品如荷马史诗、神话传说、民间故事等，才能以脑文本的形式保存下来并借助口头流传。“脑文本的存在表明，即使在书写符号出现之前，文学的流传也是以文本为前提的，同样是文本的流传”[9]。如果没有脑文本，在那些既没有文字也没有现代科学技术的世纪里，所有的文学作品以及历史文献都不可能流传下来。

四、脑文本的转换形式

在人类进行交流和信息传送方面，脑文本不仅是资源和媒介，而且还是信息交换的枢纽。无论语言、书写文本或者电子文本，都需要经过脑文本的转换才能进入认知的过程。没有脑文本，发音器官不能生成语言。没有语言，听觉器官不能认识脑文本。即使书写文本或电子文本，也需要经过脑文本的转换才能被理解。

脑文本主要有两种转换形式：符号形式和声音形式。符号转换指脑文本转换成书写文本，声音转换指脑文本转换成语言。由于符号和语言都是从脑文本转换而来的，因此它们也可以从文本和语言转换成脑文本。

脑文本的文本转换指的是把抽象的脑文本转换成具体的由符号构成的文本。在认知过程中，无论是图像还是声音，都需要抽象化、概念化，然后才能生成脑文本。所有的脑文本都是由一个个抽象的脑概念组成的。所有的认知，都是先产生脑概念，然后才能由脑概念组合成脑文本。当脑文本转换成由符号构成的书写文本时，需要先将脑文本分割成脑概念或语汇，然后才能转换成书写文本。例如，如果要将保存在大脑中的脑文本“钱塘春潮，西湖秋月”转换成符号文本，首先需要将其分割成“钱塘”“春潮”“西湖”“秋月”等脑概念，然后才能按顺序将其书写在纸张上，构成书写文本。如果要将书写文本“钱塘春潮，西湖秋月”转换成脑文本，同样需要借助眼睛或耳朵将其转换成脑概念，组成脑文本，保存在大脑中。如果要将脑文本转换成语言，也同样需要将保存在大脑中的文本分割成脑概念，再将其转换成声音信号，借助人的发音器官将其表达出来，形成语言。如果脑文本转换成了声音信号而缺少了发音器官，声音信号就不能被表达出来，因此语言就不能生成。

脑文本能够转换成声音信号并经由发音器官表达出来，生成语言，但是转换成什么语言则是由脑文本的语种决定的。脑文本是在特定的语言环境中形成的，如果是中文环境，则形成中文脑文本，如果是英文环境，则形成英文脑文本。因此，同一个脑文本有可能转换为不同语言的脑文本分别保存在大脑里。不同语言的脑文本通过发音器官表达出来，就形成不同的语言。实际上，生成什么语言是由脑文本预先确定的。如果一种语言的脑文本要生成另一种语言，则需要经过翻译才能实现。翻译把一种语言的脑文本转换成另一种语言的脑文本，然后借助发音器官表达出来，生成语言。

不同语种的脑文本的转换不是由人的发音器官完成的，而是在人的大脑中完成的。人的发音器官只是将脑文本转换成声音形态的工具，它只是在脑文本发出的指令下机械地将不同语种的脑文本转换成声音，而不能对脑文本或声音进行认知。对于发音器官而言，它不需要经过任何训练就可以把不同语种的脑文本用声音表达出来。在语言学习中，有时候发音器官为了表达某种声音需要进行某些训练，例如某些人在发出俄语弹舌音“p”时，不经过长时间的训练很难做到。表面上看起来是对发音器官进行的发音训练，但实际上是脑文本指令的调整。即使在所谓的训练中发出的不同的声音，那也是从不同的脑文本转换而来的。这同我们书写脑文本时出现错别字类似。我们在不断地书写同一个脑文本的过程中，有可能出现同一个错别字，但是通过多次书写，我们就可以把错别字纠正过来。从表面上看这似乎是练习的结果，但实际上是认知的结果，是在认知过程中对正确的脑文本进行确认的结果，而与书写训练无关。

在脑文本转换成语言的过程中，发音器官的纯工具性质是显而易见的，它既不能对脑文本进行修改，也不能对脑文本进行保存，更不能对脑文本进行识别和理解，其作用仅仅在于用声音将脑文本表现出来。发音器官不能改变脑文本的意义，但是可以在大脑的支配下对语言的响度、音调和音色进行修改，以增强语言的表现力。

脑文本生成语言的价值不在于满足自我理解脑文本的需要，而在于将脑文本传送给听者。为了让自我之外的人能够理解和保存脑文本，于是脑文本不仅借助语言让人理解，而且还借助语言进行脑文本的传输，进而把脑文本保存在他者的大脑中。对于脑文本拥有者而言，他不仅可以直接通过脑概念或脑文本进行思维，而且可以借助我们所谓的“默读”理解脑文本。默读不通过发音器官而是通过思维对脑文本形成认知。这是对脑文本的自我理解。在认知过程中，默读是通过脑文本实现认知的主要方法。

保存在大脑中的脑文本，都可以转换成声音形态的语言，这主要是由人的听觉器官和视觉器官这两种感觉器官的性质决定的。在认知过程中，人的神经中枢接收到从不同感觉器官传送来的神经冲动形成不同的认知，来自不同感觉器官的神经冲动（电信号）是不同的。不同的神经冲动经过思维产生的思想有不同的结构，当结构不同的思想作为脑文本保存下来时，其格式是不同的。例如，从听觉器官传送的信息，转换成脑概念或脑文本的格式是声音格式；从视觉器官传送的信息，转换成脑概念或脑文本的格式是图像格式。声音格式的脑文本可以直接转换成语言，但是图像格式的脑文本则需要转换成声音格式后才能转换成语言。也只有当脑文本转换成声音格式后，它才能通过人的发音器官表达出来并通过人的听觉器官接收，继而形成脑文本在人的大脑中保存下来。

脑文本只能被脑文本的拥有者自己认识和理解，如果要让外人认识和理解脑文本，将脑文本转换成声音是最主要的方法。一个人只要有听觉器官，就能够接收声音信号并理解其意义。将脑文本转换成声音，也是认知过程中不可缺少的一环。当人的感觉器官将接收到的事物传送到大脑中枢时，脑概念需要同根据经验得到的与脑概念相对应的声音对接，确认脑概念的声音表达。只有当脑概念同声音形式结合起来，才能通过发音器官表达。例如，当最早的人类看到天上出现的一道闪电以及随之产生的雷声时，会无意识中用模仿听见的声音去表达它们。当同样的表达经过多次重复，就会固定下来，用于指称某一事物或概念的声音概念。这个声音的概念也可以看成声音脑文本。有了这个声音概念，发音器官才能将其还原为声音形态，生成语言。如果脑概念没有同声音连接并形成声音概念，也许能够认识和理解这个脑概念及其组合成的脑文本，但是不能将其通过声音表达出来。例如我们看见一条河流时，如果这条河流是长江或黄河则大脑中就会保存下来与长江或黄河相对应的声音概念，这样长江或黄河才能通过发音器官以声音形式表达出来。如果没有长江或黄河相对应的声音概念，发音器官是无法将其转换成声音形态的，因此语言也就不能生成。这同我们阅读一个书写文本而不认识文本中某个文字是一样的。由于不认识这个文字，因此就无法用声音把它读出来。即使能够明白文本中某个字的意义，但是如果没有形成这个字的声音概念，也无法通过发音器官用声音把这个字表达出来。

在认知过程中，图像概念同声音概念一样可以进入思维过程，也可以形成脑概念以及脑文本。但是，图像概念不能直接通过发音器官转换成声音形态，它必须在认知过程中将其转换成声音格式，即将图像概念转换成与其相对应的声音概念，才能通过发音器官以声音的形式表达出来。只有声音格式的脑文本，才能通过人的发音器官转换成声音。图像格式的脑概念或脑文本，都需要转换成声音格式才能通过发音器官生成语言。

注释

［1］聂珍钊：《文学伦理学批评导论》，北京：北京大学出版社，

2014 年,第 270 页。

[2] 聂珍钊:《脑文本和脑概念的形成机制与文学伦理学批评》,《外国文学研究》2017 年第 5 期。

[3] 索绪尔:《普通语言学教程》,北京:外语教学与研究出版社,2001 年,第 15 页。

[4] 张树铮主编:《语言学概论》,武汉:武汉大学出版社,2012 年,第 11 页。

[5] 宋振华、王今铮编著:《语言学概论》,长春:吉林人民出版社,1957 年,第 10 页。

[6] 王德春:《语言学概论》,上海:上海外语教育出版社,1997 年,第 11 页。

[7] 邢福义、吴振国:《语言学概论》,武汉:华中师范大学出版社,2002 年,第 2 页。

[8] 高名凯、石安石主编:《语言学概论》(第 2 版),北京:中华书局,1987 年,第 34 页。

[9] 聂珍钊:《文学伦理学批评:口头文学与脑文本》,《外国文学研究》2013 年第 6 期。

(选自《华中师范大学学报(人文社会科学版)》,2019(6):115—121)